小野俊太郎 Shuntaro Ono

「クマのプーさん」の世界

Winnie-the-Pooh

小鳥遊書房

【目次】

◉第Ⅱ章 『クマのプーさん』（一九二六）の物語を読む 51

◉第Ⅲ章　『プー横丁の家』（一九二八）の物語を読む　123

◉はじめに　世界でいちばん愛されているクマ

【クマといえばプーさん】

「世界でいちばん有名なクマは？」と質問をしたら、きっと「プー」の名前をあげる人が多いにちがいない。

児童文学に限定しても、クマの登場する作品は目につく。イギリスにはクマのパディントンやルパートが、ロシアには小熊と猿の中間のようなチェブラーシカ、ドイツには三匹のクマがいる。アメリカには、灰色グマのワーブもいるし、日本にも、なめとこ山の熊やくまの子ウーフなどがいる。ディズニーはプーに飽き足らず二〇〇四年から、ダッフィーというオリジナルのディズニー・ベアのシリーズを出している。けれども、一般への知名度となると、どれも今ひとつで、人気投票をすればやはりプーの圧倒的な勝利となるだろう。

本書では、そうしたプーが登場する二冊の本である『クマのプーさん』と『プー横丁の家』の魅力を読み取ろうと考えている。プーとその仲間は、キャラクター・グッズとして独り歩きをしているが、やはり魅力の源となったのは最初の作品にこそある。ミルンとシェパードのコラボレーションによる物語が原点にあるからこそ、キャラクター像がぶれないのである。

現在もプーの人気は高い。二〇一六年に、エリザベス女王の九十歳の誕生日を国中が祝ったときに、ジェイン・リオダンが文を書きマーク・バージェスが絵を担当した『プーさんと女王様の誕生日』という絵本が出版と同時にネット上でも公開された。これは『クマのプーさん』の出版九十周年のお祝いも兼ねて、エリザベス女王と物語としてのプーが同い年であることを重ねていた。

『プーさんと女王様の誕生日』では、クリストファー・ロビンといっしょに、プーとピグレットとイーオーとが、エリザベス女王の誕生日のお祝いがあるという話を耳にする。そこで、列車に乗りロンドンに出かけていくのだ。二階建てバスから市内を観光し、バッキンガム宮殿の衛兵の交代を見学する。

そしてエリザベス女王が宮殿から出てきたときに、プーは思い切って近づいて、「女王さまは宮殿でくらした、いつものように」と始まる森でしたためた自作の鼻歌を読み聞かせる。そして女王が忙しいことに同情し、「何もしないことが最高」と言い、「女王さまが平穏で、暇なときがあるように」と願うのである。森の詩人としてのプーの役割をはたしているのだ。

これが絵本のクライマックスとなる。ピグレットがジョージ王子に赤い風船を渡す場面の下敷きとなったのは、プーが空に浮かぶために使った青い風船が、じつはクリストファー・ロビンがピグレットからもらったという話である。イギリスでは国民さらに王室とともに「プーさん」がいるとわかる。

また、英米で二本のクリストファー・ロビンを主人公にした映画も作られた。伝記映画の『グッバイ・クリストファー・ロビン』(二〇一七)は、クリストファー・ロビンの戦死の知らせから始まるもので、二つの戦争に翻弄される親子としてミルン一家を描いていた。それに対して、ディズニーにより、３Ｄアニメのプーが登場する『プーと大人になった僕』（二〇一八）が制作されたが、伝記的事実とは離れたものである。原題は『クリストファー・ロビン』で、こちらは自分の家族とうまくいかなくなっていたクリストファー・ロビンが、百エーカーの森でプーたちと再会し、自分を取り戻すまでの話となっている。

もちろん、英米だけでなく、第二次世界大戦前に、石井桃子と松本恵子によって翻訳されて以来、日本でのプー人気も高い。戦後は長い間『クマ（熊）のプーさん』と『プー横丁にたった家』という石井訳が定番となっていたが、二十一世紀になって、新しい翻訳が追加された。阿川佐和子訳の『ウィニー・ザ・プー』と『プーの細道にたった家』、そして森絵都訳の『クマのプー』と『プー通りの家』があり、さらに柏葉幸子訳の『くまのプーさん』もある。このように日本語でプー物語にアクセスしやすくなっている。それだけ世代を超えた人気を得ているのだ。

ぬいぐるみも、アーネスト・Ｈ・シェパードの挿絵を使った「クラシック・プー」だけでなく、ディズニー版のプーの顔もよく目にする。東京ディズニーランドを訪れると、二〇〇〇年から始まった「プーさんのハニーハント」のアトラクションを楽しめる。ハニーポットに乗りながら、アニメーションでおなじみのオウルやティガーに出会える。しかも日本語の吹き替えの声のおかげで、アニメのシーンが思い出せるので、誰でもプーの世界に浸った気分になれるのである。

プーというキャラクターは、人をひきつける魅力をもつが、色も特徴のひとつに含めるべきである。プーのモデルとされる、ロンドン動物園にいたアメリカクロクマの「ウィニー」は、黒っぽい褐色の姿をしていた。また、ヨーロッパ中にブームを引き起こしたシュタイフ社製のぬいぐるみのテディ・

ベアも、白や褐色の姿をしている。

シェパードによる挿絵のプーは、最初は本に印刷された白黒の姿だった。その後、彩色された豪華版が登場する。ずんぐりとした体型のプーの輪郭線は黒いが、黄色がかった褐色に塗られ、金髪のクリストファー・ロビンと似合っている。ディズニーのアニメーションや絵本では、褐色ではなくて、大胆にも黄色一色になっていたりする。そしてディズニー版ではクリストファー・ロビンの髪の色は焦げ茶色になり、黄色いプーさんと対照的で、キャラクターの違いを際立たせている。

挿絵からアニメまでの明るい褐色から黄色という色合いのせいで、プーへの親しみが増すのである。今となってはクロクマのような真っ黒いプーさんは考えられない。プーのように黄色が目立つおなじみのキャラクターに、くちばしと足が黄色いドナルドダックや、全身黄色いポケモンのピカチューがいる。どれも交通信号やアメリカのスクールバスと同じ黄色で、子どもたちの注意を引くだけでなく、ずんぐりとした体型をもち、ときにはドジな失敗をする愛すべきキャラクターであり、どこか共通点さえ感じられるのだ。

【プー人気を作る三つの要素】

どうやら「プーさん」のイメージは、三つの内容が重なって出来上がっていると考えられる。

第一のイメージを作ったのは、もちろんA・A・ミルンがシェパードの挿絵を得て書いた『クマのプーさん』（一九二六）と『プー横丁の家』（一九二八）の二冊の本の物語である。それぞれ十の短い章からできている。そして二冊の児童詩の詩集として『ぼくらがとても幼かったころ（クリストファー・

ロビンのうた)』(一九二四)と『さあぼくらは六歳になった(クマのプーさんとぼく)』(一九二七)がある。最初の詩集が成功したので、小説を出すことができたのだ。この合計四冊がいわゆる正典とされている。

ぬいぐるみとしてのプーは、最初の詩集『ぼくらがとても幼かったころ』にすでに顔を出していた。「半分降りたところ」は、二階の子ども部屋へと続く階段の途中で腰を下ろし、悩むクリストファー・ロビンがでてくる。挿絵によると階段の上にクマのぬいぐるみが転がっている。また、「テディ・ベア」という詩があり、プーさんの前身となるぬいぐるみのクマが登場する。太っていることを気にするテディ・ベアが、絵本のなかでフランス王が太っているけど「ハンサム」と呼ばれていたのを知って喜び、王に会いもする。そして「エドワード・ベア」と声をかけられるのだ。

プーのイメージは、シェパードが描いた挿絵により膨らんだ。プーがハチミツの壺に頭を突っ込んだり、さかさまになって木から落下する姿など、一度見たら忘れられない。「モフモフ」と呼ばれるぬいぐるみの感触を残した絵に、口元に前足をやるしぐさをしたプーがあちこちに登場する。作者ミルンと画家シェパードのコラボレーションのおかげで、印刷された本の上での文章と挿絵の配置や組み合わせにも工夫がこらされている。後になって、エピソードが分割されて、色がつき、絵本になったりもした。

第二のイメージを作ったのは、やはりディズニー版のアニメである。声を出して歌ったり動くプーが登場する。「プーさんとはちみつ」(一九六六)という劇場版の短編映画を手始めに、「プーさんと大あらし」(一九六八)、「プーさんとティガー」(一九七四)と続いた。のちにまとめた一本の長編となり、現在では『くまのプーさん　完全保存版』として観ることができる。

その後一九六六年には独占権を得たディズニーにより、ミルンの小説を離れたオリジナルの話が、長編アニメ、ビデオ作品、テレビシリーズと作られてきた。動き回るプーたちというイメージはディズニー版を通じて定着したのだ。

ディズニー版のプーは、シェパードの挿絵とはかなり異なる。アニメでは動きやすいように、キャラクターは簡潔な線で描かれ、色も単純化されて、ときには黄色一色に塗られている。顔の輪郭も異なり、眉がはっきりと描かれているし、まぶたが閉じたりする。話すことを前提にしているので、口角には縦線が見られるのだ。口が閉じた横顔の多いシェパードの挿絵とは印象が異なる。しかも、ぬいぐるみであることを強調するために、首は回転しないのだ［DVD版『完全保存版』映像特典のメイキングより］。

プーに当たる言葉は、「ウィニー–ザ–プー」（Winnie-the-Pooh）と表記されるが、ハイフンでつながっているのがミルンの原作で、ディズニー版には入っていない。また、ディズニーの日本語表記は「くまのプーさん」とひらがなで、石井桃子の日本語訳では、一九四〇年には『熊のプーさん』と漢字だったが、戦後『クマのプーさん』とカタカナになっている。本書もこの石井訳に従っている。

第三のプーのイメージは、キャラクター商品やグッズを通して作られている。ピーター・ラビットやミッキー・マウスのようなおなじみのものだけでなく、マンガやアニメやゲームのキャラクターたちと人気を競い合っている。授業で学生たちに質問してもわかるが、キャラクター商品を手にした多くの人たちは、愛らしい姿のプーが、物語でどのような活躍をしているのかを知らないままなので、それは少々もったいない気がする。

ただし、キャラクター商品化そのものは、プーの来歴を考えると当然に思える。一九二一年八月に、作者のミルンの妻であるダフネ（本名ドロシー）が、息子のクリストファー・ロビン・ミルンの一歳の誕生日のために、デパートのハロッズから購入したぬいぐるみがすべての始まりだった。「エドワード」と名づけられたぬいぐるみは、親の手作りではなくて、市販されていた量産品だった。

挿絵を担当したシェパードは、クリストファー・ミルン所有のぬいぐるみではなくて、自分の息子のシュタイフ社製のテディ・ベアを利用した。現在ニューヨーク公共図書館が所蔵するテディ・ベアを見ても、挿絵のプーさんと印象がかなり違う。そのためオリジナルのプー自体のモデルが文章と挿絵で異なり、複数の出発点をもっているのだ。

人気を得ると、今度はその物語の挿絵やアニメーションから、ぬいぐるみが新しく生産された。立体のテディ・ベアのぬいぐるみから、挿絵の平面のプーとなり、そして再び立体のぬいぐるみのプーへと姿を変えながら、「プーさん」として支持されてきた。この「現実のクマ」→「シュタイフ社などのテディ・ベア」→「プーの挿絵と物語」→「プーのぬいぐるみ」という流れは、模倣の模倣の模倣となる。モデルのひとつにロンドン動物園で飼育されていたウィニーがいるのだが、あくまでもぬいぐるみのクマから話が始まっているので、最終的にぬいぐるみとなって人気を得ても不思議なことではない。

【本書の目的と構成】

プー物語の魅力を確かめるために、本書では三つの点に注目する。

第一が、『クマのプーさん』と『プー横丁の家』の二冊の小説をエピソードの羅列の短編集ではなく、一貫した長編小説とみなして読み取っていく。絵本や短編アニメのせいで、それぞれの章が単独に扱われがちだが、じつは前後の章とイメージや主題が密接につながっているのだ。しかも二作の小説で、構成するリズムや主題が異なっている。クライマックスの置き方が共通するように見えて、全体のつなげかたは別である。とりわけ第二作目の『プー横丁の家』は、詩人プーが完成するまでの過程を描いた作品であり、かなり複雑な構成をとっている。

第二が、過去の遺産からの影響である。プー物語には、ぬいぐるみや実際の出来事だけでなく、ミルンが読んださまざまな作品からの影響がある。ルイス・キャロルの『不思議の国のアリス』(一八六五)と『鏡の国のアリス』(一八七一)はナンセンスの下敷きとなっている。またケネス・グレアム(グレーアム)の『たのしい川べ』(一九〇八)はミルンが舞台脚本まで手がけた作品である。森を舞台にしてモグラやヒキガエルが登場する話が、ミルンの関心をひいたのだ。

それに加えて、詩人プーが作り出す詩には、古代ギリシャの詩から、シェイクスピアやロマン派の詩作品、ライトヴァース(軽妙な詩)、さらには児童詩まで多くの影響がある。ミルンが『パンチ』誌の編集にかかわり、パロディ作品を作るために文学遺産を利用してきた成果でもある。

第三が、物語と挿絵との関係である。作者のミルンの指示と現地をスケッチなどして応じた挿絵画家のシェパードとの共同作業が現在の姿を作っている。二冊のプー小説と二冊の詩集が、現在も人々の記憶に残るとすれば、挿絵の力も大きい。ただし、白黒だったものがのちに彩色されたので、その点を踏まえる必要がある。

本書では、挿絵に関しては、一九七〇年にシェパードが色づけしたダットン社の決定版ともいえる「プー・コレクション」の四冊本を参照した。色彩とレイアウトに関してはダットンの物語の一冊本、そして白黒の挿絵についてはパフィン版の二冊本と初版の復刻版も考慮している。なお、現在広く出版されている白黒印刷版には、表紙などの色づけがシェパードではなく、デザイナーによる独自の場合があるので注意が必要である。

以上の「長編小説」「過去の遺産」「挿絵」という三点を考慮しながら、プー物語を読むヒントや解釈を順番に述べていくことにする。もちろん日本語で理解できる部分も多いが、韻を踏むとか間違い言葉のように、英語表記でないとわからない箇所もあるので、英文の一節や単語を適宜引用しながら説明を加えた。翻訳だけでなく、できれば原書を片手に読んでもらえることを念頭に置いている。

翻訳は、石井桃子訳と阿川佐和子訳を参照しながら、可能なかぎり私自身で訳してみた。ただし、あらかじめお断りしておくが、石井訳から学んで「薄謝」や「背面筋肉」をはじめそのまま従った部分も少なくない。

また、プー物語読解の先駆者として、ドミニク・チータム著『『くまのプーさん』を英語で読み直す』（二〇〇三）と安達まみ著『くまのプーさん　英国文学の想像力』（二〇〇二）がある。チータム本は、前から順番に分析することの意義を教えてくれたし、安達本は詩集との関係に多くの示唆を与えてもらった。残念ながら、両者の意見や解釈とかなり異なる箇所も多々あるが、先人への感謝を述べておきたい。

扱いが難しかったのが、フレドリック・C・クルーズの『プー・パープレックス』（一九六三）と『ポストモダン・プー』（二〇〇一）だった。どちらも、一時期フロイトへ傾倒して、そこから離れた著者による批評理論や学問制度への揶揄やパロディである。とはいえ、前者からは、ワーズワースやキーツとのつながり、D・H・ロレンスの『チャタレイ夫人の恋人』との関係、後者からは女性の不在や軽視をどう考えるのかのヒントをもらった。

＊

本書の内容を以下に簡単にまとめておく。

第Ⅰ章で「登場するキャラクターと舞台背景」を扱う。二冊を通しての登場するキャラクターたちの確認とその魅力をまとめておいた。とりわけ旧住民と新住民との緊張関係が、物語を形成している。誤解されがちな舞台となった森の「フォレスト」と「ウッド」の関係を明らかにし、映画のコマのように連続の動きをとらえるシェパードの挿絵の特徴を指摘しておいた。

第Ⅱ章は『クマのプーさん』の十章をひとつずつたどっていく。とりわけ『不思議の国のアリス』との関連に注意を向けながら、ラビットや穴さらにコーカスレースとのつながりなど興味をひく点を探る。話の途中でカンガとルーという親子が入ってきたことで、森の住民たちの関係が変わっていく。そして北極探検に洪水と大きなイベントが続き、最後にパーティが待っている。

第Ⅲ章は『プー横丁の家』の十章それぞれの魅力の秘密を探る。前作を念頭に置きながら、プーが詩人として成長する物語を構築している。ティガーの導入も、プーの役割交替のためには必要で、身体をつかった騒動はティガーの担当となる。そして、オウルの家が風で壊れて、イーオーの活躍で引っ越し先が見つかる話がクライマックスとなる。クリストファー・ロビンが森から卒業する運命にあることが、第1章の引っ越し話からつながっていたとわかるのだ。

第Ⅳ章は、「プー物語の背景と多様性」と題して、プー物語全体を三つの角度から論じた。第一は「プー物語の戦争と平和」。平和に見える森の世界だが、ぬいぐるみを使って戦争のイメージが色濃く描かれ、第一次世界大戦後の退役軍人たちの憩いの場である「廃兵院」としてプーの森が考えられる。第二は「アルカディアの詩人プー」。イヌやネコのようなペットのいない森が、動物園と癒やしの森からできあがっていることを明らかにする。そして森自体が人工林であることの意味を問い直す。第三は「アダプテーションによる変容」。続編の小説の特徴を明らかにする。さらに、ディズニー版との異同を確認してその独自の魅力を探り、高畑勲と宮崎駿による『パンダコパンダ』二部作と『となりのトトロ』との関係を明らかにする。そしてディズニー版アニメを換骨奪胎した『ダイ・ハード』を扱い、クリストファー・ロビンに焦点をあてた二本の映画に触れる。

※注意点

以下では、プーさんではなくて、キャラクターとしてプーと呼ぶ。作品名は石井訳を踏まえて簡潔に『クマのプーさん』と『プー横丁の家』とした。章を参照する場合には『クマ』『横丁』と略している。この二冊と詩集『ぼくらがとても幼かったころ』と『さあぼくらは六歳になった』を含めた四冊の正典を「プー物語」と呼ぶ。

登場人物名は、ラビット（ウサギ）、ピグレット（コブタ）、ティガー（トラー）のように英語をそのまま利用するディズニーの訳を参照した。呼び名の対照表を掲載しておく。なおミルンとは作者のA・A・ミルンのことである。そして、クリストファー・ロビンは主としてキャラクター名として使用し、生身のクリストファー・ロビン・ミルンは、本人の希望どおりにクリストファー・ミルンと呼んで区別したい。

ディズニー・アニメ	阿川佐和子訳
ウィニー・ザ・プー	ウィニー・ザ・プー
クリストファー・ロビン	クリストファー・ロビン
ピグレット	コブタン
ラビット	ウサギ
イーヨー	イーヨー
オウル	フクロン
カンガとルー	カンガと赤ちゃんルー
ティガー	トララ
ヒイタチ	イタズラッチ
ズオウ	ゾオオ
100 エーカーの森	百年森

主要キャラクター呼び名　一覧

英語	本書	石井桃子訳
Winnie-the-Pooh	ウィニー・ザ・プー	プーのウィニー
Christopher Robin	クリストファー・ロビン	クリストファー・ロビン
Piglet	ピグレット	コブタ
Rabbit	ラビット	ウサギ
Eeyore	イーヨー	イーヨー
Owl	オウル	フクロ
Kanga & Roo	カンガとルー	カンガとルー
Tigger	ティガー	トラー
Woozle	ウーズル	モモンガー
Heffalump	ヘファランプ	ゾゾ
Hundred Acre Wood	百エーカーの林	百町森

関連年表

1920 年	クリストファー・ロビン誕生
1921 年	テディベアをハロッズ百貨店から買ってくる
1923 年	クリストファー・ロビンをモデルにした詩「夕べの祈り」が人気を得る
1924 年	詩集『ぼくらがとても幼かったころ（クリストファー・ロビンのうた）』出版
1925 年	休暇でコッチフォード農場を利用するようになる
1926 年	小説『クマのプーさん』出版
1927 年	詩集『さあぼくらは六歳になった（クマのプーさんとぼく）』出版
1928 年	小説『プー横丁の（にたった）家』出版
1929 年	脚本『ヒキガエル館のヒキガエル』出版
1930 年	クリストファー・ロビンが寄宿学校に入る

本書にはプー物語に登場する挿絵の説明がいくつも出てくるが、著作権や本が大部になるなどの諸事情から、掲載を断念せざるを得なかった。その代わり、章ごとに細かく説明を加えてあるので、シェパードの挿絵を使っている石井桃子訳やダットンやパフィンから出版された各種の英語版を参照していただけたらと思う。『クマのプーさん』の英語版は、日本の出版社からも註がついた本が何種類か出されていて入手しやすい（研究社英米児童文学選書、講談社英語文庫など）。だが、第二作の『プー横丁の家』は残念ながら出版されていない。

ちなみに石井桃子訳以外の訳には、シェパードのオリジナルではなくそれぞれのちに描かれた挿絵がついていて、本文と挿絵の有機的な関係は表現されていないので要注意である。またディズニー版のアニメに依拠したものは、当然ながら本文はミルンのものではない。

◉第Ⅰ章　登場するキャラクターと舞台背景

1　キャラクターたち

『クマのプーさん』と『プー横丁の家』には、キャラクターがたくさん登場する。だが、プーの森を中心にして考えると、クリストファー・ロビンとプーのような元からいた住民と、外からやってきたカンガとルーの親子やティガーのような新住民とがいる。二つの住民が混じり合って仲良くなってしまうプロセスが、プー物語の魅力を生んでいるといえる。

1・a　元からの住民

【クマのプー】

この物語の主人公で、森にある家に住んでいる。「いやだ、ちぇっ（bother）」が口癖である。ぬいぐるみの姿なので、たとえハチミツを取るのに失敗して木から落下しても、洪水のなかでハチミツ壺の船に乗っても大丈夫なのだ。クリストファー・ロビンがシェパードの助けを借りて描いたとされる森全体の地図は、流れる小川によって、いくつかの地区に分かれているが、左端にプーの住む木の家が描かれている。

プーの家の上には、金の文字で「サンダース」と書かれた表札が掲げられている。おそらく前の住民の表札なのだろうが、プーはサンダース氏とよばれても不思議ではないのだが、誰もそう呼ぶことはない。以前別人が暮らしていた家に住むという状況が周囲に受け入れられている。

プーの呼び方はいくつかある。一九二一年にクリストファー・ロビン・ミルンの一歳の誕生日のために購入されて、ミルン家に来たファーネル社製のぬいぐるみは、「エドワード・ベア」、あるいは単に「エドワード」と呼ばれていた。エドワードの愛称はテディとなり、これはテディ・ベアという意味なのだ。

このテディ・ベアは、アメリカのセオドア・ローズベルト（ルーズベルト）大統領のエピソードに由来する。セオドアの愛称がテディである。一九〇二年にローズベルト大統領が、ミシシッピ州知事に招待された狩りで、獲物がいないときに最後に仕留めるために、鎖につながれていた子熊を、撃つのはかわいそうだと考えて、放したとされる。

ローズベルト大統領の行動が、美談として新聞記事となり、それにちなんで、ブルックリンのメーカーが、クマのぬいぐるみをテディ・ベアと名づけて売り出したところ人気を得た。さらに一九〇七年には、選挙キャンペーンにも使われた「テディ・ベアのピクニック」が作曲される。これはのちに歌詞がつけられて広く親しまれた。

それ以来ぬいぐるみのクマがテディ・ベアと呼ばれ、以前からあったクマのぬいぐるみも同じように呼ばれるようになった。だが、イギリス人のミルンはテディ・ベアではなくて、エドワード・ベアを使っている。『クマのプーさん』の第1章は、「エドワード・ベアがやってきます」と始まるが、これはテディ・ベアと言っているのに等しい。

そして、本のタイトルとなったのが、クリストファー・ロビンがつけた「ウィニー・ザ・プー」という名前だった。「はじめに」で作者のミルンが名前がついたいきさつを説明している。

「ウィニー」は、実在したアメリカクロクマの呼び名から採られている。一九一四年、当時カナダに駐留していたコルバーン中尉が子熊のときに購入して飼育し、その後連隊のマスコットになっていた。中尉の第二の故郷であるウィニペグにちなんでウィニーと呼ばれていた。連隊の移動でイギリスに連れてこられ、一九一九年にロンドン動物園に寄贈された。このときには五歳になっていた。クマのウィニーは子どもたちに人気があり、餌をあげることもできた。クリストファー・ロビンといっしょに写った写真もある。

ウィニーが亡くなったのは一九三四年で、残された頭蓋骨を調査すると、歯がすっかりだめになっていた。プーさんの物語に心動かされて動物園を訪れた子どもたちが、ハチミツを与えすぎたせいではないかと推定されている［Cohen 48］。

ウィニーとは、ふつうウィニフレッド（女性）の愛称で、メスのクマだった。ところがクリストファー・ロビンはオスだと思っていたらしく、ぬいぐるみに「ウィニー・ザ・プー」と名前をつけたときに、「でも、男の子だと思ったけど」とミルンが質問すると「そうだよ」とクリストファー・ロビンは同意する。「じゃあ、彼をウィニーと呼べないんじゃない？」と疑問をぶつけると、ウィニーではなくて、「ウィニー・ザア・プー」だから問題ないと返答する。

名前の解釈が厄介なのが「プー」である。英語の pooh というのは、もともと「ぷっと吹いてしまう」という息をしめす表現で、十七世紀のシェイクスピアの『ハムレット』にも登場する。その後、「あざける」とか「バカにして笑う」という意味が定着した。クリストファー・ロビンは「おバカなクマさん（silly old bear）」と何度も呼ぶが、プーという音にあざける意味がすでに含まれている。

クリストファー・ロビンは白鳥のことをプーと呼んでいたと『クマのプーさん』の「はじめに」で述べられている。白鳥に飽きたので、今度はクマの名前にした。ただし、母親のダフネは、動物園でウィニーと会ったときに、その臭いに「プー」と言ったのが始まりだと説明していた[Cohen 49]。プーには「うんち」という意味もあるので、クマのウィニーの臭いだけでなく、名前の正体という指摘もある［小田島則子による阿川訳『ウィニー・ザ・プー』文庫版解説］。本来飲み食いをしないぬいぐるみが、生物しか出さない「うんち」と関連づけられているのは、森のなかで動き回る存在であることと結びつきそうだ。

そして、「ウィニー・ザ・プー」とプーの前に「ザ」がついているのは、「アルフレッド大王（Alfred the Great）」とか、「リチャード獅子心王（Richard the Lionheart）」のようなイギリスの歴史に名前を残す英雄偉人の称号を真似たのである。アルフレッド大王は、アッシュダウンの戦いでデーン人を退けた英雄で、リチャード獅子心王ことリチャード一世は、十字軍で活躍し、イングランドに赤十字の旗を持ち帰り、国旗とした人物である。

こうした英雄たちの表記を踏まえて直訳するならば、「最高におバカなウィニー」とか「ウィニー爆笑王」となるかもしれない。もちろん愛情をこめた名前である。クリストファー・ロビンは「ザ」ではなくて唯一をしめすために「ザァ（ther）」と強調までする。クリストファー・ロビンが知っている「ザ」がつく英雄たちは全員男だったので、たとえウィニーという女性の名前をもっていてもプーは男なのだ、という主張となる。

そして、短縮形の「プー」が通称となり、本書もこれに従う。『クマのプーさん』のなかで、「ウィニー・ザ・プー」と正式名称で呼ばれるのは五十回をこえるが、短縮形のプーだけだと四百回ほどで、登場する数が十倍近くになっている。代わりに「プー・ベア」という呼び方が生まれた。続編の『プー横丁の家』になると、「ウィニー・ザ・プー」は第2章の冒頭で一回出てくるだけとなる。たいていプーとかプー・ベアと呼ばれている。さらに最後には「サー・プー・ド・ベア」という騎士の称号をもらうのである。

このように二冊の間でプーの呼び方が、最初の「ウィニー・ザ・プー」から、新しく命名された「プー・ド・ベア」へと変化する。これはクリストファー・ロビン自身の成長を物語る。最初は意味もよくわからず、英雄の称号に合わせたが、学校で教わった王と騎士の物語を踏まえた称号が最後に選ばれている。もちろん、「ド・ベア」は「ベア家」とか「ベア出身」という意味になり響きが多少変ではあるが、ベア一族と了解できないわけでもない。

※翻訳者の石井桃子は、「ウィニー・ザ・プー」を「プーさん」と訳し、単なるプーと区別した。そしてプー・ベアは「プー・クマくん」となっている。

【クリストファー・ロビン】

プーに名前をつけ、最後に騎士の身分を与えたのが、クリストファー・ロビンである。森に住む唯一の人間として、緑の扉をもつ木の家に住んでいる。地図では右の上の端にあり、プーの家とはかなり離れている。この家は高台にあり、近くの小川はプーの家やピグレットの家の付近にも流れていて、この川を上へあがると北極がある。プーとクリストファー・ロビンの家の間で、いろいろな騒動や冒険が起きるのである。

クリストファー・ロビンは、子ども部屋や階段や風呂のある現実の世界と、プーたちがいる物語の世界を自由に行き来する。『クマのプーさん』では、作者のミルンが「私」として顔を出していて、話をねだられる外枠の場面が描かれていた。そこではプーはポーズを変えられないぬいぐるみのままである。他のぬいぐるみたちも同じで、物語が閉じたあとの挿絵では、階段の上にイーオーやピグレットやカンガが横たわって置かれていた。こうした外枠の設定は『プー横丁の家』ではなくなっている。クリストファー・ロビンも『クマのプーさん』のときには学校に上る前の子どもだったが、『プー横丁の家』では午前中に学校に通うようになっていた。

森のなかで、クリストファー・ロビンは、プーたちが引き起こした問題を解決し、助け舟を出す。蜂の巣を取ろうとしたプーに頼まれると傘を貸し、洪水ではピグレットを救出し、プーを讃えるパーティの主催者になる。木の上からプーとピグレットがウーズルを探して混乱しているようすを眺めたり、ティガーを迷子にする作戦で、ラビットの一行に加わった二人を森に迎えに行くのだ。プーが失敗をするたびに「おバカなクマさん（silly old bear）」と呼んで、受け入れている。

クリストファー・ロビンのモデルは、一九二〇年八月に生まれた作者A・A・ミルンの子どもで、そのまま物語の主人公となった。クマのぬいぐるみを買ってもらったのは一歳の誕生日だった。両親はロバやコブタやカンガルーやトラとぬいぐるみを次々と買い与え、おかげで話が広がっていった。

実際の子どもに語った話から作品が生まれるのは児童文学では珍しくない。そして聞いている子どもが感情移入しやすいように、相手の名前や愛称が主人公に与えられる。ルイス・キャロルの『不思議の国のアリス』は、アリス・リデルという実在の少女を含む三人の姉妹のために最初の話が作られた。主人公に次女のアリスがなり、なかに出てくるアリスの姉は長女のロリーナにあたる。また、『ピーター・パン』も作者J・M・バリの知り合いの五人の兄弟のために話が作られた。その三男がピーター・ルウェリン・デイヴィスだったので、そこから採ってピーター・パンとなっている。

だが、モデルになった子どもたちはその後苦しむことになる。フィクション内の子どもは成長しないし、純粋で素朴なままである。モデルとなった子どもは大人になるに従い、周囲が押しつける子ども像とのギャップに悩み反発するのだ。クリストファー・ロビン・ミルンも同じで、クリストファー・ミルンと名乗るようになった。

自伝のなかで、呼ばれ方に関して「ビリー、ムーン、ビリー・ムーン、クリストファー・ロビン、クリストファー、クリス、C・R・ロビン」と挙げて、クリストファー・ロビンと呼ぶのは「完全な他人（complete stranger）」だけで、なかにはロビンが名字だと誤解している人もいたと述べている［Enchanted 14］。以下では実在したミルンの息子は、できるだけクリストファー・ミルンと呼び区別をしたい。

【ピグレット（コブタ）】

森に住んでいるプーの親友は、やはりピグレットである。自分を「小さい」とか「小動物」と呼ぶのが口癖である。『クマのプーさん』の最後の挿絵で、プーとピグレットが夕日を浴びて地面に長い影をのばして並んで歩く姿は印象に残る。ピグレットのレットは「小さな」という意味をしめす語尾で、子豚のことである。三、四歳と年齢も出てくるし、最近大きくなった、とオウルの家が倒壊したときに口にするので、どうやら体も成長しているらしい。

ピグレットの家は、プーの家の近くにあるが、「トレスパッサーズ・W」という標識が立っている。これはおじいさんの名前「トレスパッサーズ・ウィリアム」の略だとピグレットは説明する。しかも、クリストファー・ロビンと同じように二つの名前をもっていたのだとして、由緒正しい家柄なのだと誇りたがる。ピグレットの家は『クマのプーさん』では洪水に襲われ、さらに『プー横丁の家』では、オウルに譲るためにピグレットがプーの家へと引っ越すことになるのだ。

ピグレットがおじいさんの名前だと思いこんでいるのは、プーの「サンダース」と同じように、前から存在する立て札の文字の名残である。私有地の入り口の門や柵に掲げられる「通り抜ける者は処罰される（Trespassers Will be Prosecuted）」という通り抜け禁止の警告文の一部である。この標識が壊れているおかげで、誰でも処罰を気にせず森のなかを自由に通り抜けできる。カンガとルーの親子やティガーのようなよそ者が、気にせず入ってこられたのも、警告文が壊れて読めなくなっているせいである。

プーとピグレットとでは頭の働きが対照的だ、とミルンは「はじめに」で述べている。そして、大きなプーをクリストファー・ロビンは学校に連れていけないが、ピグレットならポケットに入れて大丈夫だと保証する。しかも、ポケットから抜け出して、当時の筆記用具のペンにつきものである「インクつぼ」を覗きこんで、さらに文字を読むこともできる。実際に立て札を読むことができたわけで、サンダース氏に無関心なプーとは異なる。

ポケットサイズというピグレットの大きさのせいで、カンガの子のルーと取り替えることができたり、プーが穴に落ちたときには見えなくて下敷きとなる。プーとピグレットが手をつないで歩く姿が『プー横丁の家』の挿絵で見られて、プーといつもいっしょという印象が与えられている。家を失ったピグレットに同居をプーが申し出たのも当然だろう。

【ラビット（ウサギ）】

いつも忙しいラビットは、地図の上のほうに位置する穴のなかで暮らしている。プーの森のモデルとなったアッシュダウンの森にも多くのウサギが生息している。ラビットは、ぬいぐるみでなくて、実物から発想されたキャラクターである。ウサギは「臆病」、「子だくさん」、「すばやく逃げる」といった表現の比喩に利用されてきた。ラビットも、そうした性質を受け継いでいる。他のキャラクターとおなじくひとりで暮らしてはいるが、親族がたくさんいて、プーを穴から引き出すときには、ラビットの親族が三匹応援にかけつけていた。

ラビットは、『クマのプーさん』の第2章で、ハチミツを求めて森をさまようプーによる被害者となる。鼻歌を歌いながらやってきたプーが、ラビットの家に入りこみ、たらふく食べて、帰ろうとするとお腹が穴につかえてしまう。痩せるまで待つとして問題を解決したのは、クリストファー・ロビンだった。計画を立てるのが好きでも、ラビットには実行力が今ひとつ不足している。プーに言い寄られるとラビットは全面的に拒否できずに、ハチミツをすべて食べられ、さらに出入り口の穴まで塞《ふさ》がれてしまう。

ラビットは、オウルほどの知識はもっていないが、実践的である。親族以外に友人がたくさんいて、森いちばんのネットワークをもっている。みんなを集めて組織化するのを好む。友人の一人である甲虫の「チビ」を見つけるために、ラビットは捜索隊を組織する（『横丁』第3章）。ラビットの忙しさは、情報網を維持するための忙しさでもある。

情報網に引っかかった異物への対処もする。カンガとルーがやってきたときに、ルーの捕獲作戦を立てて、プーとピグレットに十一条の作戦を述べて実行する（『クマ』第7章）。また、跳ねるティガーをこらしめるため森に置き去りにしようと考えた。ところが、計画を立てたラビット本人が迷子になってしまい、ティガーに助け出される（『横丁』第7章）。このあたりが、ラビットをどこかお人好しに見せている。

【イーオー（イーヨー）】

年寄りの灰色のロバで、いつも「雨が降る」といったネガティヴなことを口にする。地図の右下に位置するじめじめしたさびしい場所に住んでいる。のちに、『クマのプーさん』の第6章となる「イーオーの誕生日」は、『クマのプーさん』が単行本となる前に発表された短編の一つでもあったが、作者にとってもイーオーが大事なキャラクターだったことがわかる。

日本語訳では、「いいよ」と響きが合うせいか「イーヨー」とされてきたが、正確にはイーオー（Eey+ore）となる。これはロバの鳴き声から採られている。『プー横丁の家』の最後の「決議文」にキャラクターがそれぞれサインをしたとき、「EOR」と記しているので、「イー・オー」が正式な発音だとわかる。ただし、アメリカの読者もとまどうようで、メリアム・ウェブスター辞典のサイトには、アメリカ英語の「ヒー・ホー」と同じだとして、読み方は「イー・オー」だと説明がある。英米でロバの鳴き声の表記が異なるのが読みにくさの理由だった（＊1）。

ロバは昔からウマと比べて低く見られて、「まぬけ」とか「のろま」という侮蔑的な意味を与えられてきた。たとえばスペインのセルバンテスの書いた騎士道小説のパロディである『ドン・キホーテ』（一六〇五）では、主人公の騎士になったと思いこんだ「ドン・キホーテ・デ・ラマンチャ」はロシナンテというウマに乗り、従者のサンチョ・パンサはそれより背の低い小柄なロバに乗っている。主従の身分の違いがそのままウマとロバの違いになるのだが、ロバに乗っているサンチョ・パンサのほうが、ドン・キホーテよりもずっと知恵が回るというのも、皮肉屋でもあるイーオーをどこか連想させる。

イーオーをめぐるエピソードは、プー物語が作られた虚構であるというのを明らかにしてしまう。たとえば、イーオーは尻尾をなくすという騒動を引き起こす（『クマ』第4章）。クリストファー・ロビンがつけてあげることで、プーたちがぬいぐるみであることが証明される。また、誕生日を祝ってもらえないことを知って、誕生日のプレゼントをもらうのは、ぬいぐるみにも製造日があると考えさせられる（『クマ』第6章）。一歩間違うと、ファンタジー世界を壊しかねない要素を含んでいる。

さらに、イーオーは、プーとピグレットがプー棒投げをしていると、川に流されてくる（『横丁』第6章）。そのときも落ち着き払って四本の足を上に向けて流れてくるのが、ワンテンポ遅れているイーオーらしい。オウルの家が倒壊すると活躍する（『横丁』第8章）。だが、みんながオウルの新しい家を探すなかで、イーオーがオウルの家だと見つけたのはピグレットの家だった。これはまぬけた選択であり、ロバへの悪口をそのまま形にしたように見える。

けれども、オウルが新しい家「ウオル荘」を手に入れたのと同時に、玉突きのように追い出されたピグレットがプーと暮らすことになる。災い転じて福となす、ということわざの展開をもつ。イーオーはこうして、このプーの森、ひいてはプー物語全体に陰影を与える存在となっているのだ。

（＊1）https://www.merriam-webster.com/words-at-play/what-does-eeyore-mean

【オウル（フクロ）】

もうひとりの長老ともいえるオウルは、百エーカーの森の中心部に住んでいるフクロウである。家も地図の真ん中のあたりにある。フクロウは、古代ギリシャから賢者というイメージで語られてきた。その意味で、「愚者」の意味を担わされたロバのイーオーとは対照的である。ギリシャの女神アテナ、そしてローマ神話でアテナに相当する詩や工匠の女神ミネルヴァが、従者としてフクロウを連れていた。

森のなかにいる知恵者とされたフクロウは、中世には『フクロウとナイチンゲール』という論争詩の主人公となった。フクロウは、声の美しいナイチンゲール（小夜鳴き鳥）から、醜いとか汚いとか、なぜ夜に単調な歌を歌うのだとか悪口を言われる。それに対してフクロウも、クリスマスには昼も夜も聖歌を歌うだろうなどと反撃する。最後にはそれぞれの軍隊を出そうか、というほど議論が白熱するのだ。

そして、十九世紀のキャロルと同時代のエドワード・リアが書いた「フクロウと猫」（一八六七）では、フクロウと猫とが一緒に少しの「ハチミツ（honey）」と、たくさんの「お金（money）」をもって、緑色のボートに乗って航海に出る。フクロウはギターを弾いて猫をほめる歌を歌い、猫は感激して「結婚しよう」とまで言う。このナンセンス詩のなかのフクロウも作者ミルンの念頭にあったのかもしれない。二〇一四年にイギリスの児童詩の人気投票をしたときに、リアのこの詩は第一位に輝いたほどである（＊2）。それくらい現在でも知られている。

この森でクリストファー・ロビンの次に「正しい」文字を書けるのは、オウルである。ただし、長い綴りの単語になると書くのも大変なようだ。オウルの家の前の注意書きも、じつはクリストファー・ロビンに代筆してもらったものだった。それでいて、クリストファー・ロビンがまだ習っていない「背部筋肉（dorsal muscles）」のような難しい単語を口にして、優位に立とうとする。

オウルは、知識をたくさんもっているので、森の住民たちの知恵袋となっている。プーはイーオーの尻尾を探す手がかりを求めて、オウルの家を訪れる（『クマ』第4章）。「慣習的措置」だの「薄謝」

だのといったプーには理解できない言葉を並べて、要するにイーオーの尻尾の発見者に謝礼するという貼り紙を、クリストファー・ロビンに書いてもらう、というアイデアを出すだけだった。

イーオーが誕生日を祝ってもらえずに、かわいそうに思ったプーは、自分のハチミツ壺を洗うと、贈り物にするため「誕生日」と書いてもらおうとオウルを訪れる（『クマ』第6章）。書き終えると誕生日の綴りが三種類もあったり、「お祝い」ではなくて「おやわい」となったりしていた。

オウルが姿を見せるのは、イーオーと関連するときが多い。文字を読んだり書いたりすることに懐疑的なイーオーだからこそ、文字を権威づけに利用するオウルと対になっている。しかも、知恵者とされるオウルだが、最終的にはクリストファー・ロビンに知識などを頼るという限界をもっている。

（＊2）https://www.theguardian.com/books/2014/oct/02/owl-and-the-pussycat-edward-lear-voted-favourite-childrens-poem

1・b　新しくやってきた住民

森には、家をもつ昔からの住民たちが生活していたが、そこに二組の新住民がやってきて、新しい展開をもたらす。『クマのプーさん』ではカンガとルーの母子、『プー横丁の家』ではティガーが入ってきた。プーやピグレットが地面に足跡を残して歩き回るのに対して、カンガやティガーは跳ねる存在でもある。しかも、カンガルーもトラもイギリスには存在しない動物たちで、彼らが森に加わることで事件が起きたり、話が膨らむのである。彼らのおかげで、プー物語はダイナミックになった。

【カンガとルー】

カンガルーはオーストラリアに生息する有袋類だが、この母子は『クマのプーさん』の第7章で登場する。カンガが母親で、ルーがその子で、「誰もどこから来たのか知らないのに、二人は森にいました」とされている。いつの間にか新住民として入ってきたが、クリストファー・ロビンは、プーにいつものことだと説明している。

カンガが跳んでいるところをプーとピグレットとラビットが四つ這いになって、目撃する挿絵がある。ラビットに衝撃だったのは、ポケットに家族を入れる動物を目撃したことだった。そして、自分の家族を入れるには、ハンカチ用も含めて、十八個のポケットが必要だと述べる。しだいにカンガとルーは森になじんでいくのである。

カンガはプー物語に登場する唯一の女性キャラクターである。子育てや洗濯などの家事をし、いわゆる「母親らしい」態度をとる。オウルの家が湿って汚いとして、ショールやスポンジを捨てようとするのだ。これはぬいぐるみのカンガルーからではなく、ミルン家の家事のスタッフの体験から生まれたのだろう。

ミルン家の料理人はミセス・ペンだったが、ほとんど台所から出てこなかったとされている。それからダフネがミルンと結婚したときに、いっしょにミルン家にやってきて、掃除などを担当したプライベートな使用人ガートルードがいた。さらに乳母（ナニー）として雇われたヌーは優秀で、クリストファー・ロビンが九歳になって寄宿学校に入るまで面倒をみてくれた。母親以外に、クリストファー・ミルンを囲む女性たちがいるのだが、中産階級の出身であるミルン家にとって当然だった。だが、カンガは一人で全部をおこなっている。

カンガは、『プー横丁の家』では、ティガーを同居させ、ルーと同じように世話をして、お昼のサンドイッチを作ってもたせたりする。新住民としてのカンガとルーの母子とティガーの間には親密な関係が生まれたのだ。

【ティガー（トラー）】

ティガーは、『プー横丁の家』の第2章で、森にやってくる。「なんでもできる」というのが口癖である。トラだが、「タイガー」ではなくて「ティガー」となっているのは、スペルの「t」が一つ多くて（Tigger）短い音になってしまうせいである。しかも騒動の「引き金（trigger）」を連想させる。プー物語のあちこちにスペルの間違いが見られる。「サンダース（SAИDERZ）」のように「N」や「S」のアルファベットがひっくり返った表記もある。しかもティガーは、どうやら森にやってくる前に、すでにクリストファー・ロビンと知り合っていたらしく「ここにいたのかい」と言われる。

もちろんクマやカンガルーと同様にトラはイギリスにはいない。ミルンが敬愛するラドヤード・キップリングのインドを舞台にした『ジャングル・ブック』（一八九四）には、主人公のモウグリと敵対するトラのシア・カーンが出てくる。オオカミに育てられたモウグリは動物の世界を捨てて人間の村に戻るが、それでもシア・カーンとの争いは続く。ここに出てくるベンガルトラが、ぬいぐるみのモデルなのだろう。ちなみに宮沢賢治の「セロ弾きのゴーシュ」（一九三四）には、ゴーシュがアンコールで演奏する「印度の虎狩り」という曲が出てくる。ここでのトラもやはりベンガルトラなのだ。とはいえ、ティガーはプーの森の住民なので、シア・カーンのような肉食獣としての獰猛さをもっていない。木の上に登ったときには、プーに猛獣の「ジャギュラー（ジャガー）」と間違えられる。だが、食べ物について、プーの好物のハチミツも、ピグレットのドングリも、イーオーのアザミもだめだったのだが、ルーが強壮のために飲まされている麦芽エキスが好きだと判明する。

ティガーは、独自の家をもたずに、カンガとルーの家に同居する。ルーもいたずら好きで、ティガーと気が合うのだ。プーやピグレットがなにかにつまずいて失敗するタイプだとすると、ルーとティガーは自分から問題を引き起こすタイプという違いがあるのかもしれない。とりわけ、ティガーは世界を混乱させることで新しい関係を生み出す役目を担っている。

2　物語の舞台背景

【プーの森と百エーカーの森】

プー物語の舞台となるのは「森」なのだが、ディズニー作品の影響もあり、それが「百エーカーの森」と単純に理解されるようになった。ところが、プーたちが住む全体は「森（the Forest）」と表記され、「百エーカーの森」（Hundred Acre Wood）はその一部でしかない。シェパードがクリストファー・ロビンと作成したとされる地図を見るとわかるが、プーは百エーカーの森に住んではいない。そこにいるのはオウルである。

イギリスの森林の歴史を研究している遠山茂樹は「フォレスト」と「ウッド」の区別に注意を払うべきだと指摘する［遠山 一〇四］。それによると、「フォレスト」は本来法律用語であり、国王や領主が持ち主であり、鹿狩りのために管理する森番がいる。ロビン・フッドで有名なシャーウッドの森を考えてもわかる。王の領地に無法者が住んでいることに意味があるのだ。それに対して「ウッド」は古来の森の意味で、「ウッドランド」という語からついたものだ。だが、規模は小さく、キツネやウサギといった小動物がいる場所とされている。

基本的には広さの大小による区別となるが、これはプー物語でも守られている。そこで本書では、全体を呼ぶときは「森」あるいは「プーの森」とし、「百エーカーの森」と区別する。プーの森は、ロンドンの南にあるサセックス州ハートフォードのアッシュダウンの森をモデルにしていた。なかに「五百エーカーウッド」と名付けられた場所があり、それを五分の一にスケールダウンして命名したのである。

プーの森は地図の外にも広がっていて、小川で四つの地区に分割されている。地図の左にプーとピグレットの住むところや六本マツがある。ウーズルやヘファランプの話はここで起きている。そして地図の上の小川で仕切られたところには、カンガとルー（そしてティガー）の家とラビットの家がある。しかもプーがハチの巣を求めた木はここにあるのだ。

「百エーカーの森」は川をまたがって存在しているが、森のなかにはオウルの家があるだけである。石井訳は「百ちょ森」「百町森」とし、阿川訳は「百歳森」となっている。クリストファー・ロビンの家は、川をさかのぼった高台にあり、百エーカーの森のへりに立っている。さらに別の川を隔てた右の隅に、イーオーのいる湿った場所があるのだ。挿絵画家のシェパードは、ぬいぐるみだけでなく、実際のアッシュダウンの森の風景をスケッチし、六本マツや「魔法の場所」の遠景などに利用した。

このように実際の風景を取り入れた児童文学作品はたくさんある。ビアトリクス・ポターが描いた『ピーターラビットのおはなし』（一九〇二）にはじまるピーター・ラビットのシリーズも同じである。カンブリアの湖水地方のウィンダミア湖近くにあるニア・ソーリー村のヒルトップ農場を舞台にしていた。現在はナショナル・トラストにより、生け垣なども絵本そっくりに保存されている。また、アーサー・ランサムの『ツバメ号とアマゾン号』（一九三〇）も同じく湖水地方のウィンダミア湖とコニストン湖の実景を合成して舞台の湖を作り上げていた。二組の子どもたちがヨットに乗って、夏休みにその湖で冒険をする。

プー物語を読んで、アッシュダウンの森に惚れこんで、イギリスに移住したアメリカの風景や環境文学の研究者のキャサリン・アールトは、『ウィニー・ザ・プーの自然世界』（二〇一五）を出版した。この本は風景や花や蝶などの写真を添えて。アッシュダウンの森に関する数多くの情報を伝えてくれる。アールトによると、荒れ果てていた森が再生されたのは一八八五年からで、ミルン一家が別荘として借りたころに復活しつつあった［Aalto 208］。

一時期はプー物語との関係はあまり重視されずに放置されていたが、現在ではプー物語にあわせて整備されている。プー棒投げをおこなう橋は名前をかえて「プー橋」と呼ばれ、イーオーの小屋が再現され、橋の近くの木の洞にはピグレットの家に見立てた扉がつけられている。プー物語のファンである観光客を受け入れる用意ができている。アッシュダウンの森の公式の地図も、サイトから有料でダウンロードできる。

もちろん、プーの森とアッシュダウンの森は異なる。「魔法の場所」は、あくまでもクリストファー・ロビンだけが独占する遊び場だった。プーからティガーまでキャラクターたちは、彼を喜ばせるために存在していた。

【森と家を往復する】

『クマのプーさん』には、クリストファー・ロビンのふだんの生活をしている外枠の世界が出てくる。クリストファー・ロビンはプーの森の高台の家に住むだけでなく、森からは見えない現実世界でも生活をしている。しかも『プー横丁の家』では、午前中には勉強をして姿を見せなくなる。そうした点で、外枠の現実が、ファンタジーの世界に影響を及ぼしてくる。

クリストファー・ロビンは二つの家をもっている。ひとつは、現実世界で父親たちといっしょに住んでいる家である。『クマのプーさん』の冒頭で、子ども部屋からエドワード・ベアを引きずりながら降りてくるクリストファー・ロビンの挿絵がある。さらに、ミツバチ騒動のせいで泥だらけになったので、大きな湯船に浸かっているクリストファー・ロビンが描かれ、その向かいにクマのぬいぐるみが置かれている。父親に話を作ってもらったり、会話をするのはこの家である。ロンドンのチェルシーにある自宅がモデルである。

もうひとつは森の木に作られた緑の扉の家である。プーがハチミツが欲しくなって、手助けをしてくれるクリストファー・ロビンのことを思い出して訪れたときに全景が出てくる。扉を大きく開けてクリストファー・ロビンが出てきたところで、木の枝にたくさんの小鳥が並び、上の方に明かり採りか二階らしい窓もある。遠くには「百エーカーの森」が見える高台だとわかる。

一九二四年にミルン家がアッシュダウンの森にコッチフォード農場を見つけて、そこを改装して休暇の別荘として使うようになった。これがクリストファー・ロビンの木の家のモデルとなった。プーを讃える英雄パーティ用の大きなテーブルなど、とても木の家には入りそうもない道具が出てくるが、クリストファー・ロビンの木の家とは、コッチフォード農場の子ども部屋のことなのである。

そして扉を開けると、いつでもプーなどの森の仲間たちに会いにいける。ところが『プー横丁の家』では扉に伝言を残して、午前中に不在のことが増え、プーの森からのクリストファー・ロビンの卒業をしめすのだ。それはコッチフォード農場だけでなく、チェルシーの子ども部屋でもぬいぐるみと遊べなくなったということだ。さらに寄宿学校に行けば、もちろんチェルシーの自宅からもクリストファー・ロビンがぬいぐるみと遊ぶ時間は消えるのである。

このような設定は伝統といえるだろう。イギリスのファンタジー小説には、現実世界とファンタジー世界を行き来する話がたくさんある。ファンタジー世界内で物語が完結しているのではなく、主人公たちが旅行のように別の世界へとでかけて、最後には出発点へと戻ってくるタイプの物語となる。地理的に旅をするだけではなくて、時空を超えもする。

この設定から数々の傑作が生まれてきた。ルイス・キャロルの『不思議の国のアリス』が代表作といえる。テムズ川の堤で本を読んでいた姉の傍らでアリスが退屈していると、地下の不思議の世界へと連れて行かれてしまう。J・M・バリの『ピーターとウェンディ』でも、窓を通じてネバーランドと子ども部屋がつながっていた。C・S・ルイスのナルニア国物語の『ライオンと魔女と衣装だんす』では古い衣装箪笥の向こうにナルニアがある。J・K・ローリングの『ハリー・ポッターと賢者の石』でも、叔母さん夫婦の家の階段の下に住んでいたハリーが、鉄道を使って魔法学校へと出かけるのも、こうした伝統を踏まえている。

ただし、『クマのプーさん』には、クリストファー・ロビンがアリスが穴に落ちるような別の世界へと連れて行かれる場面はない。それどころか自由にアフリカに行ったり来たりするのだ（『横丁』第1章）。プーたちがぬいぐるみのままでいる世界と、キャラクターとして動き回る二つの世界がはっきりと分かれている。これが、プー物語を少々複雑にしている。クリストファー・ロビンがカンガルーやトラの新しいぬいぐるみを手に入れると、そのままプーの森に、キャラクターとして登場するのだ。

3 コラボレーション

【作家と挿絵画家の出会い】

A・A・ミルンが児童向けの作品に手を染めるようになったのは、児童詩の依頼があって、「ヤマネと医者」を書いてからだった［Autobiography 236］。青いデルフィニウムと、赤いゼラニウムでできたベッドに眠るヤマネを診療した医者が、黄色い菊をケントから運んでくると、それに耐えられないヤマネが前足で目を塞いだ。それが、ヤマネが丸まって眠るようになった理由になった、とおばのエミリーから聞いたという内容の詩である。

軽妙な言葉づかいで人気を得て、新聞や雑誌に寄稿した詩を集めて単行本にしたのは、『パンチ』誌の同僚でもあったE・V・ルーカスだった。ルーカスは自分でも『お店の本』（一九〇〇）のように、挿絵つきで、詩によってアルファベット順に本屋（Bookseller）から村の店（Village Store）までの店を紹介した児童向けの本を出す作家でもあった。また、各種の児童詩や小説のアンソロジーを編んだ経験もあった。

ルーカスがメシュエン社で編集の仕事をするときに、児童向け作品を企画の柱とし、ミルンとシェパードの組み合わせによる詩集を生み出したのである。プー物語の第一詩集となった『ぼくらがとても幼かったころ』はアメリカなどで人気を博し、ハードカバーの本が五十万部も売れた。これにより、アメリカでの版元となったダットン社が力を入れて、あまり売れない大人向けのエッセイをアメリカ版として出版するまでになった。現在では、四冊の「プー・コレクション」を出し、『クマのプーさん』と『プー横丁の家』をまとめた一冊豪華本を出版するなど、ダットン社がプー物語出版の中心となっている。

のちにメシュエン社から自作を出版するイーニッド・ブライトンは、同じ頃に『子どものささやき』（一九二三）という児童詩の詩集でデビューした。その序文で教師としての経験から「十年前の子どもとは好き嫌いが変わった」と述べ、ユーモアと妖精物という二つのジャンルに人気があるとした。戦争体験により、シリアスで現実的なものが嫌われるようになった、という含みがある。第一次世界大戦後に出生率が上昇し、児童詩や児童文学の需要が生じたことに、英米の出版社や作家たちが気づいたのである。

ブライトンは妖精を扱った単調で平凡な詩を書いていた。同じ雑誌に掲載されることもあったウォルター・デ・ラ・メアの『妖精詩集』（一九二二）の水準には達してはいなかったのである。当時妖精の詩が子どもたちに人気があったことがわかる。その後ブライトンは児童小説の専門家となった。そして、北欧神話に題材をとった、木の上の住人が重要な役目をする「遠く離れた木」シリーズ、おもちゃの国の「ノディ」シリーズ、寄宿学校を舞台にした「おちゃめなふたご」シリーズなどがあり、日本でも人形劇やアニメになって放映されてきた。一九六八年に亡くなるまで生涯に七百六十冊以上の児童向けの本を書き、全世界で六億冊以上売ったとされる。

けれどもミルンは、ブライトンのような児童文学の専門家となる気はなかった。ブライトンは教師として出発して、子どもたちのために作品を書く使命感をもっていたかもしれない。だが、最初は姪を、次にクリストファー・ミルンや、隣人の子どもたちの行動や声を取り上げた。ミルンは、あくまでも身近な存在を題材にし、話を聞かせるために創作したのだ。

クリストファー・ミルンが六歳になって小学校に通うようになると、テディ・ベアへの関心は消え、代わりにアフリカや子ども向け百科事典に興味が移った［Cohen 61］。『プー横丁の家』の第1章で、イーオーが家を訪ねると、クリストファー・ロビンはアフリカから帰ってきたばかりというのは、関心の対象がテディ・ベアからずれてしまったことを物語っている。クリストファー・ミルンが九歳で寄宿学校へ行ってしまった後は、世間での人気の高まりに逆行して、父親の児童文学への関心は急速に失われていった。

アーネスト・H・シェパードという挿絵画家との共同作業が、プー物語を生み出したのは間違いない。文章だけでは魅力が半減するのだ。シェパードについてのミルンの当初の評価は高いものではなかったし、新聞や雑誌に掲載されたときには別の挿絵画家によるものだった。だが、ミルン家に出入りして、キッパーというあだなで呼ばれるほど親しくなったシェパードは、細かなところに配慮した挿絵を生み出した。プー物語とシェパードの挿絵を切り離すことは不可能だろう。ミルンの指示によって描かれたし、シェパードの独自の工夫の産物でもあるからだ。

プーを描くときにシェパードは自分の息子グレアムのテディ・ベアである「グロウラー」をモデルに描いた。残念ながらそのテディ・ベアは親族に譲られて失くなってしまい、シュタイフ社製のものだったかどうかの確証はない。クリストファー・ミルンがもっていて現存するファーネル社のテディ・ベアである「エドワード」と挿絵に異同があるのは明らかである。そして、挿絵のクリストファー・ロビンの姿も、細い足を嫌って自分の息子のグレアムの要素を取り入れている［Cohen 52］。つまり結果として、二つのテディ・ベアと二人の息子がプー物語のなかで融合している。

ちなみにグレアムは、父と同じく挿絵画家になったのだが、第二次世界大戦に出征し、乗っていたコルベット艦がドイツの潜水艦に撃沈され、一九四三年九月に亡くなっている。また、グレアムの妹のメアリーはP・L・トラヴァースの「メアリー・ポピンズ」シリーズの挿絵を担当して有名になった。父と娘の代表作となった二つの物語のどちらも娘たちのお気に入りだったのが、ウォルト・ディズニーが作品をつくるきっかけとなった。

【挿絵の動的な特徴】

ミルンと組んだシェパートの挿絵は、背景となる木立や森の風景の描写から、ぬいぐるみたちをリアルに活躍させた点までいくつかの特徴をもつ。なかでもキャラクターの動きの扱いは注目すべきだろう。

シェパードの特色は、ルイス・キャロルの『不思議の国のアリス』でのジョン・テニエルの挿絵と比べるとはっきりとする。手書きのアリスの草稿では、キャロルの絵がついていたが、マクミラン社で出版される際には、テニエルとの共同作業となった。写真家でもあったキャロルは挿絵の細部にこだわり、挿絵を担当したテニエルも完璧主義なので、両者の激しい応酬さえあった。その結果全体がくっきりした細密画になった。

テニエルの挿絵でも、動きをとらえたものがある。アリスが大きくなって木を突き抜けるとか、裁判の場面でトランプたちが襲い掛かってくる場面などは強い印象を与える。また、第5章の「ウィリアム父さん」の歌につけた挿絵では、歌詞に合わせてウィリアム父さんが空中回転をして帽子を落とすところとか、ウナギを鼻の上に載せてそれが揺らいでいるようすが見事に描かれていた。ただし、テニエルの挿絵で強調されているのはあくまでも瞬間で、前後のつながりや流れではない。

ところが、映画の時代に入っていた二十世紀のミルンとシェパードは、動きの連続のほうが気になっている。ミルンは映画と無縁ではなかった。劇だけではなく、ロンドンのなかをさまよう探検家を扱ったコメディ短編の『衝突』（一九二〇）など四本の映画シナリオを執筆している。こうした経験もあって連続写真としての映画に影響を受けていた。

詩集では、詩に添える挿絵が一枚の場合も多いので、印象的な場面を切り取るだけになってしまう。だが、物語と組み合わされたとき、もっと動きを感じさせる絵が求められていた。活字そのものと絵を組み合わせる試みがおこなわれていた。プーがハチミツを求めて木に登るとその脇に文章がくるし、カンガがピグレットをおなかの袋に入れてジャンプをすると、それを描写する文字も跳ねた軌跡を描くのである。しかも、文章と文章に挟まれてキャラクターが動いているせいで、読者は動きと内容が連動していることに魅惑される。両開きのページを利用して、木の上のクリストファー・ロビンやティガーをプーとピグレットが見あげる垂直の構図が意図された挿絵では、文章もそれに合わせて整理されたのだ［Bilclough&Laws 136-37］。

挿絵と文章の関係は、『クマのプーさん』の第6章のイーオーの誕生日をめぐるエピソードを見るだけでもよくわかる。そこには全部で十三の挿絵が入っている。プーが中身をイーオーに提供しようと考えながらも、ハチミツの壺を持ち抱え、中身をすっかりなめてしまうまでを四枚の連続した挿絵で表現している。これは『不思議の国のアリス』の「ウィリアム父さん」の四つの場面を描いた絵と枚数こそ同じだが、詩の内容を絵解きするものではない。

さらにピグレットがイーオーに風船をあげようとして、走って転んで割ってしまうところを一枚の挿絵にまとめてみせる。シェパードの挿絵は、キャラクターだけを取り上げて拡大しているところが多い。それが動きを鮮明にする。本の紙の白さが背景となることを計算に入れているのだ。そのため一九七〇年に出版された彩色版だと、色が少々邪魔になる場合さえある。

プーが枝から落ちているようすをしめす効果線が引かれ、雪のなかでプーとピグレットが吐いている白い息の線が描かれている。現在のマンガの表現にも通じて理解しやすい。しかも、ピグレットが助けを求めてガラス瓶を投げる瞬間をとらえるとか、プーたちがジャンプをすると下に影ができるという工夫のせいで、平面に見えるキャラクターが立体的に感じられるのである。

ミルンが、木からのプーの落下や、穴への転落や、壺をめぐる転倒といった動きを与える設定を持ちこんだせいで、挿絵に動きが与えられた。洪水がピグレットやプーの家を襲う場面、さらにあらしによる倒木といった場面が描かれる。その際に隅々まで細部を描ききる銅版画的な精密さを追求せずに、『パンチ』誌などでの経験から、雑誌の余白を利用する手法を応用したのである。キャラクターの動きを捉えるプー物語につけられたシェパードの一連の挿絵を見ていると、ディズニーがアニメ化を考えたのも当然に思えてくるのだ。

◉第Ⅱ章　『クマのプーさん』（一九二六）の物語を読む

物語がはじまるまで

【妻にささげる】

『クマのプーさん』では、話はいきなり始まらない。タイトルのある扉ページには、第8章の北極探検のときの、長靴をはこうとするクリストファー・ロビンとプーとが背中合わせに座っているカットが描かれている。初版の表紙には、風船で空に浮かんだプーをハチが襲っているところや、みんなでプーをラビットの穴から引っ張り出すところの挿絵がさらについている。作品がどんな世界観をもつのかが、少しずつ視覚を通じて紹介される。そうして本を開くにつれて作品世界のなかに徐々に入っていくのである。

タイトルのページをめくると、第4章でオウルの家をプーが訪れる場面の挿絵がある。大きな木の扉のまわりに注意書きが掲げられ、手前でプーがちょっと思案しているのが特徴となる。そして向かいのページに「彼女に（To Her）」と題した献辞の詩が掲載されている。この詩は、ミルンが妻のダフネへの感謝を述べたもので、無視はできない。本を出版したときに、序文として「＊＊＊に」と題して感謝の言葉を添えたり、献辞の詩や文章をつけるのは、昔からの慣習だが、『クマのプーさん』も伝統のスタイルを守っている。
なぜか翻訳では省かれたりもするが、「彼女に」という詩は次のようなものである。

手に手をとって
クリストファー・ロビンとぼくは
あなたの膝にこの本を置く。
びっくりしたと言ってくれる？
気にいったと言ってくれる？
これがまさに求めていたものだと言ってくれる？
なぜって、これはあなたのもので、
ぼくらはあなたを愛しているのだから。

妻のドロシーはあだ名はダフネあるいはダフィとなりこれが定着する。彼女が息子のクリストファー・ミルン（あだ名はムーン）に買ったぬいぐるみが、物語の出発点となった。著者とクリストファー・ミルンとぬいぐるみがいっしょに写った写真は有名だが、母親と並んだ写真ももちろんある。ドロシーが息子やクマのぬいぐるみと共に写っている写真や、ドロシーに抱きすくめられたクリストファー・ミルンのも存在する。さらに、クリストファー・ロビンを真ん中にして夫妻が並んでいる写真などがある［Aalto 44, 89］。そのときに、ドロシーはモダンなファッションを身に着けている。ミルンの妻でクリストファー・ロビンの母親であるドロシー・ド・セリンコートは、デパートを経営する裕福な両親のもとで育った。社交的で流行に敏感な女性だったようだ。ドロシーの兄のオーブリーは、古典教師となって活躍し、ヘロドトスの『歴史』などの翻訳をペンギン・ブックスに残している。また、オーブリーの妻のアイリーンは詩人であり、のちに夫婦で『六時よりあと』（一九四五）という子ども向けの詩集を出してもいる。彼らはミルンの密かなライバルなのかもしれない。

とりわけオーブリーとアイリーンの娘であるレスリーが、クリストファー・ロビンと、いとこ同士で結婚したことは重要だろう。結婚に際して猛反対されたので、クリストファー・ロビンは両親と疎遠になる。しかも、自分が物語の主人公として両親に利用されたと感じてもいたのだ。そして、その後ミルン夫妻はモデルとなったアッシュダウンの森のコッチフォード農場で晩年を過ごした。この献辞はまだ家族が幸福だった時代の記念となっている。

【「はじめに」】

次に著者のミルンによる「はじめに」が置かれている。プーというのは白鳥の名前だったのが、エドワード・ベアに移ったことが語られる。白鳥とは遠い昔に別れたので、名前だけもってきても大丈夫だとして、クマからのリクエストで名前を考えたときに、即座に「ウィニー・ザ・プー」とクリストファー・ロビンが返答したのである。

そして「ロンドンで長く暮らしたなら動物園に出かけるでしょう」と言って、ロンドン動物園で「入り口」から「出口」へと、流れにまかせて進むのは得策ではないと教えてくれる。目当ての動物にさっさと向かうのがよいと、動物園ファンなりのやり方をしめすのだ。そして、クリストファー・ロビンが開けてもらった檻の先にいるクマの名前がウィニーだったと明かす。

二つを合成して「ウィニー・ザ・プー」と決まったことに、ミルンは「おかしなことに、プーにちなんでウィニーになったのか、それともウィニーにちなんでプーとなったのかを私たちは覚えていません。かつては理解していましたが、忘れてしまったのです」と述べている。プーとウィニーのどちらが名前をつける際の始まりだったのかは曖昧なままなのである。

二つの言葉をこのように入れ替えて、文章や詩句を作る技法を「倒置反復法」あるいは「交差配列法」と呼ぶ。入れ替えると、上下左右の位置から立場や身分まで、さまざまな関係が逆転する。しかも意味が曖昧となり、判断がつかない宙づりになってしまうので、ナンセンス文学のファンタジーにはよく登場する。

たとえば、『不思議の国のアリス』の第1章で、ウサギの穴に落ちながら、アリスは飼い猫のダイナのことを思い出す。落下が長く続くので、ダイナに夕飯の餌が与えられたのかと心配になる。そして眠くなってきて、コウモリがネズミに似ているとして、さらに「ネコはコウモリを食べるのかな。あら、コウモリはネコを食べるだったかな」と迷ってしまう。アリスが混乱したのは、文の主語と目的語を入れ替えたせいだった。どちらでも文は成立するので、正解がどちらなのかは文からは判明しないのだ。

じつは「はじめに」の冒頭でも、かつてクリストファー・ロビンが白鳥と友だちとなっていたと述べられ、「それとも白鳥がクリストファー・ロビンと友だちになっていたのか、どちらなのか私にはわかりません」と付け加えられていた。このように主導権を握っているのがどちらなのかが判別がつかない状態とは、じつは友情や愛情を表現するのにふさわしい。

クリストファー・ロビンとプーと、あるいはプーとピグレットとの友情において、どちらか一方に肩入れして「主」と断定して固定すると、主従関係になってしまう。少なくとも『クマのプーさん』ではどちらが出発点だったのか不明のままの関係にしておきたいとみなされている。この序文のなかで、ミルンは「倒置反復法」を二回使いながら、プー物語を貫く、立場が「あべこべ」になったり、「曖昧」となるファンタジーの論理をしめすだけでなく、友情や愛情は互いの気持ちから生じるので、どちらが出発点なのかは決められない、と説明している。

そうしてみると、「クマのプーさん」というタイトルが選ばれたのも、「ぼくのプーさん」とか「プーさんとぼく」のようなクリストファー・ロビンの一方的な愛情や友情をしめさないせいなのである。ところが、『プー横丁の家』では、プーとピグレットの友情はそのままだが、クリストファー・ロビンと騎士の称号をもらったプーとの間に明確な主従関係ができたせいで、もはや最初の段階には戻れないことをしめしているのだ。

第1章 「この章で、ウィニー・ザ・プーとハチたちが紹介され、物語が始まります」

【あらすじ】

まずクリストファー・ロビンが、階段の下へとぬいぐるみのクマを連れてきて、父親に話をねだります。お話のなかで、プーはミツバチの音から、木の上に巣を作っているのを発見します。一度目は木から落下して、ハチミツの入手に失敗します。そこで、クリストファー・ロビンの家にやってきて、風船を借ります。青い風船で空に浮かび、プーは黒い泥だらけになって雲に変装します。クリストファー・ロビンに傘をさして雨が降りそうだ、と演技をしてもらいます。けれどもハチたちは騙されず、巣には近づけず、プーを襲ってくるので、おもちゃの鉄砲で風船を割ってもらって、ようやく地上に戻ります。二度目も失敗して、四本の足が固まったままになってしまいました。

【クリストファー・ロビンと作者】

冒頭はクリストファー・ロビンが階段を降りてくるところで、ぬいぐるみのエドワード・ベアを後ろに引きずっているせいで、「どしん、どしん、どしん（dump, dump, dump）」と音をたてるのだ。シェパードの挿絵でも、ぬいぐるみの頭が階段に当たるようすが描かれていて、ちょっと衝撃的である。『不思議の国のアリス』で、アリスが穴に落ちるときに、「下へ、下へ、下へ（down, down, down）」と表現されるのと、音もリズムも似ている。同じ表現をこのように三度繰り返すのは、第9章の冒頭の「雨が降って、雨が降って、雨が降っていました」とか、第10章の「プーへの万歳三唱」のように、英語がもつリズムによるのである。

子ども部屋からぬいぐるみをもってきて、物語を作り出すミルンのいる場所へと降りてきたところが描かれている。作者で語り手ともなるミルンが、息子のクリストファー・ロビンとの会話で、「ウィニー・ザ・プー」という名前が決まる。これからの物語の内容は、プーが聞きたがる話にして、とクリストファー・ロビンはねだる。そこで、「君」とクリストファー・ロビンを呼び、さらに「君」がキャラクターとして登場する。第1章を通じて、クリストファー・ロビンというキャラクターが、プーの森に定着するのだ。

章の途中でも、物語に出てきたクリストファー・ロビンが自分なのかと確認する台詞がある。また章の最後で、「これでおしまいなの？」とクリストファー・ロビンが質問をすると、ミルンは他にも話があると言い、ピグレットやラビットが出てくるとか、ヘファランプを狩る話もあると予告する。クリストファー・ロビンが「どしん、どしん、どしん」と音をたててぬいぐるみを引きずって自分の部屋に戻るようすが語られる。

最後にクリストファー・ロビンが風呂に入っている挿絵が置かれている。じつは目次の前に、バスマットが裏返しになり、プーが頭を抱えているようすが描かれていた。マットに書かれた「バス・マット」という英語がひっくり返っているせいだが、風呂の挿絵では、そのバスマットが正しく敷かれて英語が読める。クリストファー・ロビンなら正解を見つけられるわけで、ミルンとシェパードは、細かな点にも配慮をしていた。

第2章以降では、クリストファー・ロビンはキャラクターとして定着して、森を自由に歩きまわるが、父親と会話する外枠は存在したままで、時折顔をのぞかせる。そして『クマのプーさん』の最後となる第10章の結末で、第1章と同じく、やはり階段の上へとクリストファー・ロビンが「どしん、どしん、どしん」と音をたてて消えていくようすが描かれる。人形劇の人形に息が吹きこまれて始まり、そして劇が終わると人形がしまわれるようだ。第1章の構成がそのまま拡大して、本全体の構成となっている。

ところが、続編となる『プー横丁の家』では、作者は語り手に徹していて、クリストファー・ロビンと会話をする外枠は存在しない。その点で、作品がファンタジー世界だけとなり読みやすくなったが、ぬいぐるみが話の元だと感じさせる複雑さは失われてしまった。そしてクリストファー・ロビンが創作に積極的に関与しないという点で、作品世界が自立したのだが、それがかえってプーの森への無関心やプー物語の終わりをしめしてもいる。

【金曜日について】

クリストファー・ロビンにねだられて、作者が語るのは、森でのプーの話だが、始まり方は伝統的なおとぎ話や昔話のパターンとは少し異なる。「昔々、今からずいぶんと前、この前の金曜日のころ」と、遠い昔の話なのか、それとも現在の出来事なのか、はっきりしないまま開始される。

何月何日という日付よりも、曜日に基づく暦のほうが重要となる。十二ヵ月や季節よりも曜日のほうが注目される。そして、オウルは「火曜日（Tuesday）」の難しい綴りを書けるというので、ラビットから賞賛を得る（『横丁』第5章）。火曜日に比べると、金曜日は書きやすいかもしれない。これは、クリストファー・ロビンが文字を習いたてで、耳で聞いたままに書いてしまい、正しく綴れないのを踏まえている。シェパードの挿絵やミルンの本文に「サンダース（Sanderz）」や「ハニー（Hunny）」などの間違った綴りの表記が姿をみせるのだ。

他の曜日でもよかったのかもしれないが、週末への期待がある「金曜日」が物語全体の出発点に選ばれたのには、多少理由がありそうだ。第3章で、ウーズル（モモンガーあるいはヒイタチ）を探そうとするピグレットは、「金曜日まで何もすることがない」と待ち続ける。どうやらピグレットにとって金曜日はかなり重要な曜日となっている。

第7章で、詩人でもあるプーが、曜日についてのナンセンス詩をカンガに披露するが、それは月曜日から始まり、金曜日と言いかけたところで中断してしまう。ルーがジャンプするのに気をとられたカンガが、詩を聞いてくれないせいだが、続きは永遠に不明となった。

プーが作ったような曜日を歌う詩といえば、十九世紀に採譜された「月曜日の子どもは顔がきれい」で始まる童謡が有名である。プーが詩を作る手本にしたのかもしれない。いくつかの版があるが、生まれた曜日で性格や運命が決まり、たとえば「水曜日の子どもは悩みでいっぱい」となる。そして金曜日生まれは「慈愛と慈善の気持ちをもつ」とされている。慈悲深さと結びついた曜日なので、「おバカさん」と呼ばれるクマの話にふさわしい。

また、『プー横丁の家』の第9章で、イーオーは、今度の金曜日で誰とも会話をしないで十七日が経ったことになる、と言う。その際に、計算のとくいなラビットが、今日は土曜日だと言って、まだ十一日しか経っていないと教える。イーオーの悲劇を誇張する性格から来ているのだろうが、プーさんの物語では、このように金曜日が目につくところに出てくるのだ。

しかも、金曜日はキリストの処刑日とされ、英国国教会をはじめ多くのキリスト教徒にとって、肉を食べない断食の日である。ハンバーガーチェーンのマクドナルドは、オハイオ州の敬虔なカトリック教徒が住む地区で、金曜日になるとハンバーガーの売上が落ちるので、対策としてフィレオフィッシュという魚のメニューを開発した。さらに、アフリカのエチオピア正教のように、年に二百日に及ぶという断食の日に、菜食の食事を摂るキリスト教徒もいる。

『クマのプーさん』では、雑食のはずのクマが肉や魚を食べないで、ハチミツを欲しがるので騒動となる。もしも、リアリティを追求して、森を流れる川で魚を獲るプーが登場したのならば、ファンタジー世界はたちまち壊れてしまう。彼が狩りをするのは、ウーズルやヘファランプといった架空の存在に対してだけだ。その点でも、金曜日はプー物語において特別な意味を与えられているのである。

【雲への擬態とハチとの戦い】

森のなかを散歩していたプーは、ブンブンというハチの音から連想してひとつの結論に達する。「ブンブン飛ぶ音　↓　ハチ　↓　ハチミツを集めている　↓　それはぼくがハチミツを食べるため」と自分に都合のよい結論へと導くのが、プーの思考法である。この自己中心主義的な態度が、多くの人に支持される理由となっている。結果として、数々の失敗を招くが、助けてくれるクリストファー・ロビンやピグレットがいるおかげで、プーは救われている。

クリストファー・ロビンに「おバカなクマ」と呼ばれるが、プーなりに考えてはいるのだ。ただし、ひらめいた思いつきが正解なのかはわからない。とりあえず第一段階として、オークの木を登っていく。この場面は、プーが木を登っていくシェパードの挿絵の横に、文字が「彼は登っていき、そして登っていき」と垂直に並んでいる。しかも読むために上から下へとたどると、プーが木を登る途中なので、文字の進む向き「↓」と挿絵でのプーの動き「↑」が本のページの途中で交差するのだ。

活字印刷を利用して、挿絵と本文を巧みに結びつけた手法である。他にも秀逸な仕掛けがある。第2章でプーを穴から引っ張り出すときも「さあ」というクリストファー・ロビンの声がかかって、次のページに森の住民たちが総出でプーを引っ張る場面がでてくる。その配置にするために、一ページの行数を減らして、「さあ」という言葉でページが終わり、続きをめくるようになっている。

こうした意図的な文字の配置は、すでに『不思議の国のアリス』の第2章で、ネズミが長い話をするのが尻尾のように蛇行して、小さな文字になっていくのが表現されていた先例もあった。「お話」と「尻尾」が英語で同じ「テイル」という音であることを利用したアイデアである。二十世紀には、文字の配列でこのように詩を書く「カリグラム」という手法が、フランスの詩人アポリネールによって提唱された。人間やエッフェル塔を詩の文字で描くのである。ミルンとシェパードも同じように印刷物のなかで文字をどのように置くかを計算しているのである。

ところが、せっかく登ったにもかかわらず、プーはオークの木から転落して、ハチミツ獲得作戦の第一段階は失敗してしまう。十フィート、二十フィート、三十フィートと落下する距離が伸びていき、さらに六本の枝の間を通り抜けて着地する。そこはハリエニシダの上で、尻がトゲだらけになってしまう。反省から、プーが選んだ第二段階は、直接行動ではなくて、擬態をおこなう頭脳作戦となる。ぬいぐるみのクマが、雲に化けるのだ。

クリストファー・ロビンに借りた青い風船にぶらさがり、プーは雲に変装するために泥だらけになる。このように雲に化けて空を漂う発想は、ワーズワースによる「ラッパスイセン」(一八一五)という詩から採られたと思える。ミルンは詩集の『ぼくらがとても幼かったころ』の序文でワーズワースに触れているが、自然を歌い、今でもイギリスの子どもたちが暗唱させられるこのロマン派の詩はおなじみだったはずである。

しかも、ミルンはこの詩集に、「ラッパスイセン」という詩も入れている。ただし、「ダフォディル(daffodils)」ではなくて、「ダフォダウンディリー(dafodowndilly)」となっている。「ダフォディル」に「ダウン」と「リリー」を混ぜたミルン独特の言葉づかかで、「彼女は黄色い日よけ帽をかぶり」と始まる。当然、ワーズワースの詩を意識していたはずである。

ワーズワースの「ラッパスイセン」は、「私はひとりさまよった、谷や丘を高く越える雲のように」と始まる。そして、「黄金色のラッパスイセン」と出会うのだが、ミルンはそれを黄金色のハチミツに置き換えている。プーは雲のように漂ってハチの巣に近づくはずだったが、風によって離れてしまう。しかも、ハチたちは「疑いをもって」プーを襲ってくるのだ。そのときに「間違ったハチだった」と得意のすり替えで、自分の作戦を正当化する。

空から降りる手段を考えていなかったので、プーはクリストファー・ロビンに助けを求める。万一のためにもってきたライフルで、クリストファー・ロビンは風船を撃ち落とすのだ。現在の挿絵では、コルクの弾に紐がついたおもちゃの銃だが、落下したプーは両手をあげて、突きつけているクリストファー・ロビンに降参している。このポーズのまま固まってしまった。クリストファー・ロビンはミルンに「撃ったときに傷つけなかった?」と確認する。このあたりに平和主義者のミルンの配慮がうかがえる。

そして最後に、鼻に寄ってきたハエを「プー」と吹いたので、ずっとプーと呼ばれるようになった、と述べている。しかも、「断言はできないけど」と相変わらず曖昧な言い方をしている。クリストファー・ロビンは、「ウィニー・ザア・プー」と呼んでいたはずだが、ハチにひどい目にあった後には、ウィニーは消えて、しだいに短くプーとなってしまった。

【ハチミツと養蜂家】

プーの森では、金ではなくてハチミツが重要となる。野生のミツバチがいるのは、この森にたくさんの花が咲いているせいである。プーが落下したハリエニシダも黄色い花を咲かせるし、イーオーの好物は紫色の花をつけるアザミである。ピグレットはタンポポと戯れたり、イーオーのためにスミレの花束を作ったりする。そしてプーもサクラソウやブルーベルの花を讃える詩を作る。こうした花の蜜(ネクター)をミツバチが集めて、巣のなかでハチミツに変えているのだ。

プーが壺に溜めているハチミツは、どうやら自力で集めたものらしい。午前十一時にはお腹が空くので、壺内のハチミツがすぐに無くなってしまう。そこで、プーは「ミツバチの巣を土にまいたら大きな巣になるのかな」(『横丁』第4章)などといって、畑で育てようとする。ラビットのところには、ハチミツもコンデンスミルクも揃っていて、パンにつけて食べることができる。入手先は不明だが、このあたりが万事都合よくできているのが、いかにもファンタジー世界なのである。

ハチの勤勉さは昔から教訓詩に取り上げられている。十八世紀の讃美歌作者であるアイザック・ウォッツは、子ども向けの「怠け心と悪さに逆らって」（一七一五）という詩を作った。「小さな忙しいミツバチは、日なたの時間をうまく使い、咲いた花のすべてから、日がな一日ミツを集めます」と始まり、ミツロウで巣を作るハチを讃える。そして自分（＝詩を読む子どもたち）も、悪魔の誘惑に負けないようにして、本や仕事や健康な遊びで毎日をすごし、最期のときに神様に弁明できるようにしよう、という内容だった。

このハチの詩を、キャロルは『不思議の国のアリス』の第2章で、「小さなクロコダイル」とワニを歌ったパロディの詩に書き換えている。偽りの涙を流して、ニコニコ笑いながら魚を貪ろうとするワニの話になっていた。ミルンもキャロルの詩を踏まえて、勤勉なハチと怠惰なプーを対比している。少なくとも、ウォッツの詩に共感する態度ではない。しかも、皮肉なことに、しだいにアリスにもクリストファー・ロビンにも、学校や教育というウォッツが述べた勤勉な世界が浸透してくるのだ。

昔から野生のハチミツを集めるだけでなく、ハチを飼ってミツを採集する養蜂家は、理想的な仕事のひとつに思われてきた。女王バチに分蜂させて、ハチを増やすことに専念するせいである。ブタやウシを育てる牧畜では、肉を手に入れるためにはどこかで死と直面する必要があるが、養蜂にはそれはなくてもすむことが多い。しかも、ハチはミツを集めるときに花粉をつけて、受粉に役立っている。虫を殺さずに、自然を利用する農法として養蜂家は尊敬を集めてきた。ミツバチと実社会を重ねる議論は昔からあった。

シャーロック・ホームズも探偵業を引退したあと、養蜂家になっていた。「最後の挨拶」（一九一七）では、サウスダウンズで暮らしているとされるが、プーの森のモデルとなったアッシュダウンの森よりも南の海岸沿いの地帯である。ホームズが執筆した『養蜂に関する実用ハンドブック　分蜂への観察付き』という本まで登場する。この本は「ロンドンの犯罪世界をかつて眺めていたように、働くギャングたちを眺めて、夜は考え抜いて、昼は勤勉に働いた成果なのだ」とワトスンは説明を受ける。

ミステリー小説好きのミルンは、『赤い館の秘密』（一九二二）という作品で有名になった。「シャーロックの強奪」というパロディ小説を書き、さらにまさに「最後の挨拶」を扱った「ワトスンのタッチ」というエッセイでは、ドイツのスパイを撃退して、「大英帝国を救ったので、ホームズはサセックスのダウンズにある自分の農場に戻り、今もそこにいるだろう」と述べて、引退を惜しんでいる。

ミルンは、社会観察者で養蜂家のホームズを知らないはずはない。だが、ホームズが一書まで捧げたミツバチに対して、ミルンは辛辣な見方をとる。「芸術家の言い分」というエッセイで、第一次世界大戦中に、芸術家は、炭鉱夫や靴職人や小麦を育てる農夫と比べて、国の役にたっているのかと迫害された、と述べている。周囲の圧力に抵抗できずに、ミルン本人は従軍し、フランスのソンムの戦いで、塹壕熱にかかった「愛国者」だった。

戦後になってハチの社会についての本を読んで実態を知り、アイザック・ウォッツのミツバチと勤勉を結びつける詩に反発する。「芸術家のいない世界、つまりハチの世界は、輜重隊《しちょうたい》しかない軍隊のように不毛で意味がないだろう」と断定する。輜重隊とは軍隊に食料などを供給する部隊である。

そして、芸術家や、探検家や、科学者は、今までにないものを見出すので、価値がある存在なのだと主張している。

『クマのプーさん』のなかでのハチミツは、プーを誘惑する甘い「ちょっとした物（something）」なのだが、それを生み出すミツバチを勤勉のお手本として、芸術家をないがしろにすることを拒否していた。これが第1章のプーとミツバチの争いの背後にある考えであり、プーは次々と鼻歌や詩を作る芸術家に他ならない。プーは「なにもしない」のではない。詩的生産をりっぱにおこなっているのだ。

第2章「プーが訪問して、ぴったりとはまってしまいます」

【あらすじ】

森のなかを、自作の体操の歌をハミングしながら歩いていたプーは、ラビットの住まいの穴を発見します。そして、客として招かれたプーは、友だちであるラビットの好意に甘えて、出された食事を平らげます。帰ろうとすると、入ってきた穴にぴったりと体がはまって動けなくなります。クリストファー・ロビンは、痩せるまで一週間は出ることができないと判断して、穴にはまったプーに本を読み聞かせます。そして時間が経過して、「いまだ」というクリストファー・ロビンの掛け声とともに、森中から集まった動物や虫たちが、プーを穴から引っ張り出すのです。

【体操するプー】

プーは第1章で、森のなかのハチミツを自分の力で採取するのに失敗した。だが、好物であるハチミツの獲得をあきらめたわけではない。自分のところになければ、他からご馳走になるのがプーの考えで、それが第2章の話となる。

森のなかをハミングして歩きながらプーは登場する。「トゥララ、トゥララ」と始まるこの歌は、体操をしたときに作った即興の歌だった。三角形の鏡を前にして、食後におこなうのは、「壮健体操（Stoutness Exercises）」と呼ばれている。本来は健康や筋肉づくりの体操だが、結果として痩せることを目的にしている。「テディ・ベア」という詩では、背が低く太ったぬいぐるみが、自分の体型を気にしていたが、プーも同じなのである。

痩せた身体を鍛える「壮健」は、ボディービルディングのような体力づくりにもつながり、この物語を読んだ子どもたちにも無縁ではなかった。子どもが体操をすることが当時奨励されていた。アメリカのチャールズ・キーンが学校教育用に書いた『身体訓練、ゲーム、集団競争のマニュアル』（一九二三）には、体操の解説として少年が立った姿で始まり、片足ずつ引きあげたり、両手を大きく回したり、屈伸するなどの動作の挿絵がついている。さらに、学年別に難易度をあげることなどが教師に指示されている。日本で、一九二八年に今でもおなじみのラジオ体操が始まるが、先駆者としてアメリカのメトロポリタン生命保険会社が提供する体操があったことも知られている。

プーは、音楽（といっても自作の鼻歌）に合わせて体操をするが、歌詞は「トゥララ、トゥララ」などだけで、リズムは良いが、それだけでは特別な意味はない。ところが、ディズニー版のアニメでは、シャーマン兄弟によるオリジナルの体操の歌が登場し、「運動をしたら、食欲増進」と出てくる。確かに食後の体操と散歩は、プーの食欲をさらに増すだけだった。

体力を増進することに、森の住民たちは関心をもっていた。プーが穴にはまると、クリストファー・ロビンは本を読み聞かせるが、その際に「元気づけてくれる本」が良いとプーはリクエストする。シェパードの挿絵では、「ジャム」と書いてある食べ物の本が選ばれている。食欲が増して逆効果になるかもしれないが、プーを元気づけたのは確かである。第8章の北極探検の前には、プーはミツバチの巣にマーマレードをかけた朝食をとっているし、ジャムやマーマレードは好物なのだ。

第7章には、カンガが、ルーに「強壮剤」として、薬を飲ませるところがでてくる。カンガは「大きく、強くなるため」と説明している。子どもの身体を気づかって大人が飲ませるのだが、「良薬口に苦し」というわけでルーは嫌う。薬を飲むのを子どもたちが嫌がる場面は、P・L・トラヴァースの『メアリー・ポピンズ』(一九三四)の「東風」の章にも出てくる。妖精の仲間であるメアリーの薬なので苦いはずはない。スプーンで飲むと、「ストロベリー・アイス」「ライム・ジュースの強壮剤」「ミルク」「ラム・パンチ」とそれぞれの好みに合わせた味に変化する。

プーの体操でも、楽しく実行するために歌が必要だった。ハミングとともに身体を動かすからこそ、ストレッチも面倒に思えずにすむ。幼児教育においても、スイスで生まれたリトミック(ユーリズミックス)のように、音楽と体操や運動とを結びつけた考えもある。イギリスに一九一五年にユーリズミックス教育の支部が作られて普及した。もっとも、天性の詩人であるプーは、特別な教育など受けなくても、ハミングをして身体を動かすことができるのだ。

【穴にはまる】

ラビットの家を訪れたプーは、穴のなかに「誰か家にいるかい」と声をかける。「ノー」という返事と大きな声を出すなという返答があり、「誰かがいるのか」とさらにプーが声をかけると「誰もいない」とラビットは返事をする。そして、プーはラビットの声なので「ラビットかい」というと「ノー」と再び返される。「ラビットはどこへ行ったのか教えください」と頼むと、警戒をするようにラビットはプーのところに行った」と返ってくる。そこで「プーはぼくのことだ」として、ラビットは「どんな種類のぼくだ」と質問し、「プー・ベア」だと言って、ようやく家に入ることが許されるのだ。

劇作家であるミルンらしく、ここでの笑いは、二人のキャラクターそれぞれが、疑問文に使う「誰か(anybody)」と「誰もいない(nobody)」という語を実在する人物のように利用することで生じる。とりわけ、ラビットが使った「＊＊＊がない」という否定語は、文字での表記はかんたんだが、挿絵などで表現するのが難しく、イメージしにくい。文字通り「ボディ」をめぐる混乱が、プーの身体が穴にはまる展開を予告している。

プーがラビットの家に潜り込むと、午前の十一時という空腹になる時間だったので、招待を文字通りに受け取り、パンにハチミツとコンデンスミルクをつけて食べてしまう。しかも平らげたことで、腹が膨れて、穴にはまってしまう。

一度入ることができた穴から抜け出せない、というのは、エサでおびき寄せて魚を獲る「梁《やな》」と同じ仕組みである。プーは「はまった(stuck)」とラビットは断言する。この言葉は印象深く、第5

章でプーがヘファランプを捕まえるためのエサとしておいたハチミツの壺に頭がはまってしまったときにも使われる。そして、「はまった」状態となるのは、そのままプーさんの物語の魅力を伝えている。一度この世界の魅力にはまったらなかなか抜け出せない。森の住人たちの力を借りて、ようやくプーが穴から解放されたように、物語の外の力を借りないと抜け出すのは難しいと告げているのだろう。

【ウサギの系譜】

プーの隣人のラビットだが、ウサギはノウサギ（hare）と同じ仲間だが、両者には違いがある。ノウサギは耳が長くて背中が丸くないのが特徴となる。『不思議の国のアリス』で、白ウサギはラビットで、めちゃめちゃなお茶会に出てくる「三月ウサギ」と訳されるほうは、ノウサギである。イソップ童話などで知られる「ウサギとカメ」の英訳でもノウサギが使われている。

ラビットのようなウサギは、毛皮をとられて服の素材にされるとか、食材になった。ミルンの『赤い館の秘密』では、ウサギを撃った男がいて、それをオニオン・ソースで料理する話が出てくる。また、ビアトリクス・ポターの『ピーターラビット』（一九〇二）で、ピーターの父親は、マクレガーさんに捕まって、パイにされてしまった。このようにウサギは食材とみなされている。もちろん、プー物語では、ウサギを襲う肉食獣や人間がいないので、ラビットは安心して親族を増せるのだ。

ミルンは、プーさんの物語に先行して、『ウサギ王子』（一九二四）というファンタジーを発表した。世継ぎがいないので困った王が、大臣の忠告によって、二十歳以下の良家の出の者のなかから選ぶと布告するのだ。すると候補者の一人として、ウサギが出てきて、自分に資格があるとして、最初のマラソン競技で勝利をおさめる。そこで、ウサギと人間のキャロメロ卿に候補者が絞られ、ウサギは王さまたちが出す謎々や掛け算でも相手を打ち負かすのだ。そして最後にウサギが勝った方法と、その正体は意外なものだった、というオチの小説である。

こちらのウサギはそれなりの知恵者だったが、やはりラビットも、自分はプーやピグレットより利口だと考えている。森のなかには、友人や親戚がたくさんいて、甲虫まで友人に含まれるので、「人望」や「人間関係」の点では、クリストファー・ロビンをのぞくと、森の生き物のなかで抜きん出ている。ただし、ラビットはプーを「友だち（friend）」と呼んでいるが、プーはラビットを「仲間（company）」とみなしている。そして、プーは「ピグレットの友だち」だが、「ラビットのコンパニオン」と呼ばれる（第9章）。「コンパニオン」は友だちと似た意味だが、「パンをともにする者」が語源である。この語源の意味を拡大解釈して、プーは遠慮なくラビットのハチミツやコンデンスミルクを塗ったパンを平らげるのだ。ラビットのほうは、友だちと思っているので、断ることもできずに食べさせてしまう。両者に相手との関係の認識にずれがあるのは興味深い。

【綱引きと「おおきなカブ」】

最後に、プーを穴から引き出すために、森に暮らす動物や昆虫たちが集まってくる。クリストファー・ロビンやラビットとその親戚たちだが、シェパードの挿絵には、ピグレットやネズミやハリネズミやイタチっぽい小動物、さらにカブトムシやトンボやチョウが応援にかけつけている。森の住民が総動員されているのだ。

このようすは「綱引き」を連想させる。昔から世界中に綱引きは存在し、日本でも運動会などで、二組に分かれておこなう競技として定着した。神事として沖縄や秋田でも大規模な綱引きがおこなわれている。オリンピックでも一九二〇年のアントワープ大会まで正式種目だった。

もちろん、ここで「綱引き」といっても対等な争いではなくて、プー一人に対して、多くの人数が必要となる。別の見方をすると、森の住民たちが抜くのに力を合わせなくてはならないのは、プーが太って穴にはまったせいだけでなく、キャラクターとしての重みのせいかもしれない。クリストファー・ロビンも含めた全員で、ようやく太ったプーと対等になるという計算である。

しかも、みんながプーを引き抜こうとするシェパードの挿絵は、ロシア民話の「おおきなカブ」に出てくる場面を思わせる。アレクセイ・トルストイによる再話に基づく絵本は日本でも知られている。立派に育ったカブが抜けないので、おじいさんが、おばあさん、孫娘、イヌ、ネコ、ネズミと助っ人を呼び、全員の力でようやく抜けたという話である。収穫の喜びや大変さを誇張するとともに、次々とキャラクターが加わる楽しさがある。こうして引き抜かれたときに出る音があるとすれば、口のなかの息が抜ける「プー」がふさわしい。

クリストファー・ロビンたちの助けを借りて穴から抜け出たプーは、みんなに感謝をすると、誇らしげにハミングをしながら、森のなかへと去っていく。これは最初に出てきた「トゥララ　トゥララ」という鼻歌のはずで、第2章は、この鼻歌に始まり、そして終わるのだ。キャラクターとして他人や事件に左右されないプーの姿は、困ったやつだけど愛すべきものとして、クリストファー・ロビンが「おバカなクマ」と呼ぶのにふさわしいのである。

第3章　「プーとピグレットが狩りに行き、もう少しでウーズルを捕まえそうになります」

【あらすじ】
ピグレットがブナの木の自分の家の前で雪かきをしていると、カラマツの林の周りを回っているプーと会いました。プーは狩りをしていて、足跡を追跡しているのだと言います。いっしょに歩くことにしたピグレットは「ウーズルかもしれない」と言い出します。そして、二匹いたのに、いつの間にか足跡が増えたので、「ウィズル」という新種だろうとプーは結論づけます。さらに回っているうちに、オークの木の上から、クリストファー・ロビンが声をかけます。そして、プーとピグレットは自分たちの足跡をたどって追いかけていたのだ、と種明かしがなされます。

【ピグレットの家と家系】

第1章では、プーとクリストファー・ロビン、第2章では、プーとラビットとの友だち関係が紹介されたが、第3章はピグレットとの関係が中心となる。このように、『クマのプーさん』の前半は、少しずつ森の世界と、プーの仲間たちが紹介される。しかも、今度のプーの狩りの対象はハチミツではなくて、正体がよくわからないウーズルなのだ。

冒頭にピグレットの家の話が出てくる。一見ウーズル騒動とは関係ないように思えるが、この家はその後、『プー横丁の家』で数奇な運命をたどることになる。地図では左の端に置かれているが、ピグレットは「森の真ん中にあるブナの木の真ん中にある」立派な家に住んでいるが、内部はわからない。シェパードの未使用のスケッチには台所のようすを描いたものがあり、鍋などの食器がかなり充実していることがわかる。ドングリが主食のはずだが、どのような調理をしているのかが気になるほどである［Campbell 70］。

地図に描かれているのは森の一部で、ピグレットが森の中心にいると考えられるかもしれない。しかも「トレスパッサーズ・W」という立て札が脇に立っている。これは「通り抜け禁止」という標識が壊れたのであり、クリストファー・ロビンにも読めないので、自由にみんな森を通り抜けている。ピグレットは、祖父のトレスパッサーズ・ウィル（ウィリアム）の略だと主張する。ピグレットは自分の家系の話をして、どうやら三代の歴史や記憶をもった由緒ある家に暮らしているのだ。ドングリ好きの子豚であるピグレットの祖父であるトレスパッサーズ・ウィリアムは、どちらかを失くしたときに備えて名前を二つもっていたと言う。おじさんにちなんだ名前がトレスパッサーズで、ウィリアムはトレスパッサーズにちなんだものと説明する。ウィリアムの方の理由は不自然だが、これは「ちなんだ」と「のちに」のどちらにも前置詞の「アフター」を使った言葉遊びである。トレスパッサーズの「のちに」生じたのが、ウィリアムだというのがピグレットの主張である。

立て札がトレスパッサーズ・ウィリアムだとするピグレットの主張を、クリストファー・ロビンは自分も二つ名前をもっているから理解してくれた。作者のA・A・ミルンもアラン・アレキサンダーの略である。ミルンと同じように、二つの名前をもち、イニシャルの作家は少なくない。ファンタジー作家でも、Ｊ・Ｍ・バリとかＪ・Ｋ・ローリング、さらにはＪ・Ｒ・Ｒ・トールキンのように三つもつ場合もある。

ミルンの父親つまりクリストファー・ロビンの祖父も、ジョン・ヴァインで二つの名前をもっていた。Ｊ・Ｖ・ミルンは、大学で理系に進んだミルンが、文筆業になることには反対した。そして、両親との確執を経たクリストファー・ロビン・ミルンは、クリストファー・ミルンと名乗るようになった。プー物語の主人公と混同されて学校でいじめにもあい、二つの名前の重みに潰されて、Ｃ・Ｒ・ミルンとして生きるのが不可能だったからだろう。

プーはピグレットと共にウーズルを追いかけながら、ピグレットの祖父が、追跡のあとで身体のこりをほぐすためにおこなったことなどの話をする。プーは興味深い話を聴いて、「おじいさん」が何かわからないが、ほしくなる。そして、追いかけているのが二人のおじいさんだったなら、一人をもらって家に連れて帰り、飼いたいと考える。おじいさんを家族としてではなく、何か別種の生物と思っているようだ。

第5章でわかるが、プーには、ハチミツは同じ色のチーズかもしれないと忠告してくれた「おじさん」はいるようだ。ところが、「おじいさん」はいないので、ピグレットがうらやましいのだ。他にも、ラビットにはウサギの親族がいるし、オウルも肖像画の「ロバートおじさん」について誇らしげに語る（『横丁』第8章）。それに対して、プーの森に姿を見せる親子関係は、カンガとルーだけである。そして、クリストファー・ロビンにも、プーたちは知らなくても、外枠の物語には父親のミルンがいる。こうして見るとキャラクターのなかで、イーオーとティガーの単独性が目立つのだ。

【敵性動物としてのウーズル】

ピグレットは、追いかけているのが「敵性動物（Hostile Animals）」かもしれない、とプーに忠告される。プーが使った難しい言葉のひとつで、本文でも大文字で強調されていて、しかも「敵性」とプーはすでに相手の性質を決めつけている。同行を求められたピグレットは、ウーズル（Woozle）ではないか、と名前をあげる。

ウーズルは「イタチ（weasel）」をすぐに連想させる。第2章の森で多くの動物や昆虫が集まってプーを引っ張り出した挿絵のなかに、イタチらしい動物がいたので、どうやら森にはイタチが暮らしているようだ。ピグレットは、足跡の主の正体をプーが見つけるより先に「ウーズル」と名づけたのである。ウーズルを、石井桃子は、「モモンガー」と江戸時代の妖怪を指す言葉で訳した。それに対して、阿川佐和子訳では「イタズラッチ」、ディズニー版アニメでは「ヒイタチ」とイタチを踏まえて訳されている。

雪のなかでのピグレットの不安な気持ちが、プーといっしょに歩いている間にしだいに高まっていく。そして、ウーズルの足跡が増えると、プーはそれを「ウィズル」と名づける。足跡の正体は参加したピグレット本人が残したものだが、直接見ていない（といっても見ることは不可能な）相手なので、妄想をしだいに膨らませるのだ。正体がはっきりしていないのに、相手への怖さが作り出されるようすを描いているのが、この章の特徴である。正体のわからないものへの恐怖を扱う話は、子ども向けの定番となっている。

だが、プーの森のなかで恐怖を与える定住者はキャラクターとしては登場しない。ミルンが敬愛したケネス・グレアムの『楽しい川べ』（一九〇八）でも、森はイタチやテンやキツネがいる危険な場所とされていた。主人公であるモグラやネズミといった小動物は怯えながら暮らしていた。ところが、そうした危険な動物たちは、プー物語では顔をださない。

また、ミルン自身の『むかしむかし（邦題：ユーラリア国騒動記）』（一九一七）の第1章では、森をウマで駆け抜けてきたヒヤシンス王女に父王が「なにか冒険はあったかね」と質問する。王女が否定すると、昔は森には「魔女、巨人、ドワーフがいた。おまえの母親と会ったのも森だった」と父王は返答するのだ。

どうやら、プーの森では、脅威となる動物は姿を見せず、「途方もないもの」は死に絶えて、平和に見える。ところが、なにかのきっかけで、不安が生じることがわかる。それが現実のイタチを超えたウーズルなのだ。

しかも、ウーズルという名前は、病気からの連想も含まれている。「ウーズル」という音は、「スヌーズル（snoozle）」を思わせる。これは「鼻をすする」という語の方言だが、クリストファー・ロビンが風邪を引いたときの詩が「鼻をすする（Snoozles）」として第二詩集の『さあぼくらは六歳になった』に掲載されている。クリストファー・ロビンが「ぜいぜい（wheezle）」しているので、ひょっとして「はしか（measle）」になるのではないか、と周囲の人たちが心配する。

第4章でオウルには難しくて書けない綴りの語として、まさに「はしか」が取り上げられているのも偶然ではない。「ウーズル」は、不慮の場合に死をもたらす危険をもつ「ミーズル」とつながっている。そして、イタチだけでなく、目に見えない病気が与える不安も、ウーズルの怖さを増幅させる。ミルンが参加した第一次世界大戦と戦後に、「スペイン風邪」と当時呼ばれたインフルエンザが世界中で流行した。五千万人以上の人が亡くなった病気を思い返しても、見えないものへの恐怖がプーの森で生じても不思議ではないのだ。

【ぐるぐると円を描く】

プーとピグレットのように、木の周りをぐるぐると回るのは、どこか『不思議の国のアリス』の第3章のコーカス・レースを思い出させる。アリスが流した涙におぼれて濡れてしまった動物たちは、ドードーの合図で、アリスも含めてみんな走る。円を描いて走る以外に、どこから始めても、どこで終えても構わない、という無秩序なレースである。参加者はそのうち身体が温まって濡れた状態から逃れた。「冬の日にやってみたらいい」とキャロルは書いているが、それに応じるように、プーとピグレットは雪の積もった森のなかを歩いているのだ。

ファンタジーの世界では、妖精たちは輪になって踊る。ウォルター・デ・ラ・メアの『妖精詩集』(一九二二)には「妖精の踊り」という詩があり、「輪になった妖精たちが、軽快に輪を描いて踊りながら、歌っていたのを聞いた」と出てくる。そして、森のなかで、キノコが円を描いて土から顔を出すことがあり、「妖精の輪」(学術的には「菌輪」)と呼ばれる。妖精たちが踊った跡がそのまま残っているとされている。ウィーズルはもちろん妖精ではないし、プーもピグレットも違うが、ひょっとすると彼らの足跡からキノコが生えてくるのかもしれない。

出発点に戻って円を描くように、繰り返し話をしていると、しだいに自分でも信じられるようになってくる。ピグレットは、立て札から思いついた「トレスパッサーズ・ウィリアム」という祖父がいるとクリストファー・ロビンに説明したあと、おじいさんに関するエピソードをプーに語る。

そのためおじいさんの存在は、ピグレットの本当の記憶なのか、それとも彼が生み出した妄想なのかわからない状態となる。想像は、ときには、思いこみとして定着する。そして、プーとピグレットは、ウーズルに対する妄想を互いに語り合うことで、しだいに存在が本物らしくなってくる。二人の間を同じ言葉や考えが反響して、現在なら「エコーチェンバー現象」と呼ばれる効果があるのだ。

プーたちは、自分で自分の背中を追いかけても決して追いつかない、という矛盾におちいっていた。そして、ウーズルからさらに新種のウィズルが増えたらしい、とプーが指摘すると、ピグレットは怖気づいてしまう。そこで、午前中にしなくてはならない用事を思い出した、と言い訳をして円環から抜け出そうとする。

ピグレットから時間を質問されたプーは「十二時」と返答する。アナログ時計で考えると、時間の経過とは針が回る円運動である。シェパードの挿絵でも、プーとピグレットは時計回りに歩いている。ウーズルが短針で、プーたちが長針の速さなら追いつくはずだ。午前は過ぎているのに、「十二時と十二時五分との間にしなくちゃ」、と不思議な理由をピグレットは述べる。十二時では長針と短針が重なり、五分だと長針が短針を通り過ぎるので、プーたちが追いついてウーズルの謎が解けることを指しているのかもしれない。

そうした騒動の一部始終を木の上から見届けていたクリストファー・ロビンが口笛で存在を知ら

せる。ピグレットはプーと同行する義務がなくなったので、さっさと家に帰ってしまう。そのためウーズルの足跡の正体が自分たちのものだったとは知らないままなのだ。プーが自分たちの愚かな行動を理解したのは、前足を足跡にはめて、自分の鼻を二度引っ掻いてからである。クリストファー・ロビンという高みの見物をして判断してくれる人物がいなければ、プーたちはウーズルの妄想にずっと浸っていた可能性があるのだ。

第4章「イーオーが尻尾を失くし、プーがそれを見つけます」

【あらすじ】

灰色の年寄りロバのイーオーにプーがあいさつしたところ、尻尾が無くなっている事に気づきます。イーオーは盗まれたのか、失くしたのかわからないと返答します。そこでプーは探す知恵を借りるためにオウルの家へと行きます。オウルは、発見者に謝礼を提供するという貼り紙をすべきとプーに教えます。そして、その文章を書くのはクリストファー・ロビンだと主張します。オウルの家の入り口の注意書きもみんなクリストファー・ロビンに書いてもらったものなのです。帰りかけたプーがよく見ると、オウルの家の玄関にある呼び鈴のひもが、イーオーの尻尾なのでした。そこで、クリストファー・ロビンが、見つかった尻尾をイーオーにつけてあげます。

【ロバのイーオー】

第4章では、百エーカーの森に住んでいる旧住民の残りとして、イーオーとオウルがくわしく紹介される。これによって、森全体のキャラクターどうしの関係や、各地に住み分けていることが見て取れる。しかもイーオーとオウルはどちらも年上なので、プーやピグレットには苦手なタイプなのである。

森のアザミが茂った湿った場所にロバのイーオーはいる。イーオーはいつも「なぜ」「何故に」「何の故に」とか古風な表現を使って考えている。どこか疑い深くて、孤独とか陰鬱という形容がついてまわる。ロバという姿とともに、独特な雰囲気をもっている。ロバは「阿呆」で人間に従順だという偏見にさらされてきたが、そうした点を逆手にとって、思索をするロバを描いているのだ。

正確な年齢は不明だが、イーオーが使う言葉も難しく、年をとって経験もたくさんありそうに思える。イーオーは第6章で「ボノミー」とプーに口にする。善き人といった意味だが、フランス語を使ったところに、プーだけでなく多くの幼い読者は戸惑ったはずだ。イーオーにつけられた「オールド」とは親しみをこめたもので年齢ではないという指摘もある［チータム 一五八］。確かにクリストファー・ロビンが「おバカなクマさん（silly old bear）」とプーを呼ぶときの「オールド」は親しみの表現である。けれども、言葉づかいも大げさで、パーティなどでの長演説を好むのも、やはり大人か年寄りの特徴とみなせる。

ロバは二十年以上、ときには五十年は生きるとされているので、ひょっとするとイーオーは十九世紀末に生まれた世紀末人なのかもしれない。世界がしだいに悪くなっていく不安を抱えた「世紀末

(fin de siècle)」とは、フランス語に由来し、ニヒリズムや冷笑主義《シニシズム》をはじめさまざまな懐疑的な考えが生まれた。イーオーはそうした思想の洗礼を受けたキャラクターにも見える。イーオーが他のキャラクターより超越しているのは、ロバの頑固な性格だけでなく、時代遅れの思想や価値観のせいでもある。このあとでも、ラビットが友人のチビを探しているとか、オウルが家を失ったという情報は、他の住民よりも遅れてイーオーに伝わる。

【対照的なオウル】

森の賢者であるオウルは、百エーカーの森のなかの「クリの木荘（the Chestnuts）」に住んでいて、プーに向かって長くて難しい言葉を乱発する。イーオーの尻尾を探すのには「薄謝（issue）」が必要といったのを「はくしょん（tissue）」とプーは聞き違えて、オウルがくしゃみをしたと思う。長々と説明したあと、結局のところ最初の出発点に戻って、謝礼を出すという貼り紙をクリストファー・ロビンに書いてもらおうと提案をするのだ。

オウルは文字が書けることが自慢だが、クリストファー・ロビンほどではなくて、自分の名前の「オウル（Owl）」を「ウオル（Wol）」と誤記するくらいの力量である。最終的にはクリストファー・ロビンに頼むしかないと考える。ただし、クリストファー・ロビンが書いたとされるオウルの家の玄関の注意書きも、プリーズが二つとも間違っているように、誤字だらけの代物なのである。

プーの森は、文字や言葉を覚える途中のクリストファー・ロビンが活躍するための世界なので、正書法に基づいた文字をきちんと書けるキャラクターはいない。そのことが同じような間違いをする同年齢の読者には親しみを感じさせる。そして、すでにその段階を卒業した大人たちは微笑ましく見守ることになる。

思索はしても知識や教育に懐疑的なイーオーと、知識をひけらかすだけで、思索は不得意なオウルとは補完しあっている。イーオーは、自分の尻尾の喪失に気づいても、「探してあげる」とプーが言うのを聞くまで、自分から行動しようとは思わない。プーが相談したオウルは、貼り紙などの知恵を貸してはくれるが、プーが適当に「はい」と「いいえ」を交互に返答していても、気にせずに話を進めていく。そのため、最終的に解決するのは、尻尾を探しだしたプーや、尻尾を釘で打ちつけたクリストファー・ロビンの役目となるのだ。

【ぬいぐるみという自覚】

プーに指摘されるまで、イーオーは自分の尻尾が失くなっていることに気づかず、平気だったのは、森の住民たちがぬいぐるみに由来するせいである。指摘されて、ようやくイーオーは振り返ったり、前足の間から覗いて、尻尾の不在を確認する。シェパードの挿絵では、イーオーが確認する動きを連続してとらえているが、最後に尻尾がつけられて、イーオーが前転しそうになるくらい喜んでいるようすも描かれている。

イーオーの尻尾が着脱が可能というのは、血が通っていないということだ。そして、プーがハチミツをハチから盗もうとして、木に登って落下してもケガ一つせずに平気なのは、ファンタジー世界の住人だからである。これは「死」を表面化させないために必要な設定である。人形劇ならば、本来ぬいぐるみという無生物が動いている点を無視したままで話は進むはずだった。

ところが『クマのプーさん』では、物語そのものが、キャラクターたちが、ぬいぐるみ起源である点を自分で暴露してしまう。ディズニー版のアニメでは、もっと直接的で、プーが鏡に向かって「壮健体操」をするところで、背中の縫い糸がほつれて、自分で結び直す場面が出てくる。イーオーの場合以上にぬいぐるみであることが強調されている。また第7章で登場するカンガには、ポケットに開閉用のボタンがついているのだ。

おもちゃとかぬいぐるみが、現実とは違うルールのもとで生活をしていて、無生物が動くようすを人間に見られたら困るという設定の話もある。たとえば、アニメ映画の『トイ・ストーリー』(一九九五)では、おもちゃたちは人間の前では動かず、さとられないように配慮する。おもちゃが自分の意志をもつと知られるのは子どもの夢を壊すと思われているせいである。

またメアリー・ノートンの『床下の小人たち』(一九五二)では、家をこっそり間借りしているだけでなく、物を借りている小人たちは見つかるのを恐れて暮らしていた。ところがアリエッティが人間に見られたために交流が始まる。このように、おもちゃや小人が動くところを発見されないように配慮するのは、人間社会で暮らしているせいだった。

プーの森というファンタジー世界では、そうした設定をする必要はない。イーオーがぬいぐるみとしての姿を見せて、演じているという約束事をばらしながら物語を作ることは、演劇では「楽屋落ち」とされる。自分と息子をキャラクターとして登場させたり、自己言及的な表現を拒まないところが、演劇から出発したミルンの持ち味なのである。

【失くしたものの発見】

イーオーの尻尾のように、失われたものが見つかるというのは、昔から物語の重要なテーマだった。おとぎ話の宝探しから、ミステリーやホラー小説の死体や犯人探しまで、つまり富の入手から謎の解明まで、人々を惹きつける要素をもっている。たとえば聖書のルカの福音書の第十五章には「見失ったヒツジ」「なくした銀貨」「放蕩息子」というエピソードが三つ出てくる。ヒツジ、銀貨、息子のいずれも、失われたものは罪人の比喩であり、彼らさえも救済するイエスの心の広さを物語っている。

今回の騒動も、イーオーが自分の尻尾に気配りをしていないからこそ、プーが見つけるまで喪失に本人が気づかなかったのだ。真相を知ると、イーオーは「誰かに持ち去られた」と考えるが、これは罪人を作り出すことにもつながる危険がある。持ち去った犯人であるオウルも、別に悪気があったわけではない。森の木にひっかかっていたイーオーの尻尾を、その木の住人の呼び鈴のひもと間違えて、何度引いても応答がなかったので、自分のものにしただけである。オウルも一応の礼節はわきまえていた。無事に尻尾が見つかったことで、イーオーは森の誰かに罪を着せることもなく、オウルも、むしろ発見者となり、誰からも非難されない。

クリストファー・ロビンに釘でつけてもらった尻尾を、イーオーがくるくると回すと、見ていたプーは、目を回して気分が悪くなる。そして、時計の針の動きと錯覚したのか、急いで自分の家に戻って、「自分を支えてくれるちょっとしたおやつ」つまりハチミツをなめなくてはならなかったのだ。

しかも、最後の歌のなかで、尻尾を発見したのは十一時十五分前だったと告白する。プーがいつものように十一時が近づいて、オウルの家で、応接間にある食べ物置き場のコンデンスミルクかハチミツをなめたいとそわそわした時刻と一致している。つまり、プーはハチミツを食べるのを我慢してまで、イーオーの尻尾の発見に貢献したと強調されているのである。

第5章 「ピグレットがヘファランプと出会います」

【あらすじ】

クリストファー・ロビンが「ヘファランプを見た」と言ったので、プーとピグレットは、ヘファランプを捕まえる計画を立てます。とても大きな穴の底にエサを仕掛けておびきよせることを考えました。ピグレットは穴を掘り、プーはエサとしてハチミツを家からもってきますが、途中で壺の中身をかなり食べてしまいます。お腹がへって夜中に眠れなかったプーは、ハチミツを求めて、穴に近づいて仕掛けた壺にはまってしまいます。朝になってピグレットがヘファランプが罠にかかったかを確認すると、そこにいたのは壺にはまったプーでした。それこそヘファランプだと思いこんで、ピグレットは助けを求めてクリストファー・ロビンの家に向かいます。確認するために戻ると、壺が割れてプーが顔を出します。

【ゾウからヘファランプへ】

第4章までで主要なキャラクターの紹介が終わったため、ここで第3章のウーズル編に続いて、プーとピグレットとクリストファー・ロビンが活躍する怪物狩りの話となる。第4章のイーオーの尻尾を発見した手柄で、鼻が高くなったプーだが、ここでは失敗してしまう。しかも、ヘファランプ狩りは、幻のまま終わったウーズルとは異なり、意外な怪物が捕獲されることになる。

今回の騒動は、クリストファー・ロビンが「今日ヘファランプを見た」と言ったことから始まる。どうやら動物園で出会った「ゾウ（エレファント）」をうまく発音できず、しかも「ランプ（lump）」という「塊」と「のそのそ動く」を指す語とが合成されたのだ。だから、「ヘファランプはどうしていた？」と質問されると、「のそのそ動いていたよ」と返答する。

クリストファー・ロビンの言い間違いが、そのまま怪物の名前に利用されている。現実のクリストファー・ミルンも、自分の名字のミルンを「ムーン」と言い違えたので、ビリー・ムーンとあだ名された。実際の発音も「ミウン」に近いので、ムーンと誤解したのも納得がいくのである。

ゾウはミルンの第一詩集『ぼくらがとても幼かったころ』に出てくる。「四ひきの友だち」には、ゾウとライオンとヤギとカタツムリが登場するが、互いに仲が良いのかは詩からはわからない。アーネストというゾウは、厚い壁に囲まれているが、ラッパのような鳴き声をたて、飼い葉桶を壊し、騒動を盛り上げる。怒らせると怖いことがわかる。また「動物園で」は、ライオン、トラ、ラクダがいると始まり、「でも、動物園に行ったとき、ぼくが丸パンをあげたのはゾウだった」と三回繰り返される。これは現実のクリストファー・ミルンの体験に基づくのだろう。

このようにヘファランプがゾウに由来するので、シェパードは、挿絵のなかでプーとピグレットの夢に出てくる姿としてゾウをそのまま描いている。すでに詩集で何頭も絵にしていたので流用も難しくなったわけだ。ヘファランプを、石井桃子は「ゾゾ」と、ディズニー版アニメは「ズオウ」、そして阿川佐和子は「ゾオオ」と、それぞれゾウからとった名前に翻訳している。

【プーとピグレットの共同作業】

プーとピグレットは、クリストファー・ロビンからヘファランプの話を聞いて、「見たことがある」と反応する。もちろん錯覚だが、両者の意見が合ったのだ。そして、ウーズルのときとおなじく、家に帰るためにいっしょに歩きながら、プーとピグレットの間で、ヘファランプを罠にかけて捕まえる計画が出来上がる。

ただし、お互いのやりとりから、キャラクターの違いが浮き彫りとなる。プーがヘファランプを捕まえると言ったときに、ピグレットは先に思いつけばよかったと考える。そして、深い穴を掘ってヘファランプを落として捕まえるというプーの計略に、ピグレットが「なぜ落ちるのか」と質問する。ヘファランプは青い空を見ているからとか、雨が降ってもいつ止むかと上を見ているので落ちると説明するのだ。ピグレットは「何?」とか「なぜ?」という問いを連発することで、プーの考えを刺激している。

六本マツのところで、プーから穴の掘る位置を質問されると、ピグレットはヘファランプが落ちる手前がよいと返答する。掘るところが見つかるかもしれないので、ヘファランプを誘惑するエサが必要だという結論になった。ピグレットはドングリ、プーはハチミツとそれぞれの好みのものを挙げる。ただし、ピグレットは、プーがハチミツを出してくれれば助かると計算して、自分が穴を掘っている間にハチミツを取りにいってくれと頼むのである。

どうやら力仕事を小動物であるピグレットが担当している。ウーズル狩りでも、雪かきをしていた前をプーが横切ったのだ。プーは穴の底にいるピグレットにハチミツの壺を投げるのが、チーズではないと確認するためになめたせいで空に近いので、ピグレットは失望してしまう。とにかく罠を完成させたピグレットは、翌朝の六時にようすを確認すると約束してプーと別れる。この章で、ピグレットはプーの思いつきに質問し意見を述べて、実現可能なものに仕立てる役目をもつとわかるのだ。

【ヘファランプに襲われる】

ヘファランプはもちろん存在しないが、プーたちを三度襲う。一度目はプーが眠りにつこうとするのを邪魔する。プーは夜中に空腹から目を覚まし、ハチミツを罠のエサとして置いてきたことを思い出す。それでも眠るために最初は羊を、次にヘファランプを数える。数字が増えて五百八十七頭までいくが、そのたびにプーのハチミツを横取りして食べるので、夢のなかでも空腹がさらにひどくなる。そこで、プーは起き出して、罠に使ったハチミツの壺を求めて、六本マツまででかけるのだ。

ハチミツをめぐって、プーが何かにはまるという第2章の主題が反復される。今回プーがはまったのは、ラビットの家の入り口ではなくてハチミツの壺だった。穴の底にある壺が空っぽの原因は、ヘファランプのせいだと最初考える。だが、自分が食べてしまったと気づいて、底までなめるために突っこんだ頭が壺にはまったのである。

二度目は、ヘファランプはピグレットを襲う。ヘファランプのようすや、口笛を吹いたらやってくるのか、などの数々の疑問や悩みで眠れなくなる。ピグレットの悩みはハチミツをめぐるプーの場面とは異なる。しかもどの質問も答えがないことで悩みがさらに増えてしまう。そして、六時より前に、罠にかかっているかどうかを確認しに行き、かかっていたら安心できると考えるのだ。

プーもピグレットも互いの六時という約束を破って、六本マツの罠に近づいたことで、三度目のヘファランプの襲撃が起きた。壺をかぶって唸り声をたてるプーの姿が、ピグレットにはヘファランプそのものに思えたのだ。ピグレットは「ヘルプ(help)」と「ホリブル(恐ろしい)(horrible)」と「ヘリブル・ホラランプ(Helllible Horralump)」というHではじまる言葉を混同して、「ヘリブル・ホファランプ」などと舌がもつれて変な言葉を発してしまう。

そして、ピグレットは目覚めたばかりのクリストファー・ロビンを連れて穴に戻った。ウーズルのときには、ピグレットは自分たちの足跡だったという正体を知る前にその場を離れてしまった。今回は笑っているクリストファー・ロビンの脇で、壺が割れて、プーの頭が出てきたのを目撃する。ピグレットは自分の愚かさを知り、家に帰って頭痛で寝こんでしまう。それに対して、プーはウーズルのときと同じで、クリストファー・ロビンに「とても好きだよ」と言われる。知恵を使い体力も使ったピグレットのほうが損をしてしまう結果となるのだ。

第6章 「イーオーが誕生日なので、プレゼントを二つ手に入れます」

【あらすじ】

悲しいようすのイーオーにプーが「カトルストン・パイ」という歌を聞かせても、気分が変わりませんでした。誕生日だというのに、プレゼントもケーキもないからです。それを聞いて驚いたプーは、自分の家にちょうど訪れてきたピグレットに、イーオーにプレゼントを贈る計画を告げます。プーはハチミツ入りの小さな壺、ピグレットは風船をあげることを考えます。ところが、プーは味見をして空になった壺そのものを贈ろうと考えて、オウルに誕生日おめでとうという文字を書いてもらいます。ピグレットは風船を持っていく途中で割ってしまいます。どちらのプレゼントにもイーオーは喜び、壺のなかに割れた風船を入れたり出したりしていました。

【誕生日をもつこと】

第4章でぬいぐるみだと自明となったイーオーが、ここでは、誕生日をめぐる騒動を引き起こす。ぬいぐるみなら誕生ではなくて製造日だろうが、プーの森の住民なので、やはり誕生日となる。しかもイーオーが自分の誕生日を知っているためには教えてくれた家族が存在するはずだが、その点は不明である。カレンダーがどこにあるのかもやはり不明なのである。

いずれにせよ、この章でイーオーに誕生日があることが判明したので、森には、曜日、時間（六時、十一時、十二時）や季節（冬や春）、そして何月何日と具体的な表示こそないが、日付が加わったのである。

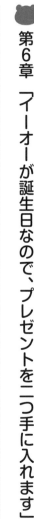

モデルとなったアッシュダウンの森の現実にしだいに近づいている。

プーから悲しんでいると指摘されたイーオーは、自分の誕生日を祝ってもらえないみじめさをプーに訴える。プーは驚き、おめでとうと言うが、イーオーは思わず「プー・ベア、おめでとう」と応じる。だが、誕生日以外の日におめでとうと祝ってはいけない、とプーは考えるのだ。

ここで連想されるのは、『鏡の国のアリス』の第4章でアリスが出会ったハンプティ・ダンプティが、「誕生日でない日」の贈り物として、白の王と女王からスカーフをもらったことである。誕生日以外を祝うのならば、一年に三百六十四日になると、アリスは計算させられる。なんでもない日を祝うほうが得をする。のちにディズニー版の『不思議の国のアリス』の「めちゃくちゃお茶会」では、三月ウサギと帽子屋とヤマネが歌う「誕生日でない日おめでとう」という歌にもなっている。

イーオーの気分を高めるために、プーが謎々はできないので、「カトルストン・パイ」を歌う。これは三連からなる謎々歌になっている。「カトルストン、カトルストン、カトルストン・パイ」と繰り返されるが、いちばん重要な行は、「虫は鳥を追わないが、鳥は飛ぶ」「魚は口笛を吹けないが、ぼくも同じ」「どうしてニワトリが動く？ 理由はぼくにもわからない」と出てくる。

アップル・パイやウサギのパイを扱った歌は『マザー・グース』にもある。また、クリストファー・ミルンがエドワード・リアのナンセンス詩「キャリコ・パイ」が好きで、小さな頃何度も歌っていたと述べている［Enchanted 17］。「キャリコ・パイ　小鳥たちは飛ぶ（fly）」と音の連想で進むのであり、そのあとは「キャリコ・ジャム」などと変化してしまい正体はよくわからない。

カトルストン・パイもいずれにせよ歌からは正体は不明である。ところが、当事者であるクリストファー・ミルンが、カトルストン・パイとは、編み物で作られた、ゆで卵の保温にかぶせるための「エッグ・コージー」のことだと証言している［Enchanted 33］。毛糸で作られた手作りのかわいらしい物がたくさんあり、第三連がニワトリになっているのはそのせいだろう。

卵が関係するとわかると、「カトルストン・パイ」が『マザー・グース』の謎々歌である「ハンプティ・ダンプティ」の現代版と理解できる。壁から落ちてしまったら、たとえ王様の軍隊でも元に戻せないハンプティ・ダンプティとは、答えが「卵」となる。そのため『鏡の国のアリス』のテニエルの挿絵でも卵の姿になっていた。そして、キャロル版のハンプティ・ダンプティを通じて、イーオーの誕生日の話とつながっているのだ。

【二つのプレゼント】

イーオーへ贈るプレゼントとしてプーが決めたのは、小さな壺に入ったハチミツだった。そして、プーからその話を聞いたピグレットは、共同のプレゼントにしようと提案する。ピグレットは、ヘファランプ用の罠でもハチミツを提供させたりと意外と計算高いのである。それに対して、プーは「そういうプランは良くないと思う」と拒否する。そこで、ピグレットは自分のパーティで残っていた風船をあげることに決めた。

プーは、例によってハチミツの壺を味見してしまい、中身を平らげてしまう。そこでハチミツではなくて、容器の壺をプレゼントに決め、オウルに贈呈の言葉を書く依頼をするのだ。オウルはその上に「ハッピー・バースデイ」と書くのだが、「ハッピー」は「ヒッピピッピィ」のように表記が間違っている。しかも「バースデイ」にあたる部分は三回繰り返されている。さすがに長いのでは、とプーが質問すると、「ハッピー・バースデイ、プーより愛をこめて」と書いたと言い訳をする。メッセージが間違っていてもプーは読めないが、「役に立つ壺」だとイーオーに贈るのである。

一方ピグレットは、風船を運んでいる途中で転んで、割ってしまう。そのとき、世界が破裂したように思え、さらには月まで飛ばされたと錯覚するほどだった。第1章でプーを空に浮かべたクリストファー・ロビンの風船はライフルで撃ち落とされたが、ピグレットの風船は不注意から破れてしまった。だがイーオーはプレゼントという行為に感激して、それを受け入れる。

二つのプレゼントのハチミツと風船は、イーオーに贈られる。だがそれぞれ空っぽと破れた状態という不完全なままである。プーもピグレットもどこか申し訳なく思っているのだが、イーオーは喜ぶのだ。そして二つを組み合わせて、イーオーは歯を使って、破れた風船を壺に出したり入れたりに夢中になってしまう。

これは、イーオーの話を聞いて帰ってきたプーが、プーの家のドアのノッカーを叩こうと背伸びをしていたピグレットを手伝う場面とも関係する。プーが自分の家をノックしても、誰も出てこないのを怒るが、結局それはプー自身のことだった、というおかしなエピソードである。家の外にいるプーと家の内にいる誰かとが一致するのかが不明となるのは、第2章でラビットが居留守を使うときの「誰か（somebody）」と「誰でもない（nobody）」という表現がもたらす混乱と同じなのである。この作品では、言葉の錯誤が、身体の錯誤としてしめされるせいで、笑えるのである。

【イーオーの誕生日パーティ】

最後に外枠となる現実世界のクリストファー・ロビンと父親の会話が出てくる。クリストファー・ロビンが誕生日パーティに何のプレゼントをしたのかを忘れていたが「絵の具」をあげたと思い出す。忘れていたのは、パーティの準備で忙しかったせいだ、と父親が説明する。

ここで絵の具が出てくるのは、「灰色」のイーオーが、自分の誕生日パーティのようすを、プーにむかって色彩あふれた表現をしていたせいである。プレゼントのことや、バースデーケーキについていたロウソクとピンクの砂糖飾りについて詳細に語る。初版本では白黒だった世界が、挿絵画家のシェパードの手でのちに色がつけられたように、本来は色彩に満ちている。好物のアザミの花の紫色とともに、じつはイーオー自身を彩っている。

イーオーのケーキに三本のロウソクが立っていたのは、年老いて見えるのと矛盾するように思える。イーオーが破れた風船の出し入れに夢中になるのも、年寄に見えても、実際はクリストファー・ミルンが遊ぶぬいぐるみに過ぎないせいである。さらには、クリストファー・ロビン自身の誕生日パーティの記憶とも重なりそうだ。

ひょっとすると、これは物語としてのプーの森の誕生日パーティなのかもしれない。第9章で、ピグレットの年齢が三歳か四歳だとでてくる。そこから察すると、このファンタジー世界自体が生まれて三年くらいしか経過していないのである。寝る前にお祈りをするようすを描いた「夕べの祈り」という詩で、クリストファー・ロビンが知られるようになるのが一九二三年で、『クマのプーさん』が発表されたのが一九二六年である。クリストファー・ロビンの世界としてのプー物語は、三年前に始まったことを指している。ファンタジー世界として森も住民も、つまりイーオーやオウルは年を経た姿で、作者ミルンによって創造されたのだ。しかも、前に住んでいた人間たちの遺産である「サンダース氏」や「トレスパッサーズ・W」の立て札もそのままの姿で作り出されたのである。

けれども、誕生日の概念が導入されたことで、百エーカーの森には、現実世界とおなじように時間が流れるようになってしまう。誕生がある以上、そこには「死」とか「終わり」が待ち構える世界となっている。つまりイーオーの誕生日のエピソードは、このファンタジー世界にいつか終わりがくることを予告しているのだ。

イーオーが夢中になっている風船を壺から出し入れするのは、「いないないばあ」という子どもが喜ぶ遊びに似ている。心理学者のジークムント・フロイトが「快感原則を越えて」(一九二〇)のなかで、孫が糸車を投げては引き寄せているのは、両親の不在とその帰宅を再現していると考えた。同時に、そのまま両親との決別のしるしにも読めるとした。だとすると、誕生日にイーオーがこの行為に夢中になるのは、自分の家族およびその家族の不在を思い出しているせいなのかもしれない。しかも、次の第7章では、カンガルーという、イーオーの壺から出入りする破れた風船のように、子どもが母親の「ポケット」から出入りする動物が登場するのだ。

ルーが誕生日をもっている子どもであることは確かだろう。他ならない母親のカンガがそれを保証するはずである。イーオーのように誕生日は覚えているが、それを保証する家族がいないのとは異なる。もっとも、イーオーは年寄りなので、家族がすでに亡くなっているというのが適切な解釈となるのだろうが。

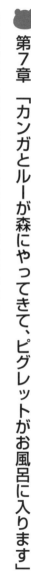

第7章「カンガとルーが森にやってきて、ピグレットがお風呂に入ります」

【あらすじ】
森にカンガとルーの親子がやってきます。ラビットはポケットのある生き物など森にふさわしくないと考え、追い出すためにルーを誘拐してカンガを脅す計画を立てます。そして、ピグレットとルーをすり替える作戦が実行に移されます。ルーの代わりに、カンガはピグレットを家に連れて帰ってしまいます。すぐに正体に気づくのですが、クリストファー・ロビンの仲間が手荒なことをするはずがないと騙されたふりをします。そして、ピグレットを風呂に入れ、苦い薬を飲ませます。そこにやってきたクリストファー・ロビンも「プーテル」などとピグレットに名前をつけてからかいます。結局、ラビットによるカンガとルーの追い出し作戦は失敗しました。

【新しくやってきた住民】

第7章で、有袋類で跳ねるカンガルーという新住民がやってきたことで、森全体が活気づく。そして、カンガとルーの親子の登場にいちばん刺激されたのが、森に情報や友人のネットワークをもつラビットだった。ラビットは何よりもまず、自分たちとは異なるよそ者を警戒する。『プー横丁の家』でも、ティガーに対して否定的な態度を取り続ける。

ラビットのこうしたよそ者への態度は、ミルンが舞台化まで担当したケネス・グレアムの『たのしい川べ』（一九〇八）でのウサギの扱いが影響しているのかもしれない。第1章でモグラが外に出ると、生け垣に年寄りのウサギがいて前に立ちふさがり「私用道路につき通行料六ペンス」と要求する。ただし、モグラはウサギを突き飛ばして「オニオン・ソースで食べちゃうぞ」と逆に脅すのだ。第3章でモグラが雪の森へ入ると、別のウサギに「ここから出ていけ、あほう」と忠告される。雪の森を移動する危険を知らせているように見えるが、よそ者を排除するために発せられた声なのだ。

ミルンのラビットもこうした性質を引き継いでいる。シェパードによる挿絵では、ラビットたちがやっているのは、敵対動物に対する「待ち伏せ（ambush）」に他ならない。ラビットだけでなく、プーもピグレットも四つん這いになって、遠くのカンガとルーの親子を見ている。

ラビットはカンガが「ポケットをもっている」と気味悪がる。そしてラビットは自分の身に置き換えて、親族のためにポケットがいくつ必要になると数えて不安を述べる。ラビットの親族の数は、ピグレットが「十六」、ラビットが「十七」、プーが「十五」とずれているが、カンガのように一人で抱えるのはとても無理だとわかる。

ラビットはカンガルーを「奇妙な動物」と呼ぶが、ピグレットは、一般に「猛獣」に含まれるとクリストファー・ロビンから教わったと言う。ヘファランプの場合と同じように不確かな情報が独り歩きをする。しかも子どもを奪われると、二頭の猛獣に等しくなって自分たちを襲ってくる危険まで指摘されていた。

この情報のせいで、ラビットは、正攻法ではなくて、子どものルーを捕獲して人質にしてカンガを脅迫するというやり方を思いつく。猛獣に対して、小動物であることでひるんでいるピグレットに「勇気をもて」とけしかけ、さらに小さいからこそ「役立つ」のだと教える。この「役立つ」という言葉にピグレットは反応する。第6章でプーがイーオーにあげたのが「役立つ壺」だったのに対して、ピグレットの破れた風船はもはや役には立たなかった。その名誉挽回のチャンスともなっているのだ。

現実社会でも外からやってきた新住民への警戒は、隣近所や学校まで広い範囲に存在する。そして、完全に自分たちの幻影だったウーズルとヘファランプを経て、実体としてのカンガルーというよそ者に直面した。そのときラビットたちが選んだ態度は排除だった。本来服についているべきポケットを身体にもつ猛獣というのが、ラビットたちが仕立てあげたカンガルー像なのだ。

だがカンガとルーは、外枠の現実世界では、クリストファー・ロビンとすでに仲良くなっている。そのため「いつものようにやってきた」とクリストファー・ロビンは説明している。ラビットたちがどれほど抵抗したとしても、クリストファー・ロビンのための世界であるこの森では、カンガとルーはお気に入りのぬいぐるみなので、暮らす権利をもつ（もっとも、実際のぬいぐるみのルーは遊んでいる内に失くなってしまったのだが）。そこで姑息《こそく》なやり方が選ばれることになった。子どもの誘拐である。

【ラビットによるルー捕獲作戦】

ラビットの考えでは、ルーを捕獲しておいて人質にできたなら、交換が発覚しても、「アーハー」と言えば、カンガは主導権を握れずに敗退し、この森から去っていくはずだというものである。

ラビットはオウルに次いで、文字を重視していて、しかも段階を踏まえたルー捕獲作戦のプランを立てる。鉛筆をなめながら書きつけた、十一項目にわたるものだが、カンガがラビットよりも足が速いので、プーがカンガに話しかけて注意をそらせ、その間にラビットがルーをつれて逃げるという計画だった。

ピグレットがルーの代わりにカンガのお腹のボタン付きのポケットに入る。ボタンがあるのはぬいぐるみの印で、まさにポケットは人工的であり、ラビットは「スーツ」についていると考える。これは「はじめに」で、クリストファー・ロビンのポケットに入ってピグレットが学校に行く話ともつながっている。それくらい小さいわけで、ペットや虫を学校に連れて行くと騒動を引き起こすだろうが、ぬいぐるみなら大丈夫というわけだ。プー物語は森のなかだけで話が完結して、学校は関係ないのだ。

そして、ラビットの計画を助けるために、プーは「脳みそが足りないクマが詠める詩」という自虐的なタイトルがついた月曜日からはじまる詩をカンガの前で暗唱する。ラビットたちは、集中して聞いてくれと頼む。この詩のなかには、交差配列法を用いた「なにがどっちか、どっちがなにか」とか「これがあれか、あれがこれか」といった表現が出てくる。プーの詩はピグレットとルーを交換する悪巧みを告げていて、「ピグレットがルーか、ルーがピグレットか」と交換できることをしめすのだ。ところが、カンガはルーのジャンプ練習に気をとられていて、関心のない詩に耳を傾けることはない。

そこで、カンガの注意をルーからそらすために、ラビットとピグレットが、あそこの鳥はホシムクドリとクロウタドリのどっちだろうと会話をする。和名のとおり、羽に小さな星があるのがホシムクドリ（starling）だが、遠目には黒くて判別がつかない。カンガもつい気になり、横を向いたすきに、まさに脱兎のごとくラビットはルーを誘拐してその場から消える。その隙にピグレットがカンガのポケットに入りこんだのである。

【ピグレットとルーの交換】

ルーと立場を交換したことは、ピグレットにとって悲劇だった。カンガが飛び跳ねて移動しているなかでの体験は二度とごめんだと考える。帰宅したカンガが、ポケットのボタンをはずすと、交換にすぐ気づいたが、クリストファー・ロビンの仲間がルーを虐待するはずはないとわかっていたので、カンガは「からかい」と受け止め、交換のお芝居を続ける。

ピグレットが、「ルーではなくてピグレットだ」と訴えても、カンガはルーがピグレットのまねをしているのだとして耳を貸さない。そしてカンガによって、ピグレットは水風呂に入れられ、せっけんで洗われてしまう。野生らしさも色も消えてしまった。さらに苦い薬を飲まされるのだ。そこにやってきたクリストファー・ロビンも悪ノリをして、ピグレットではなくてプーの親戚ではないかと疑い、「ヘンリー・プーテル」という新しい名前を与えた。

ラビットたちの捕獲事件で、ピグレットとルーが一時的に交換されたために、新しい関係が生じた。この犯罪（?）の最大の功績は、ラビットとルーが仲良くなり、カンガルー排除の急先鋒だったラビットが、新しい友人親族として迎え入れたことである。火曜日には両者が遊び、プーはカンガから跳ね方を教わり、さらにピグレットとクリストファー・ロビンが遊ぶのである。森にカンガルーの親子が加わったせいで、新しい組み合わせが生まれ、新旧の住民の間に交歓が生じたのである。

第8章　「クリストファー・ロビンが、探検隊を率いて北極探検にでかけます」

【あらすじ】

プーがクリストファー・ロビンの家に散歩で向かうと、長靴をはいて、北極探検に出かけるところでした。プーは探検に向かうという情報を森中に拡散します。するとピグレットをはじめ、ラビットやカンガとルーやイーオーなど森の住民たちが行動をともにします。待ち伏せを避けながら川をさかのぼります。途中で荷物を軽くするために食料を平らげます。その間にクリストファー・ロビンはラビットと相談して、「北極（ノース・ポール）」は地面に立っている棒の一種だと確認します。ルーが川に流され、滝に落ちるのをプーが長い棒を差し出して助けます。その棒が北極だとクリストファー・ロビンは認定して、発見者としてのプーを讃える標識が立ちました。


【探検への出発】

第7章のカンガとルーの親子の出身のオーストラリアは「南の大陸」というラテン語からできた国名である。そこで第8章では、反対となる北それも北極へと向かうのだ。「北」と「南」という言葉は、すでに第2章で使われていた。ラビットの家の入り口にはまって上半身を出したプーの頭は北を向き、足は南を向いていたと書かれている。そして今回は一種の棒磁石となったプーが北極に引かれて、森のなかでそれを発見するのだ。

プーがクリストファー・ロビンに会うために、歌を歌いながら高台の家へと向かうと、クリストファー・ロビンは冒険を夢見て、大きな長靴をはいて探検に出かけようと考えていた。自分ではうまくはけないので、プーと背中合わせになり支えてもらいながら、なんとか成功する。これは仲の良さをしめす場面として、挿絵が初版本のタイトルページに掲載されていた。

当時の一般的な男の子として、冒険志向をクリストファー・ロビンがもっているが、彼の名前そのものも原因のひとつかもしれない［Lerer 131］。クリストファーは、一四九二年にアメリカに到達したコロンブスと同じである（やはりクリストファーと名前がつけられ、偉大なファンタジー作家の父をもったクリストファー・トールキンという人物もいる）。ロビンはロビンソン・クルーソーという名前を連想させる。ただし、父親のミルンはアレクサンダー大王と同じ名前をつけられていたので、もっと重荷を背負っていたのかもしれない。

クリストファー・ロビンが「探検（Expedition）」に出かけると言うと、プーは「てんけん（Expotition）」と発音する。それを聞きとがめたクリストファー・ロビンは、「xが足りないよ」と指摘する。実際には、「e」と「o」、そして「d」と「t」の違いだが、やはりクリストファー・ロビンは綴りが得意ではないのだ。探検隊の隊長のもっている知識が不確かなことが最初からしめされている。

第8章で探検隊を組織するのはクリストファー・ロビンだが、目標はあいまいである。食料と武器の携帯が必要だと考えるが、北極の位置も、そもそも北極の実態もわかっていないのである。第7章でラビットが計画したルー捕獲作戦は、目的もはっきりしていて、細部も整っていたのとは対照的である。ただし、作戦は緻密だったのに、結果としてカンガたちを追い出すという目的はかなわなかった。それに対して、今回のクリストファー・ロビンの北極探検の計画はずさんなのに、結果として「北極」を手に入れた成功の物語なのである。

クリストファー・ロビンはライフルを点検し、食料持参で参加するように命令して、プーが探検隊員を口コミで集めてきた。しかもピグレットは、プーから「てんけん」に「Xがある（an x）」と聞かされると、「首（necks）ではなくて」「やつらの歯が怖い」と言う。しかも、音からX線のように不明なものを指ししめすXが連想される。正体不明の「てんけん」というわけだ。第7章でクリストファー・ロビンとさらに親密になったピグレットは、クリストファー・ロビンがいるなら怖くないと言うのだ。

そして、イーオーはプーから聞かされたことに基づいて説明をするときに、「エクスポ」と切る。これは「博覧会（exposition）」の省略なので、どうやらプーの言い間違えには、「探検」と「博覧会」とが合成されている。カンガルーも含めた森の住民たちが、第2章でプーをラビットの穴から引っ張りだして以来全員が揃う場面となる。シェパードの挿絵でも、探検隊のメンバーの多さに驚いているクリストファー・ロビンの姿が描かれている。これは確かに一種の博覧会や展示会だろう。

探検隊の一行は、クリストファー・ロビンが危険地帯なので発見されないように「静かにしろ」と皆に伝えるが、その相手は小さな甲虫だった。そして、原住民の「待ち伏せ（ambush）」を恐れる。これは第7章でカンガとルー相手にラビットたちがやっていたことだった。そして、運んできた荷物の重さを減らすために、空き地で食事をとることになった。イーオーだけが生えているアザミを現地調達して食べる。どこかで知った探検の話を、クリストファー・ロビンが再現している。そして知識も不安な隊長に率いられた探検隊の一行は、どこにあるのか定かではない北極を目指して進んでいくのである。

【ノース・ポール発見】

北極探検にクリストファー・ロビンが魅了されたのは、イギリスをはじめとする北極探検の歴史があるからだ。メアリー・シェリーの『フランケンシュタイン』（一八一八）では、北極点にたどり着こうとしていた探検家のヘンリー・クラーヴァルが語り手となり、フランケンシュタイン博士と彼が創造したモンスターと北極で出会う。二つの未知な力として、磁力の中心である北極とモンスターを組み合わせていた。

そもそも「はじめに」で、カナダからやってきたアメリカクロクマのウィニーを「ホッキョクグマ」と誤って表現していたが、この「北極探検」と結びつくのである（ウィニーが飼育されていたのがホッキョクグマの檻だったからというのが定説だが、単なる錯誤を越えた意味づけがあるだろう）。北極探検はウーズル以来、モンスターたちが出てきた『クマのプーさん』にふさわしいのである。プーはラビットに「ポールか」「もぐら（Mole）」を発見すると説明し、さらにピグレットが「てんけん」と聞いてすぐにモンスターか猛獣を想像したのだ。

古来、北極を通り抜けて航行出来ると考えられていた「北西航路」を探すために探検隊が組織されてきた。とりわけ一八四五年から四八年にかけて、カナダのハドスン（ハドソン）湾を航行したフランクリン遠征隊は、迷走して乗っていた船が行方不明となる悲劇で終わった。もしも、プーが北極を発見しなければ、クリストファー・ロビン探検隊が陥ったかもしれない遭難の悲劇を連想させる。

北極探検は二十世紀に入ると、スウェーデン、ロシア、アメリカの争いとなり、一九〇九年四月六日にアメリカのロバート・ピアリーが北極点に到達したとされる。それ以降は、飛行機や気球を使って、上空から北極点を通過するという空からの観測となった。さしずめプーなら風船で到着するところだろう。

そもそも現実のアッシュダウンの森と、ファンタジー世界であるプーの森の方位は一致するとは限らない。ふつうの地図は上が北で、下が南である。シェパードが描いた地図の森の東西南北は一見それに従っているように思える。北極を探しにクリストファー・ロビンの家の近くを流れる川を上っていったのは、地図でも上に続いているせいである。

ところが、森の地図の方位をしめすところには、東西南北ではなくて、「P・O・O・H」つまり、プーの綴りが一つずつ入っていた。つまり北ではなくて、Pの方向に探検にいったのだ。プー（Pooh）がそこでポール（pole）を発見するのは不思議ではない。第2章で北を向いていた頭が、そのまま引かれるように向かったので、そこが北なのである。

各自がもってきた食事を平らげていたときに、クリストファー・ロビンがラビットに「北極」のことを質問する。両者とも知らないとは言えずに、覚えていたはずだが、忘れたという言い訳をする。もちろん、知ったかぶりである。結論として、北極は名前どおり棒であり、地面に立っているという推察で一致した。クリストファー・ロビンが、博識を誇るオウルではなくて、ラビットに質問したところが興味深い。第7章でラビットが立てたルー捕獲作戦がとりあえず成功したせいで、頼りになると思われたのかもしれない。

ルーが川で顔を洗っていて、カンガがほめているると、そのすきに落ちてしまう。川に落ちたルーは「自分は泳いでいる」と、むしろ喜んでいるが、滝に落ちたので、みんなが救出に向かう。プーは長い棒を見つけて、その先端にルーが掴まって救助された。

ルーが落ちたとき、イーオーは助けようとして自分の尻尾を水につけた。しかも、ルーが助かったあとに、そのことを「ルーに教えてくれ」と言う。結局水に浸かってかじかんでしまった尻尾のことを気にしたのは、クリストファー・ロビンだけだった。イーオーはみんなの想像力が足りないと文句を言うが、プーが拾った棒を北極とみなすほどの過剰な想像力をもっているのが、クリストファー・ロビンたちなのである。

プーが見つけた棒が、北にあった棒、つまり北極だと確認されたことで、探検は終了する。そして棒を地面に突き刺して、そこに「プーが発見した」と顕彰する言葉を記した板をつけるのだ。このときみんなが棒を「突き刺さした（stuck）」という語は、第2章でプーが「はまった（stuck）」と同じである。そして、プーが北をしめす棒磁石としてのクマ、つまり「ホッキョクグマ（polar bear）」になったことを表しているのだ。

第9章 「ピグレットがすっかり水に囲まれてしまいます」

【あらすじ】

長く雨が降り続いて、ピグレットの家が水没しかけたので、ピグレットはガラス瓶のなかに助けを求める手紙を書いて流します。プーは、東極を探しにいった夢をみているうちに、家のなかがびしょ濡れとなっていることに気づきます。そこでハチミツの入った壺を避難させるために枝に並べました。四日目の朝に流れてきたピグレットの瓶を発見します。手紙の内容が重要なのに、プーは読めません。そこで壺を船に見立てて、クリストファー・ロビンのところにたどり着きます。高台の家が島のようになったなかでクリストファー・ロビンは、手紙を読んで、ピグレットを助けたいのに、壺の船では無理だと考えます。そこで、プーが傘を船にすることを提案して、二人は無事にピグレットを助け出しました。

【百エーカーの森での洪水】

第8章の北極探検の際に水に落ちたルーの話が、この第9章では水に囲まれたピグレットの話としてつながっている。第7章でピグレットがルーと交換されて、カンガに洗われてしまった事を踏まえると、ずっと水のイメージが連動しているとわかる。ピグレットが身体を洗われ、顔を洗っていたルーが川に流され、ピグレットの家が洪水に襲われることがひと続きなのだ。しかも、クライマックスに向かって被害がしだいに大きくなっていくのがわかる。

ピグレットやプーの家を襲った森の洪水は、どこかノアの洪水を思わせるような規模になっている。幸いにもクリストファー・ロビンの家は高台にあるので、他の住民たちのような被害を受けなかった。

そして、北極探検でクリストファー・ロビンがわざわざはいたのは長靴だけだった。ミルンは子どもが雨を喜び雨具を身につけるようすを「しあわせ」(『ぼくらがとても幼かったころ』所収)という詩で扱っている。「ジョンは、大きな、防水の長靴を、はいた」と始まるが、防水の帽子、そして防水のマッキントッシュ(レイン・コート)を着て、雨のなかに出かける。それが「しあわせ」とされる。この章の挿絵のクリストファー・ロビンも同じような姿をしている。

クリストファー・ロビンの住んでいた森が海のようになったことで、北極探検とは別の冒険心がかきたてられる。イギリスから北極に行くには海を渡らなければならないのだが、クリストファー・ロビンの世界地図のなかでは、川沿いに行ける場所だった。第9章でクリストファー・ロビンの家が、生まれて初めて「島」となったことで、本格的に海を渡ったクリストファー・コロンブスや、無人島で暮らしたロビンソン・クルーソーの物語の舞台に近づいたのである。

詩集の『ぼくらがとても幼かったころ』には、海での冒険に誘われている詩がいくつかある。たとえば、「子ども部屋のいす」では、さまざまな役割をする椅子が登場する。その第三のいすは「ぼくが船に乗っていると、他の船がそばをゆくのが見える」と始まり、世界一周へと誘う声もでてくる。いすが船の働きをしているのだ。

また、「島」という詩では、「ぼくが船をもったら」、東の海へと乗り出して、島に上陸してココナッツの木にのぼりたいと空想する。そして海岸に寝そべって海を見ながら、「この世に他には誰もいないんだ、この世はぼくのために作られたんだ」と言いたいと、詩は終わる。これはクリストファー・ロビンの空想と近いだろう。無人島や船への想像がふだんからあるからこそ、洪水になった森を海に見立てるのである。

実際に起きた出来事を元にしているのだが、森がこのような規模の洪水に襲われるのは、ファンタジー世界での誇張に思える。ところが、二十一世紀に入ってから、地球温暖化の影響もあってか、洪水がイギリスの各地で頻繁に起きるようになった。二〇〇七年の夏から、二、三年おきに被害をもたらしている。橋が壊れたり、建物が水没したり、交通機関がマヒした。まさに救出のためにボートが活躍する状況になったが、ファンタジー世界の出来事が、未来を予見していたように思える。

【ガラス瓶の通信】

水に囲まれたピグレットは「ＳＯＳ」を伝える方法を考えつくまでに、さまざまな想像をめぐらす。クリストファー・ロビンは木登りをし、カンガは跳ねるなど、他のキャラクターたちは逃げる手段をもっているが、自分にはないと悲観する。さらには、この状況において、プーやオウルたちはどうにかするし、イーオーは気にしないと考えるのだ。でもクリストファー・ロビンはどうするだろうと思いいたると、かつてクリストファー・ロビンが話してくれた「無人島にいた男がガラス瓶のなかに何かを書いて入れて、海に投げた」というエピソードを思い出す。

そこで、ピグレットは水に囲まれた状況を打開するために、ガラス瓶のなかに手紙を入れる方法を選ぶ。ふだん森のなかで互いに顔を合わせているキャラクターたちに、手紙という通信手段は必要ない。だが、洪水によって家どうしが断絶したからこそ、文字による通信が意味をもつ。ただし、はたして文字を読んでメッセージを理解してくれる者が手紙を拾ってくれるのかはわからない。偶然の要素に頼るしかないのだ。

ガラスの瓶に手紙や書類を入れて海に流すというのは、まさにコロンブスが「新大陸発見」の報告のために試みたこともあるが、到着の記録もなく、これは失敗に終わった。そして、一般には、十九世紀のエドガー・アラン・ポーの短編小説の「瓶のなかで見つかった手記」（一八三三）や、ディケンズやコリンズなど六人の合作による中編小説「海からのメッセージ」（一八六〇）によって広がったとされる。

どちらもすぐに特定の相手に伝えようとする内容の手紙ではなかった。ポーの小説は嵐によって船が南極へと向かうことになり、さらに大型船と激突した男が、数奇な運命を告白している。ディケンズたちの合作小説は、地図にない島に漂着した船長が、そこで拾った船乗りの手記を、イギリスにいる弟のもとに届ける話である。どちらも書き手の生死がわからないままメッセージを読んで、過去の出来事を知る。クリストファー・ロビンが聞いたのも、こうした物語のなかで使われたガラス瓶の話だったのだろう。

ところが、ピグレットが求めているのは緊急の救助だった。洪水のようすを高台で観察していたクリストファー・ロビンは、オウルを偵察に向かわせる。そして、プーの家が、枝にハチミツの壺を並べたまま、空っぽだと報告がある。流されたのではないかと心配していたところに、プーがハチミツの壺の船に乗ってやってくる。それは解読能力をもつクリストファー・ロビンにピグレットの手紙を届けるためだった。

手紙には「助けて、ピグレット（ぼく）」と書かれていて、プーにもピグレットの文字だと判別はできたが、文面を読めなかった。手紙は必要な相手にではなくて、間違った相手に届いたのだ。けれども、プーは正しい受取人であるクリストファー・ロビンに届ける郵便配達人の役目をはたしたので、プーが拾ったのはよかったわけである。偶然に頼る「ガラス瓶のなかの手紙」であっても、プーのおかげでクリストファー・ロビンが受け取れたのだ。しかも配達するために、わざわざハチミツの壺の船に乗ってきた。ピグレットがプーは「頭は足りないし、まぬけなことをするけど、それが正しいことになってしまうんだ」と評価するのにふさわしい結末なのである。

【壺の船と傘の船】

洪水が襲ってきたとき、北極があり南極もあるので、他にも極があるはずだというクリストファー・ロビンの言葉に従い、東極を探しに行った夢をプーは見る。東極にあったハチの巣のなかでプーは寝ている。すると、野生のウーズルが子どもの巣の材料にするため、プーの足の毛をかじり取るので足が冷たくなっていく。その悪夢から覚めると、プーの家も水浸しになっていた。

そして、ハチミツの壺を枝の上に避難させていると、ピグレットの「ガラス瓶のなかの手紙」が流れてきた。そこでクリストファー・ロビンに届けるために、瓶と壺は同じ働きをすると考えて、プーはハチミツの壺の船に乗る。というよりも壺に掴まっている。そして「浮かんでいるクマ」号と命名するのだ。

ハチミツの壺は『クマのプーさん』のなかで役割を変化させてきた。第1章では、壺の中身となるハチミツの確保を考えるが、ここでは貯めるための壺の話はでてこない。第2章ではラビットの家にあるハチミツを壺の底まで平らげてしまう。第5章のヘファランプ狩りでは、罠のエサとしてプーは自分のハチミツの壺を提供するが、空腹のために底までなめようとして頭を壺にはめてしまう。

第6章では、プーはイーオーへとハチミツを贈るつもりだったが、ハチミツを食べてしまったので、結局「役に立つ壺」として壺をプレゼントにした。イーオーは破れた風船の出し入れに利用するだけだった。そして、第9章では、自分が枝に避難させた壺の中身のハチミツではなくて、水に浮く容器としての働きのほうにプーは注目する。ピグレットの救出で、真の意味で壺が「役に立つ」のである。

シェパードの挿絵では、ハチミツの壺に掴まって身体を回転させるプーが描かれている。なかには壺から離れて浮いているときもある。ヘファランプ狩りのときに、壺に頭がはまったときや、イーオーにプレゼントをするときも、壺のなかのハチミツをなめる場合も、連続写真のようにプーが描かれている。ところが、今回は利己的な理由から壺と格闘しているわけではないので、ハチミツを求めて頭を突っこむことはない。

同じようにクリストファー・ロビンの雨傘も役割を変えている。第1章では、雲になったプーがミツバチたちをだます手助けして、晴れているのに雨が降ってきそうだと口にするときの小道具だった。第9章では、本当に雨が降っているので、クリストファー・ロビは、洪水の深さを測るため外に出るときに、雨傘をさしている。

そして、プーの提案で、定員一名の「浮かんでいるクマ」号ではなくて、二名が乗れる「プーの頭」号として、雨傘を利用する。壺も雨傘も命名されることで正式の船となったのだ。プーが第8章でルーを救出するために棒を差し出したのは、偶然手近なものを使ったにすぎない。ところが、今回のプーは、雨傘を船にするというアイデアを出して、クリストファー・ロビンといっしょにピグレットを助けにいった。上に向けるべき雨傘を下に向けたとき、新しい意味づけと機能が生まれたのである。

第10章「クリストファー・ロビンがプーのためにパーティを開き、私たちはお別れを言います」

【あらすじ】

五月になって森に鳥のさえずりが満ちるころ、クリストファー・ロビンはプーのためのお茶会を開きます。その知らせをオウルはまずプーに伝えます。プーは「万歳三唱」という歌を作って喜びを表します。イーオーは自分が招待されたことに半信半疑でした。そしてお茶会で、プーのためのプレゼントを探している間、イーオーは長いあいさつの言葉を述べます。そして見つかったプレゼントは、消しゴムや色鉛筆も入ったペンシルケースで、プーは大喜びをします。ペンシルケースをもったプーとピグレットが並んで帰るところで話は終わります。そして、話が終わると、プーのぬいぐるみを引きずりながらクリストファー・ロビンは階段を上がっていきました。

【お茶会の開催】

第8章でルーを救出して北極を発見し、第9章でピグレットを救出するのに力を発揮したプーに感謝をこめて、クリストファー・ロビンはお茶会を開く。そこで、オウルにパーティの開催を広報させる。第9章で洪水のときに偵察をして以来、オウルはクリストファー・ロビンの片腕となっている。オウルから話を聞いたときプーは、「ピンクの砂糖飾りがついた小さなケーキがある？」と質問する。イーオーが自分の誕生日ケーキを想像して「ピンクの砂糖かざり」のついたものだと言っていたのと同じである。イーオーの誕生日パーティは、開催されたはずなのに本文には出てこなかったが、プーのためのお茶会は具体的に描かれる。

お茶会では、プーが想像した通りお茶とお菓子が出たことが、シェパードの挿絵からも明らかである。参加者は胸元が汚れないようにナプキンをつけて、テーブルを囲んでいる。ティーカップの横に皿が並んでいる。しかものちに描かれたカラー版では、ケーキを切り分けた残りや、ハチミツの壺なども描かれているのである。

初めてお茶会に参加するルーが興奮して、みんなに挨拶をしまくるが、あいさつされた者たちがじつは会話や飲み食いに忙しいのが、いかにも社交の場なのである。カンガはルーに紅茶ではなくてミルクを飲むように言って、仲間に入るための作法を教える。これだけ大きなテーブルや椅子は、クリストファー・ロビンの家にしまわれていたのかもしれないが、みんなが席につくとクリストファー・ロビンの円卓ならぬテーブルの騎士たちの姿にも見えてくる。プーを讃えるためのお茶会だが、これは『プー横丁の家』の最後で、クリストファー・ロビンがプーを騎士にする話につながっている。

みんなが一通り満足したのを見て、クリストファー・ロビンは、テーブルをスプーンで叩いて注意を集める。そして「このお茶会は、ある人がやったことのためのものです」とプーの功績をほめ、記念となるプレゼントをあげようとする。このクリストファー・ロビンの言葉によって、お茶会が単なる社交の集まりでなくて、プーを讃える正式な集会だと確認される。このお茶会は、『不思議の国のアリス』の「めちゃめちゃお茶会」や、『メアリー・ポピンズ』の「笑いガス」の章での空中でのお茶会とともにファンタジーにおける重要な催しとして残るものだろう。

【万歳三唱と長口上の演説】

第10章では、誰も聞いていない二つの長いセリフが出てくる。ひとつはプーが作った「万歳三唱をプーに」で始まる「心配なプーの歌」で、もう一つがイーオーによるお茶会での演説である。どちらも、周りで聞いている者はいないのに、長々と続くし、結局はそれを読んで理解できるのは読者だけである。

プーはオウルからのパーティの誘いに期待をするが、クリストファー・ロビンがはたして自分の活躍を森の住民にきちんと伝えたのかが不安となる。そこで、「万歳三唱をプーに」で始まる歌を作る。「万歳三唱」とは正確には「ヒップ、ヒップ、フレー(Hip, hip, hooray)」という文句を三回繰り返すことである。日本ではスポーツでチームを応援するときなどの「フレー、フレー、＊＊＊」という言葉として入ったが、万歳三唱は女王に対してもおこなう正式なものである。先導する者が「ヒップ、ヒップ」というと残りの者が「フレー」と唱和するのが三回繰り返される。だから、プーを讃えて、たとえばクリストファー・ロビンが音頭をとって三唱するのが本来のやり方である。自分で「万歳三唱」と称しているのがおかしいわけである。

プーを讃えて誰かが書くべき歌を自分で作ったのだ。「プー（pooh）」と「フー（who）」が韻を踏むような音の面白さと、「途方もない頭のよさをもったクマ」という自画自賛がおかしみを掻き立てるが、自問自答の形式になっているので、そこに「心配する」という心の揺れ動きが浮かび上がる。それでも調子よく進むのである。お茶会のために、鏡を前にしてプーが両耳にブラシをかけている挿絵があり、それだけ公式の行事に参加するために身だしなみが必要と理解しているのがわかる。

一方イーオーの演説のほうは、プーに渡すべきプレゼントが見つからないので、クリストファー・ロビンがあいさつを中断してしまった代わりに、誰に頼まれたわけではなくて始まる。オウルから招待の言葉を聞いたときに、ありえないと否定し、しかも自分を呼んだりしたら「雨が降る」などと悲観的だったが、イーオーはお茶会が始まると首を突っこむのだ。「友人たち、そしてそれ以外の人たち。私のパーティであなた方とお会いするのは、大いなる喜びであり、あるいは今までのところは喜びだったと言う方がよろしいかもしれません」と長々とした演説になる。

オウルではなくてイーオーが演説をおこなうことでおかしみが生じる。プーたちの相談相手や偵察をしている以外でオウルが好きなのは、じつは世間話なのだ。ピグレットがプーたちの救援を待つ間に話していたのは、まちがってカモメの卵をだいたおばさんの話なのだ。そしてお茶会でもクリストファー・ロビンに自分の友だちにおこった事件について話している。

イーオーは「私のパーティ」と言い始め、いつの間にか、プーではなくてイーオーのパーティのお礼の挨拶に変化してしまう。何を言っているのか理解しないピグレットが、プーにイーオーのものになっていると指摘する。イーオーは自分の誕生パーティを本文では描いてもらえなかった。そこでこの機会に、誕生パーティへのお礼の言葉を口にしたのかもしれない。だが、「私は何もしておりませんが」という謙遜の言葉が、じつはルーやピグレット救出劇で、本当に何もしていないことをしめしている。英雄でもない者のあいさつなので、誰からも関心をもたれないのである。

プーの「万歳三唱」のお祝いの歌や、お茶会への祝辞にあたるイーオーの演説の二つは本来プーのお茶会を彩るはずのものだった。けれどもそれを楽しめるのが読者だけという誰も聞かない歌と演説となっているところが、いかにも読者を楽しませるプー物語らしい仕掛けなのである。

【B・HB・BB】

イーオーの「テーブルの下」というヒントもあって、クリストファー・ロビンはプレゼントをようやく探し出してプーに贈る。包みのなかに入っていたのはペンシルケースだった。プレゼントの包みを開けるときに、ひもは切らなかったのは、「いつちょっとしたひもが役に立つのかわからないですからね」と理由が書かれている。これは続編の『プー横丁の家』の第8章や第9章で、ひもが活躍する予告となってもいる。

ペンシルケースのなかには、黒だけでなく青やなどの色鉛筆に、削るためのナイフ、消しゴムに、定規が入っていた。要するにクリストファー・ロビンが学校にもっていく勉強の道具である。それは、クリストファー・ロビンが森の住民ではいられないことを明確に告げている。

もちろん森の住民たちはすでに鉛筆を使っていた。オウルはプーに頼まれてイーオーの誕生日のプレゼントに贈るための壺に文字を書いた。「誕生日おめでとう」が何通りも書かれた。ラビットはルー捕獲作戦を立てるときに、鉛筆をなめなめメモをとっている。ピグレットも助けを求める手紙を自分の鉛筆で書いたのだ。

しかしながら、プーは鉛筆や文字の世界から遠かった。オウルに代筆を頼んだり、ピグレットの手紙を読めないのでクリストファー・ロビンに持ってきた。プーへのこのプレゼントは、イーオーへの絵の具のプレゼント以上に大きな意味をもつ。クリストファー・ロビンとともに、文字を読み書きする世界へとプー自身が入っていくことがはっきりと予告されているのである。

しかも、鉛筆の濃さをしめす「B・HB・BB」という記号が、そのままプーを讃える言葉に読み替えられる。Bは「クマ（Bear）」のこと、HBは「救助をするクマ（Helping Bear）」、BBは「勇敢なクマ（Brave Bear）」となる。第9章で、「F・O・P（ピグレットの友人）」、「R・C（ラビットの仲間）」などと称号をつけたのと同じである。勲章や肩書をしめす称号をたくさんもつのは、それだけ立派な「大人」になったとみなされる。

プレゼントに大喜びをするプーの傍らで、イーオーはいつものように教育、とりわけ新しい教育に懐疑的な言葉を述べる。そして「字を書くことが役に立つものか」という意見を口にする。第8章で、ルーが自発的に顔を洗っているのをカンガがほめているのに、やはり衛生教育に基づく洗顔の習慣に疑問を述べた。イーオーは古くさい教えを頑固に守っている。だが、アザミを食べて、冷笑的な言葉を吐くだけに見えるイーオーが、長い演説をしたのは、旧式であっても教育のおかげである。

少なくとも「友人たちよ」と演説を始める語り方を、耳学問ではあっても、どこかで習ったはずなのである。

【長い一日の終り】

パーティからの帰り道で、プーと並んで歩きながら、ピグレットは明日の朝起きたらまず最初に何を考えるのかと質問する。プーの答えは「何を食べようか」で、ピグレットの答えは「今日はどんなわくわくすることが待っているのだろうか」だった。「同じこと」だとプーは結論づける。二人が夕日に照らされて影が伸びている挿絵が登場して、プーの物語はここで終了する。

第1章でプーがクリストファー・ロビンに最初にかけた言葉は、風船を借りるために家に行ったときの「おはよう」だった。そしてプーが最後にかけた言葉は「おやすみ」と「ありがとう」だった。朝から始まった『クマのプーさん』の物語が、この夕日の場面で、長い一日を終えたのである。実際には途中で季節も変わり、朝昼晩のさまざまな出来事が扱われているが、物語全体が長い一日の話だったように思える。曜日も重要だったが、むしろ時刻の変化のなかで語られた子どもの物語世界が閉じる時間としては、夕方がふさわしい。

『不思議の国のアリス』での騒動も、「黄金の午後」と呼ばれるアリスがうとうとと眠っていた間の物語だった。そして「奇妙な夢を見た」といってアリスが目覚めると、そこは夕日が沈むテムズ川近く堤なのである。

森で次の朝が始まれば、プーたちの物語が新しく始まる。けれども、第10章のプーは、第1章のプーとは異なる。「救助をする」「勇敢な」クマと形容され、以前とは別の存在となった。しかも誕生日が導入された森に住み、ペンシルケースという学校の道具をプレゼントされたプーなのだ。

最後に外枠の物語では、クリストファー・ロビンがぬいぐるみのプーを後ろに従えて、階段をあがっていく「どしん、どしん、どしん」という音が繰り返される。それは子ども部屋に戻り眠る準備をするためだった。クリストファー・ロビンは、新しい朝には、また別の物語をプーたちと繰り広げる。もちろん、それはぬいぐるみたちに飽きてしまうまでのことなのだが。

◉第Ⅲ章　『プー横丁の家』（一九二八）の物語を読む

終わりに向かって始める

【続編の難しさ】

『クマのプーさん』の続編となる『プー横丁の家』は、二年後の一九二八年に出版された。その間に、ミルンは『さあぼくらは六歳になった』というタイトルの詩集を完成させている。『クマのプーさん』と同じく、『プー横丁の家』では、詩集で使われたモチーフを膨らませ、詩では表現できない物語を作り上げようと考えたのである。

ただし、この詩集は最初からプー物語ファンを意識して作られていた。たとえば「ぼくら二人」は、「どこにぼくがいても、プーがいつもいる。ぼくとプーはいつもいっしょ」と始まり、「二かける十一は？」と質問し、「ドラゴンを見に行こう」というプーの誘いに応じるのである。最後には、先に階段を上っていくクリストファー・ロビンを、プーが自力で追いかける挿絵が掲載されている。これは『クマのプーさん』の最後の挿絵で、クリストファー・ロビンがプーを引きずりながら階段を上下したのとは印象がかなり異なり、人間が先に行き、ぬいぐるみが後を追うのである。

また、「エンジニア」では、クリストファー・ロビンが列車のおもちゃのブレーキをひもで作り、それがうまく働かないという内容の詩になっていた。ところが、挿絵ではプーたちが切符を買うために並び、プラットフォームで待つ場面が描かれている。プーの森には、鉄道や自動車といった交通機関のような機械文明の産物の浸透はないが、ミルンがこうした詩を書きながら、プーたちを登場させることで新しい方向性を探っていた。

どのような場合でも、人気作の続編は難しい。人気を得たからといって、次の作品の成功は保証されてはいない。読者の期待も高く、前作と同じ感動を与えることが求められるのだが、保守的ではない作者は、前作とは別の趣向や方向性を持ちこもうとする。

ルイス・キャロルは『不思議の国のアリス』の続編となる『鏡の国のアリス』には、原題の『鏡を通り抜けてアリスがそこで見つけたもの』どおりの新しい趣向を取り入れた。「不思議の国」の地理は、夢の世界らしくウサギの穴やドアがあっても、全体の地図を描きにくい。それに対して、「鏡の国」はチェスの盤面になっていた。第2章にはテニエルによる白と黒の格子状の地面の挿絵が描かれている。アリスはチェスの白のポーン（歩兵）の駒となり、勝ち抜いて女王を手に入れるゲームの一部となる。アリスは試合をするのではなくて、アリス自身が駒となるのだ。そして、アリスの移動とチェスの試合との関係は冒頭でキャロルにより説明される。『不思議の国のアリス』と『鏡の国のアリス』は、アリスという主人公が共通するだけで、物語の展開は別ものと考えられる。

これと同じように、ミルンの『プー横丁の家』のねらいが、前作とは異なる。その点をすでにタイトルが表していた。『クマのプーさん』の原題の「ウィニー・ザ・プー」は主人公の名前だが、『プー横丁の家』は場所を指している。

小説のタイトルは何らかの意図や計算から選ばれている。たとえばブロンテ姉妹は十九世紀イギリスを代表する小説家だが、姉のシャーロットは『ジェイン・エア』を書いた。これはヒロインの名前であり、ジェインの生い立ちから結婚生活にいたる波乱万丈の出来事を扱っている。それに対して、妹のエミリーの小説は『嵐が丘』と名づけられた。こちらはヨークシャーにある荒野に建つ屋敷の名前だが、嵐が丘ともう一つの屋敷を舞台に、三代にわたる二つの家族の愛憎劇が描かれている。主人公はむしろ空間や場所に思える。

続編のタイトルは、森の一部でしかない「プー横丁」と結びつけられた。前作の『クマのプーさん』とも、ディズニー版のオリジナルアニメが目指している「プーさんと森の愉快な仲間たちの暮らし」とも印象が異なる。それはキャラクターよりも、物語が展開される場所が重視されているせいなのである。

しかも「プー横丁の家」とは、第1章に出てきたイーオーの家を指すので、横丁の名前にプーとついても、住んでいるのはあくまでもイーオーである。だからプーは会いにいくだけだ。第2章では、ティガーを連れていき、イーオーの好物のアザミを食べるかどうかをためした。第4章で、プーはイーオーの家を訪れようと最初考えているが、途中でピグレットなどに会いたくなり忘れてしまう。第8章で、大風のなかプーとピグレットはイーオーの家のようすを見にやってくる。第10章で、ラビットはクリストファー・ロビンが行ってしまうので、森の仲間をプー横丁のイーオーの家の前に招集して、決議文をつくる集会を開くのだ。

拾ってきた棒で作られたささやかな家なので、イーオーだけで満員になってしまう大きさだった。台所も家具もないので、他の家のように客を招き入れてお茶でもてなすことはできないし、家のなかで物語が展開することはない。けれどもすぐに解体と組み立てができる「プー横丁の家」は、何かのきっかけで崩壊するかもしれないプーの森の世界がもつ危うさを浮かび上がらせている。

【献辞の詩】

『クマのプーさん』には「彼女に」という詩があったが、今度もミルンの妻であるダフネへの献辞がつけられている。

君はぼくにクリストファー・ロビンを与え、
　それからプーに新しい生命を吹きこんでくれた。
ぼくのペンが書き残したものはどれも、
　遡ると君へとたどりつく。
ぼくの本は準備ができていて、君に会いたいと望み、
　自分の母を歓迎しようとしている。
もしそれが、君からぼくへのギフトでないならば、
　ぼくから君へのプレゼントになるだろう。

前回は感謝の言葉よりも、受け入れてもらえるのかどうかの不安に満ちていたが、今回は、続編も含めたプー物語の創作の背景を語っている。妻のダフネがプー物語のもう一人の作者なのがはっきりとする。

実際、ダフネはクリストファー・ミルンからいろいろなエピソードを引き出していた。ミルンはそれを観察して書き留めたのだ。それが後になって両親へのわだかまりを生む原因にもなった。本人は虚構のキャラクターとしての「クリストファー・ロビン」を嫌い、クリストファー・ミルンを選び取ったのである。しかも、『クマのプーさん』では父と息子が一体になっていたのに、この献辞では、ミルンをしめす「ぼく」だけとなり、クリストファー・ロビンがどこかに置き去りにされている。

【終わるための序文】

『クマのプーさん』の「序文（イントロダクション）」の代わりに、『プー横丁の家』では「矛盾（コントラディクション）」という文章が置かれている。英語では「クション」だけが一致する別の語だが、日本語ではとても理解できないので、石井桃子訳では「ご紹介」を逆にした「ご解消」と言葉遊びがなされている。阿川佐和子訳では「んじょぶ」と序文を逆にしているのだ。

序文だが、「お別れを言うため」なので、オウルに序文の反対語を質問したら「矛盾」と答えが返ってきたと書かれている。序文なのに始まりではなくて別れを告げるという矛盾を表すのにふさわしい語だと思えたのだろう。

序文には冒頭から、クリストファー・ロビンの「別れ」が主題だとはっきりと宣言されている。『クマのプーさん』で誕生日を導入し、最後にプーが学校の印であるペンシルケースをもらったときにこの結末は予告されていた。いっしょに学校に行くのか、それとも家に置いてきぼりにされるのか、というぬいぐるみの宿命である。

しかも序文はミルン自身が子ども向けの作品から離れるという宣言でもあった。ミルンは、子ども向けに書いた四冊の本を合計すると七万語になり、それは平均的な小説一冊分にあたると計算していた。それだけの分量を書いたし、形式が流行遅れにもなったので中止したと回想している［Autobiography 242］。だが、売れることがわかるジャンルを書くのを中止したのは、ビジネスマンとして失格だったとも述べている。

ミルンがいちばん好きなのは劇作なのだが、同時にミステリー小説の『赤い館の秘密』を含めて新しいジャンルに挑戦しようとした。プー物語は生まれてきたクリストファー・ミルン（ビリー・ムーン）のために、妻といっしょに作り出した一過性のジャンルだった。「とくに子どもが好きというわけではない」とまで言い、そもそも『自伝』のなかで、プー物語への言及は少ない。プー物語以外に『ユーラリア国騒動記』「ウサギ王子」「笑わないお姫様」などを残して、作者A・A・ミルンもクリストファー・ミルンと同じく成長してしまったのである。

第1章「イーオーのためにプー横丁に家がたてられます」

【あらすじ】

雪のなかでプーが「雪の日の歌」を作って歌いながらピグレットの家に出かけると不在で、自宅に戻ると行き違いになったピグレットがソファに座って待っていました。そこで、イーオーに歌を聞かせるためにいっしょに出かけます。その途中で、プー横丁と名づけた場所に、イーオーのための家をたててあげようとプーは提案します。ピグレットは棒がたくさんある場所を教え、そこから運んできて、プーとピグレットは家を作ります。イーオーがクリストファー・ロビンの家を訪れて、自分の家が消えた話をします。ようすを確認するためにクリストファー・ロビンがかけつけると、新しい家を作った、とプーたちがそれを誇らしげにしめすのでした。イーオーは風が運んだと納得します。

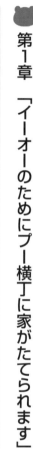

【コーナーという場所の意味】

本のタイトルにもなった「プー・コーナー（Pooh Corner）」のコーナーは「横丁」とか「細道」などと訳される。本書では親しみがあるので「プー横丁」という表記を採用するが、この言葉には、いくつかの意味が重なっている。

コーナーとは直線が交わる「角」や「隅」のことである。たしかに、イーオーがいる「陰鬱な場所（Gloomy Place）」は森の片隅にある。シェパードの描いた地図でも、右下のまさに隅に置かれている。プー横丁と名づけたのはプー本人で、しかも一度は「プーとピグレット横丁」を提案してピグレットを喜ばせておきながら、簡潔で短いほうがいいと考えて、結局プー横丁に決めてしまった。コーナーは物を陳列する「一角」の意味で使われる。プーは歌や詩を作る詩人であり、第1章でもすぐに「もっと雪は降る」と始まる歌を口にする。プーが「プー横丁」と名づけた際に、ロンドンのウェストミンスター寺院にある詩人や文学者を讃える「ポエットコーナー（「文人顕彰コーナー」）」と呼ばれる一角が念頭にあったのかもしれない。ロンドン動物園が近くにあり、モデルとなったウィニーの住まいに近いのである。

「ポエットコーナー」には、イギリスを代表する文学者であるチョーサーやディケンズなどの墓やシェイクスピアをはじめとするさまざまな文学者の記念碑が並んでいる。ミルンにとりナンセンス文学の先輩となるエドワード・リアやルイス・キャロルの記念碑もある。ここに名前を刻まれると、イギリス文学の伝統に加えられた証拠となる。詩人プー、ひいては作者のミルンが加えられたいというひそかな望みを抱いても不思議ではない。

コーナーには、片隅だけでなく、「隠れ家」とか「秘密の場所」という意味もある。「林のそばにあり、風がこない」というイーオーにとって心地よい場所がプー横丁だった。ミルンは「聖ジェイムズ公園は世界でもステキな隠れ家」などと別の小説でも書いている（「重要なもの」）。日本でも「コージーコーナー」というチェーン店の名前にも採用されているが、「コージー（心地よい）」というのもよく使われる形容詞である。

外で雪が降っているときに、心地よい場所にふさわしいのは、プーの家のなかだろう。ピグレットがプーの家の暖炉の前にあるいちばんよいソファに座っている挿絵がある。それは「暖炉の前で足先を温めている」というプーが想像した姿のままだった。冬にいちばん落ち着けるのが暖炉の前である。この室内のようすは、写真に撮影されたミルン一家が過ごしたコッチフォード農場と似通っている［Brilliant 145］。

しかも、暖炉の上には数週間前から壊れていて、十一時五分前をいつも指している時計が置かれている。『クマのプーさん』で時計が描かれていたのは、プーがイーオーの尻尾を探すことを相談するために訪ねたオウルの家だった。全編を通して、プーは「十一時」というハチミツをちょっと食べるための時間にうるさいが、時計を持ち歩いていないので、たいていは「腹時計」という勘に頼ることになるのだ。

ただし、プーの家の壊れた時計は、それを見るといつでもあと五分で十一時になるという期待をもたせてくれる。それは幸せな時間そのものである。『鏡の国のアリス』のテニエルの挿絵では、アリスが鏡をくぐり抜ける前にはふつうだった時計に、くぐり抜けたあとで顔が描かれていた。冷たい機械が生物のようになったのである。ファンタジー世界の時計は止まったり動いたりが自由なだけでなく、ときには主人公に合わせて壊れたままでいてくれる。

またコーナーの本来の意味である曲がり角も重要である。第一詩集の『ぼくらがとても幼かったころ』の冒頭の詩は、「通りの角（Corner-of-the-Street）」という詩で、男の子が元気よく走ってくる挿絵がついている。つまり四冊のプー物語の最初が、コーナーから始まっていたわけだ。その詩に出てくる「三つの通りが出会うところ」という表現から、「直進、左折、右折」と自由に方向へ進める場所とわかる。プー横丁とは、クリストファー・ロビンたちが進路を決める話にふさわしく、プーの運命の曲がり角ともなっている。

プーたちは新しく建てた家へと、森の「角をまがって（round the corner）」イーオーとクリストファー・ロビンを案内する。それをイーオーは風が運んだと勘違いするが、結局イーオーは場所も家も気に入ったのだ。この「角をまがって」という表現は、「すぐ近く」を表す熟語となっている。序文でミルンが述べていた「森はそこにあります」というファンタジー世界の心理的な近さとつながっている。現実の森の角を少しまがったところに、居心地のよい隠れ家があるはずなのだ。

【雪の日の歌】

ミツバチが飛ぶ気配もない冬の森から、第1章は始まる。そして、プーは留守だとわかっても、ピグレットの家のドアを繰りかえしノックし、身体を温めるために跳んだりはねたりした。するとリズムから歌が生まれてくる。「もっと雪はふる、ティデリー・ポム」と始まり、「雪が降り続く」とつながり、二番の歌詞は「足先がどんどんつめたくなる」となった。

この雪の日の歌に入る「ティデリー・ポム（tiddley pom）」という合いの手は、昔のミュージック・ホール用の歌からの借用だった［チータム 二一〇］。正確には、「ティデリー・オン・ポム・ポム（tiddley on pom pom）」となる。一九〇七年に作られた「ぼくは海岸のそばへ行きたい（"I Do Like to Be Beside the Seaside"）」という歌の一節で、ブラスバンドが奏でる擬音として使われている。

歌詞によると、夏の海水浴場はすばらしいので、忙しいビジネスマンから、捕まって刑務所にいる宝石泥棒までみんなが行きたがっているという内容だ。今でも「きかんしゃトーマス」でトーマスたちが歌ったりもする現役の歌である。海岸沿いに散歩をするために設けられたプロムナードを「プロム（Prom）」と略した音に合わせて「ポム」が選ばれている。雪のなかをプーとピグレットが上着やマフラー姿で散歩をするために、夏の歌をもってきたのが、作者ミルンの工夫だった。

そして、プーが作ったこのアウトドアの歌は、プーと「ティデリー・ポム」という合いの手を入れるピグレットによって完成する。木のゲートの上で、どちらも棒を使ってリズムをとりながら、白い息を吐いているところが挿絵に描かれている。

『クマのプーさん』では「はまった（stuck）」が重要なイメージだったが、『プー横丁の家』では、いたるところで「棒（stick）」が大きな役割をはたす。第1章では歌のリズムをとる棒として、さらにイーオーの家を作る材料として、また第6章のプー棒（スティック）遊びは有名だし、第10章でプーがクリストファー・ロビンの騎士となるときに、剣の代わりに木の棒を使って命名する。森に落ちているただの棒が、想像力により役割を変化させているのがよくわかる。

歌われる歌詞は三度登場する。最初はピグレットの家の前で身体を動かしながら出来上がったものである。二度目はピグレットに聞かせているときに、「ティデリー何？」と質問されたので、わざと動詞などを強調した。すると同じ歌詞なのに別の歌のように聞こえてくる。それから棒で木のゲートを叩いて、リズムをとって六度歌われ、慣れたところで合いの手をピグレットが担当することに決まった。

そして、三度目はイーオーの家を作るために棒を運んだあとで、新しい家ができて、「ぼくの家だったらいいのに」とまで歌ったところで、待ち構えていたクリストファー・ロビンとイーオーに出会うのである。プーがふと思いついた歌が出来あがり、発展するようすが描かれている。自分たちが建てたイーオーの家を「前よりずっとよい」とプーとピグレットが自画自賛するが、この「雪の日の歌」の出来栄えのことも指しているのだ。

【解体して作り直す】

イーオーに歌を聞かせるために雪のなかを出かける話が、イーオーの家を作る話へと変わる分岐点が木のゲートだった。ゲートは土地の境界線をしめすが、効果的に使われている。実際にアッシュダウンの森に存在するゲートを引き写して描かれたが、二枚の挿絵の斜めに走る木に注目して比べると、ゲートの表と裏を描いているとわかる。プーが背中を見せて降りて、棒集めに出発するのである。

イーオーの家には、明らかにひとつのモデルがある。それは、第二詩集の『さあぼくらは六歳になった』の冒頭の「孤独（solitude）」と題した詩に出てくる、クリストファー・ロビンが庭の片隅に三本の棒で作った家である。「人が多すぎるとき、ぼくは行くべき家がある」として、そこでは「誰もダメだと言わない」とか「ぼく以外誰もいない」と孤独の意味を深めている。

棒で作られたイーオーの家は、プーの家のような居心地の良い場所に見えない。けれども、孤独を好むイーオーの家と、「孤独」という詩のなかで孤独を好むクリストファー・ロビンの家が似通っているのは当然だろう。六歳になったクリストファー・ロビンが、自分だけの世界をもちたくなるようすが扱われていた。二つの家の類似からも、孤独で偏屈に見えるイーオーが、今まで以上にプー物語で重要となる理由もわかってくる。

もはや学校に通い、いつまでも無邪気なままではいられないクリストファー・ロビンの成長において、自分を守るためにはイーオーのような「孤独」な態度が必要となる。ハチミツの甘さに包まれたプーの森がもつ苦味としてイーオーが描かれていたことは、のちにクリストファー・ミルンが学校で孤立したり、親と対立した点を考えると意味深なのである。

自分の家が消えたとクリストファー・ロビンに告げたとき、イーオーは『クマのプーさん』の第4章の尻尾のときと同じく誰かに盗まれたと考える。そして、盗んだ者があわれんで返してくれるかもしれない、と期待も口にする。ある意味で言葉の通りになったのだ。今度もプーがイーオーに家を返してくれた。ただし、前回のオウルの家での呼び鈴のひもになっていた尻尾の発見とは異なり、自分たちの勘違いで移動させたものだったが、それでもイーオーのもとに「盗まれた」家は返ってきた。

プーとピグレットが、イーオーの家を見たときに家だとは認識せずに、材料となる棒の集まりと思ったのが錯誤だったのである。「イーオーは自分たちのように木の穴や地面の穴に家をもっていない、だからかわいそうだ」、とする先入観が判断を誤らせた。暖炉で足をあたためるのが幸せと考える者には、雪を避けるだけの屋根の代わりをするだけの家は考えつかない。アザミなどの野草を食べるイーオーに台所は不要で、地面にも直接寝る。ソファもベッドも不要だからこそ、雪を防ぐだけのささやかな家を自分で建てたのだ。

『クマのプーさん』の誕生日のエピソードで、イーオーはプーから贈られた「役に立つ壺」に、ピグレットから贈られた破れた風船を出し入れしたが、今度の贈り物である家では、イーオー自身が出入りをする。そして家の具合を確かめるのだ。イーオーは「外も内も同じだ」と確認するが、プーとピグレットは、声をそろえて「前よりずっとよい」と保証するのである。

それからイーオーは、「まずは頭脳、それからハードワーク。これが家を建てるということだ」と教訓をプーたちに口にする。その言葉どおりに風の力ではなくて、プーたちのハードワークが新しい家を生み出したのである。建てている途中で汗をかいたのか、それとも汚れるのを嫌がったのか、プーが脱いだ上着を棒にかけている挿絵がある。その横でピグレットは白い息を吐きながら、自分よりもずっと大きな棒を運んでいる。

イーオーは新しい家だけでなく、どうやらプー横丁という新しい場所も気に入ったらしい。第6章でティガーが跳ねているのに対して、広い森ではかまわないが、「私のささやかな横丁（コーナー）」ではやめてくれと抗議する。

イーオーの家が一度解体され、建て直されたおかげでもっとよいものになったのは、じつはプーの「雪の日の歌」と同じである。繰り返される「ティデリー・ポム」はミュージック・ホールの歌から借用され、さらにミルンの二つの詩集の冒頭の詩「通りの角」と「孤独」とが解体されて組みこまれている。歌の繰り返しを担当するピグレットが、「かんたんに見えるかもしれないけど、誰でもできるってわけではないからね」と最後に言って第1章が終わる。この言葉はそのまま作者ミルンが自作に関して読者に語っているように思える。

『プー横丁の家』では、『クマのプーさん』のように、作者とクリストファー・ロビンが対話をして舞台裏を明かす外枠の設定はなくなった。『鏡の国のアリス』が、姉とアリスの対話の場面を失くしたのと同じである。物語世界が直接読者の前に繰り広げられる。それだけに最後の言葉が重要となる。第2章ではピグレットが「ティガーは十分に強壮だ」と皮肉っていた。第3章では、イーオーがすでにチビは二日前に発見されたとラビットに聞かされて、「いかにもありそうなことだ」とバツの悪さを言い繕う。そして第4章では落下したティガーが無事だと聞いて下敷きになったイーオーが「ありがとうよと彼に言ってくださいな」とアイロニーを感じさせるセリフを吐くのだ。

第2章「ティガーが森にやってきて、朝食を食べます」

【あらすじ】

夜中にプーの家にやってきた訪問者がティガーでした。なだめて寝るようにうながし、朝プーが目をさますと鏡とにらみあっていて、次にシーツと格闘します。ハチミツが好きだと答えていたのに、ティガーは食べると嫌いだと言います。そこでプーはティガーの朝食を探しに行きます。ピグレットのところでドングリを、さらにイーオーのところでアザミを試しますが、どれも口にあわず、クリストファー・ロビンがいるカンガとルーの家の台所で好みのものを探します。ティガーが、カンガがルーに飲ませようとした麦芽エキスを横取りすると、それが好物だとわかります。その後ティガーは、カンガの家で暮らし、食事を作ってもらうのです。

【夜の訪問者ティガー】

ピグレットはいつも服を着ているが、プーはぬいぐるみらしく何も着ていない場面が多い。ところが、第1章のような雪のときには、上着を身につける。『クマのプーさん』でも、雪のなかのウーズル狩りでは、同じデザインの上着を着ていた。のちにシェパードはどちらにも赤の色づけをしている。そして、第2章で寝ているときのナイトキャップもやはり赤である。

どうやらこれがプーのお気に入りの色とされているようだ。ピグレットの服は緑色に塗られ、赤と緑が対比的に配置されている。クリストファー・ロビンが着用するズボンなどの色としてやはり赤が選ばれている。服装の色のうえでもプーとクリストファー・ロビンはどこかつながりをもたされているのだ。

プーが夜中に寝ていると、家の外からの物音を聞きつけて目をさます。第1章のイーオーの家とは異なり、ドアがあるので、プーは、声の主をピグレット、クリストファー・ロビン、イーオーと次々と呼ぶが、玄関の外でロウソクの明かりに浮かび上がったのはトラのティガーだった。クリストファー・ロビンと知り合いだ、と言うので、とりあえず寝ることにして、家のなかに入れ、プーは自分のベッドに戻り、ティガーにはイーオーのように床に寝てもらうのである。

翌朝になると、ティガーは、自分が唯一の存在だと思っていたが、鏡のなかに同族を発見して驚いている。プーは寝る前に「ティガーたちはハチミツが好き?」と複数形で質問をしていたが、プーはティガーを固有名詞としてではなくて、ウーズルたちのように複数いる存在だと考えたようだ。そして「彼らはなんでも好き」とティガーが答え、そのあとも「ティガーたち」が使われ、さらには「プーたち」も使われる。主要キャラクターの同類は出てこないプー物語からすると、表現としては多少おかしいのだが、それには理由がある。

ティガーは鏡のせいで自分が二つになり、唯一ではないと考えた。冒頭の「矛盾」という序文のなかでも「九かける百七はいくつになる」と出てきたように、ミルンはあちこちで掛け算を使っている。ティガーは自分と鏡のなかの像とで二倍になったわけだが、これはどうやら『さあぼくらは六歳になった』に出てきた「二倍」という詩と関係がありそうだ。二匹の小さなクマがそれぞれ善悪を覚えていき、さらに二の掛け算をクリストファー・ロビンが二かける十まで言うところで終わる。

そして、「ぼくら二人」では、「二かける十一は」とあり、第6章のプー棒投げでも、クリストファー・ロビンは「十九かける二なんてどうでもいい」と思いながら歩いている。しだいに二に掛ける数が増えていくのだが、『プー横丁の家』では、「ティガーたち」とか、「プーたち」という複数が重要な意味をもつのである。

ティガーのように鏡の内の像と外にいる自分とが一致しない状態は、自我を獲得するまで解消されない。生後半年から一歳半までの子どものこうしたあり方を、精神分析学者のジャック・ラカンが「鏡像段階」と名づけたのはのちの一九三六年のことだった［Lacan 76-81］。プーは鏡像段階をとっくに過ぎている。そのため『クマのプーさん』でも、鏡を前にして強壮体操をしたり、お茶会出席の前に身だしなみを整えるのである。ところが、ディズニー版のプーは「そっちはどう？」と鏡のなかの自分の姿に質問して、その点でティガーのレベルに後退している。

大量生産のぬいぐるみで、同じものが多数あるとするなら、ティガーもプーも複数形のはずである。これはおもちゃの宿命である。ジョン・ラセター監督の『トイ・ストーリー』（一九九五）で、スペースレンジャーのおもちゃであるバズ・ライトイヤーが、テレビＣＭを見たことで自分が大量生産品だと気づくのだ。そして、スティーヴン・スピルバーグ監督の『A.I.』(二〇〇一)で、自分がユニークな存在だと思っていたデイヴィッドは、じつは子どもをコピーしたロボットであり、大量生産品にすぎないと知り、自殺とも見える転落事故を起こす。

ぬいぐるみの一つとしてのプーも同じなのだが、他と区別されるのは、クリストファー・ロビンとの関係があるからだ。この点に関連するのが、サン＝テグジュペリの『星の王子さま』(一九四三)の第二十一章で、キツネが王子と「飼いならされる」ことを話す箇所である。キツネは、今はそれぞれ多数のうちの一人でしかないが、「あんたが、おれを飼いならすと、おれたちは、もうおたがいに、はなれちゃいられなくなるよ。あんたは、おれにとって、この世でたったひとりのひとになるし、おれは、あんたにとって、かけがいのないものになる」(内藤濯訳)と警告する。これはペットやおもちゃについても同じことがいえる。ぬいぐるみであるから複数形に見えても、それを愛玩することで他とは識別されるのである。

プーが鏡について説明している途中で、ティガーはテーブルクロスと戦い始めて、「ぼく勝った?」と誇らしげに言う。カンガが、ジャンプをするルーに気をとられて、プーの曜日についての詩を途中で聞かなくなりプーが中断したのとは事情が異なる(『クマ』第7章)。ティガーは他人の話を聞かず、好奇心のまま動くのである。カンガが跳ねるのは、カンガルーという有袋類の性質からだったが、ティガーが跳ねるのは、生命力の躍動のようなもので、誰も止めることはできない。

プーはこうしたティガーの不作法をたしなめ、鏡についての誤りを訂正しようとする。そしてハチミツへの自分の欲望を抑えてまで、朝食の世話をして、まるでカンガのような役目をはたす。新住民であるティガーを第2章で登場させたのは、『クマのプーさん』でのプーと役割を交代するためだった。ティガーは木から落ち、ドングリやアザミを食べてひどい目にあうなど体を使った喜劇的な失敗を担当するのである。

【ティガーの食べ物探し】

ティガーが「何でも好きだ」と公言したので、プーはハチミツを食べさせるが、味見をして嫌いだと拒否されてしまう。次にピグレットの家でドングリを、そして、イーオーの家では誕生日のためにとっておいたアザミを食べさせる。ティガーはどれも「**以外は何でも好き」と拒否をするのである。何にでも「いやいや」をする子どもの側面をすくい取り、同時にそれぞれが自分の好みや個性をもっていることを描いてもいる。

ティガーはクリストファー・ロビンの友だちで、今後森でいっしょに住む相手になると、プーたちは思っているので、自分の主食を分け与えようとして失敗する。けれども、ティガーの拒否にむしろ安心する。プーはかなしくてがっかりとしたようすを見せながら内心ではよろこぶのだ。ピグレットもうれしがり、イーオーは昼飯のじゃまをしないでくれと、アザミから離れるようにティガーに求める。

プーたちは、クリストファー・ロビンの知り合いなので、ティガーという新しい住民に好意をしめしながらも、自分の好物や主食が減る状況へのひそかな不安を抱いている。第1章で「雪の日の歌」をプーとピグレットが歌詞を分け合ったのとは事情が異なる。どれだけ「ティデリー・ポム」の箇所をピグレットが歌っても、歌そのものは減りはしない。ところが、自分の所有物を取られるのではないか、という恐れは、イーオーの尻尾の喪失や、解体し再生された家によって描かれてきた。このあたりのキャラクターの感情の揺れを、プー物語はきちんと描いているのである。

ティガーの三度の拒絶のあと、プーたちはクリストファー・ロビンを探してカンガの家を訪れる。カンガの台所でティガーの口にあう朝食を探していると、ティガーは、みんなに見守られながらルーが飲まされている苦い薬を、横取りして飲んでしまう。こうして子どもたちが嫌がる薬がティガーの好物だと判明する。「麦芽エキス（Extract of Malt）」に悩まされていた多くの子どもたちは、自分の家に一頭ティガーが欲しくなっただろう。

子どもを強化する手段には、プーがおこなう「壮健体操」だけでなく、サプリメントもあった。『クマのプーさん』第7章では、ルーの代わりにピグレットが犠牲になって苦い薬を飲まされた。その正体である麦芽エキスは、ビールの醸造で利用された麦芽の残りを利用したサプリメントだった。

大人たちはビールを飲み、子どもたちはビタミンAやDの不足を補うとされたタラの肝油を入れた麦芽エキスを飲まされていたのだ。十九世紀末には「ケプラー麦芽エキス」のようなヒット商品も販売された。大型のガラス瓶に入った液体で、カンガがルーにスプーンで飲ませている瓶にそっくりである。ただし子どもが嫌がった色や苦い味は、麦芽エキスそのものではなくて、加えた肝油のせいだったとされている。

ビタミンなどをサプリメントとして摂取し体力を強化する方法は、現在でも広く利用されている。その後も、ティガーはときどきルーの強壮薬を飲ませてもらうのである。だが、ティガーが跳ねるのを見て、「ティガーは十分に強壮だと思うよ」とピグレットが皮肉を述べるところで第2章は終わった。

【ティガーとの共存】

ティガーをピグレットの家に連れて行くときに、プーはピグレットがとても小さな動物なので、驚かさないようにと警告する。ピグレットが恐怖を感じるのは、イタチをモデルにしたウーズルや、ゾウをモデルにしたヘファランプなど大きな相手だった。ゾウは草食動物だが、イタチは肉食動物である。しかも、それだけではなく、クマはハチミツを好むように雑食だが、トラは完全な肉食の動物のはずである。何を常食にするのかという違いがそこにある。

二番目の新住民であるティガーの登場によって、ファンタジー世界である森での、肉食獣と草食獣の共存という課題が生じるはずだった。もちろんぬいぐるみをモデルにしているので、肉食と草食の区別に特別な意味はない。けれども、プー物語では、プーの好物でありラビットたちも食べるハチミツをはじめとして、食事のようすがたびたび描かれている。砂糖飾りのケーキが出たイーオーの誕生日パーティや、プーを称賛するお茶会など、お菓子やサンドイッチを食べる場面もある。ハチミツだけでなく、ラビット、オウル、カンガの家には、コンデンスミルクの缶が常備されていた。プーがジャムの本を読んでもらう場面もあり（『クマ』第2章）、子どもたちが好きな甘いものが中心なのだ。

トラであるティガーを麦芽エキスが好物の動物と設定したことで、肉食獣としてのトラのイメージは消えてしまった。ハチミツ、ドングリ、アザミとティガーが拒絶したのは菜食主義者でも受け入れられるものばかりである。キップリングの『ジャングル・ブック』で、モウグリと対決するトラのシア・カーンは獰猛な肉食獣だった。しかも、モウグリは最後にシア・カーンを倒し、毛皮にしてしまう。ところが、クリストファー・ロビンとティガーは敵対しないのである。

食物連鎖を踏まえると、ファンタジー世界で、肉食動物と草食動物がどのように共存するのかは、子ども向け作品でも、二十一世紀には議論を呼ぶことになる。プーのアニメ版を作ったディズニー作品でも、『ファインディング・ニモ』(二〇〇三)では、サメたちが魚を食べない誓いの同盟を結んでいた。また、『ズートピア』(二〇一六)のように、草食動物と肉食動物が共存する世界での肉食動物の凶暴化を扱い、捕食関係をどのように考えるのかを迫った作品もある。これは菜食主義や動物の権利といった多くの議論とつながっているのである。

最終的にカンガの家にティガーが落ち着いた理由はいくつも考えられる。もちろん好物の麦芽エキスを飲ませてもらえるのが最大の理由だろう。カンガに麦芽エキスサンドイッチを作ってもらい、ティガーとルーが仲良く出かけたりもする(第4章)。これはトラであるティガーが草食動物化したといえる。

しかも、カンガとルー親子とティガーが重ねられているのは、二枚の挿絵からもわかる。森に姿を見せた場面で、どちらも背景に木があり、右脇に茂みがあり、新住民が跳ねている。カンガのときは、ラビットとプーとピグレットは「待ち伏せ」をして遠巻きに見ている。侵入者への疑いの目をもっている。それに対して、新住民が増えるのも二度目のせいか、後ろ手のプーがピグレットと並んで、ティガーが跳ねているようすを見守っている。新住民はどちらも宙に浮いていて、しかもカンガは子どもを失うと獰猛になるとされていたし、ティガーは木の上では中南米に生息する「ジャギュラー(ジャガー）」のような猛獣に見える（第4章）。どちらも旧住民からは恐れられていた。

移住してきた新住民であるカンガとルーの親子とティガーには「跳ねる」以外にも共通点がある。イギリスの植民地であるオーストラリアやインドから、イングランドの森にやってきた動物だった。しかもプーの森どころか、ひとつの家のなかで、肉食動物と草食動物が共存する姿が、ある意味で英連邦の理想を体現している。

大英帝国の後継組織となる英連邦の始まりとなったウェストミンスター憲章が制定されたのは、『クマのプーさん』が発表された一九二六年だった。それを受けて、第一次世界大戦のソンムの戦いでの過酷な体験から、平和主義者となっていたミルンが、続編である『プー横丁の家』に理想を滑りこませたとしても不思議ではない。その意味でも前作とは異なる課題を背負っているのである。

第3章「捜索隊が組織され、ピグレットがヘファランプと再び出会いそうになります」

【あらすじ】

プーがハチミツの壺の数を数えていると、ラビットがやってきて「チビ」が行方不明になったので探していると言います。チビはラビットの友人親族なのですが、プーは正体がわからないまま、ラビットが組織する捜索隊に参加します。探す方法を考えながら歩いていると、穴に落ちて、それがヘファランプがプーを捕まえるために掘ったものだと思い込みます。ピグレットがそこにいて、上から落ちてきたプーの下敷きとなります。チビが行方不明になったので、クリストファー・ロビンが捜索に乗り出すと、穴のなかにいたプーたちを見つけて「ホウホウ」と声をかけます。ピグレットはヘファランプだけでなく、「ホウホウ」という新しい怪物の存在を創造します。ですが、その正体を知り、ピグレットは恥ずかしくなります。そして、助け出されたとき、プーの背中にチビを発見して、ピグレットは功労者となるのです。

【ラビットの組織力】

不思議なことに、ティガーが新しいキャラクターとして第2章で披露されたのに、この第3章で姿を見せない。そして『クマのプーさん』の第5章でのヘファランプ狩りの話題が繰り返される。しかも、ヘファランプ狩りは、カンガとルーがやってくる以前の出来事だったせいなのか、カンガルーも登場せずに、旧住民たちだけで話が進むのである。この章では、チビという甲虫の捜索を通じて、小動物としてのピグレットの価値や働きが浮かび上がるのだ。

プーはハチミツの壺の数を数えているが、例によって十四か、十五かがはっきりとしない。そこにラビットがやってきて、「十四だ」と言う。質問されると「確かではない」とし、十五のほうが期待がもてるというプーに、「じゃあ十六にしておこう」と無責任に言い放つのがいかにもラビットの態度なのである。

ラビットは森のなかに広い人脈や情報ネットワークをもっているが、同じようにラビットの親族の数が、十六かどうかが不明だったこともあった（『クマ』第7章）。ラビットは数に関してはあいまいなのだが、自分の友人親族である甲虫のチビにまで、細やかな気配りをしている。ラビットは行方不明になったチビの「捜索隊」を「組織」する。こうした公的な組織を指揮するのがラビットは得意で、博識だが行動力のないオウルや、単独で孤独な皮肉屋であるイーオーと大きく異なる。

プーやピグレットだけでなく、森の住民たちがチビの捜索に総動員されたようすが挿絵にも出てくる。ラビットが真ん中に立って指揮をとり、頭上のオウルから、地面のハリネズミ、ネズミ、リス、甲虫（ビートル）や、鳥たちまで多数が参加している。まるで山狩りのようで、それだけ森の住民たちが一体感をもって行動している。しかも、そのメンバーに新住民は含まれていない。

ラビットは以前にも組織力を発揮して、カンガとルーの親子を森から追い出すためにルーの誘拐を試みた（『クマ』第7章）。作戦計画をプーとピグレットと共に立案し、ピグレットとルーのすり替えを実行した。そうした「組織化」をプーは「そきしか」（organdized）と発音する。言い間違いでも正しく意味が伝わり、しかもプーが現実社会で使われる言葉を話すだけでなく、行動も模倣するのが大きな変化といえる。これは六歳になったクリストファー・ロビン（そして現実のクリストファー・ミルン）の変化と関連している。

そして、プーはラビットからの「六本マツを通って探しながら、一時間ほどでオウルの家で落ち合う」という指示に従って行動する。しかも、ラビットに感化され、プーは「物を探す順序」という行動計画をたて、それを「頭のなかに書き留めた」のである。ラビットが鉛筆をなめながら書き留めて、十一段階の行動計画を発表したように、プーなりに行動の予定を整理している。

プーの行動計画は五段階で、「特別な場所」→「ピグレット」→「チビ」→「ラビット」→「チビ」

と探す相手が異なっている。ピグレットのいる特別な場所を見つけて、チビが何者かを知ってから探し出し、ラビットに報告し、さらにチビにラビットの存在を知らせるという手順となる。プーらしく第五段階の理由は今ひとつ意味不明だが、それ以外は、この行動計画のまま進行するのである。

【穴に落ちたプー】

ピグレットは森のなかで捜索活動に参加し「そきしか」されて特別な場所にいる、とプーが考えながら歩いていると、穴に落下してしまう。これは「間違って省略された森の一部」と表現されていて、じつは「砂利採取の穴」だとあとで明らかになる。深さを感じさせる「縦穴（pit）」が使われている。プーの森の世界に姿を見せる人間はクリストファー・ロビンだけだが、人間たちの痕跡はあちこちに残っている。

『クマのプーさん』でも「サンダース氏」とか「トレスパッサーズ・W」などの標識の文字が出てきた。そして、『プー横丁の家』になると、第1章のように木のゲート、そして第3章で砂利採取の痕跡が登場する。これは第6章での有名な橋の登場以降、森の扱いが大きく変化する前兆ともなっている。

プーが真っ逆さまに落下した際に「ぼくは飛んでいる」とか「オウルみたい」と考えたほど長い時間だったのは、『不思議の国のアリス』のウサギの穴を思わせる。そして『クマのプーさん』の第1章でミツバチの巣をねらって木から落下した悲劇の再現でもある。挿絵で、前回のプーは木から落ちたときに幹を掴まえていた二本の前足を手前に突き出していたが、今回は前足をあげてバンザイの姿勢になっている。しかも、プーはハリエニシダの茂みではなくて、ピグレットの上に落ちたのだ。

「君の下だよ」とピグレットが言ったように、穴にはすでに落ちた者がいたのだ。

プーがヘファランプと関連して穴に落ちたのはこれで二度目となる。前回はピグレットが掘った穴に、罠として自分たちがしかけたハチミツの壺を求めて落下した（『クマ』第5章）。今回は下敷きになったピグレットも、誰か（おそらくチビ）を探しているうちに落ちたのだ。つまり、プーの行動計画の第一段階で探し出すべき特別な場所とは、この穴の底のことだったのである。

ヘファランプが前回の報復として、プー族（Phoos）を罠に捕まえるために掘った穴とプーは考える。この複数形の使い方は、第2章のティガーと同じである。ピグレットが脅えたのは、この穴がヘファランプの罠というプーによる説明のせいだった。深い穴が自分たちを落とす罠だとすると、相手はどれだけ大きなヘファランプなのか想像もつかなかった。この恐怖は、ハチミツの壺をかぶったプーのヘファランプ以上にピグレットを脅かすのである。

【小さいということ】

ピグレットはプーの下敷きになったとき、小動物としての悲哀を感じた。第2章で、プーはティガーをピグレットのもとに案内する際に、小動物を脅さないようにと配慮を求める。ピグレットも事あるごとに自分が小動物であると主張する。そして、ヘファランプにも小さいから見つからないと考えるのだ。ラビットが行方不明になったと探しているチビはもっと小さな昆虫だった。チビもピグレットも身体の大きさからいえば、ヘファランプ、そしてモデルになったゾウとは比較にならない。

けれども、身体の大小はプーの森での価値の違いとは関係がない。プーやピグレットのようなぬいぐるみ由来の動物の活躍が目立つが、森には、他の動物や鳥や虫が生活している。ラビットの友人親族には、ウサギをはじめ、ハリネズミや甲虫（ビートル）などたくさん含まれる。しかも甲虫それぞれに名前がついている。捜索隊の対象となった行方不明の「チビ」だけではない。北極探検でみんなから注目されて穴に潜ってしまった「アレキサンダー・ビートル」（『クマ』第8章）とか、ラビットの友人には「ヘンリー・ラッシュ」（第5章）、そして最小の「スモーレスト・オブ・オール」（第10章）もいるのだ。どれも名前がついて識別されている。

昆虫として他にミツバチがいるし、イーオーのそばを飛び、プーが眺めるトンボも描かれている。サクラソウやブルーベル（イトシャジン）やバターカップ（キンポウゲ）の草花も含めて、森を支える小さな名もない存在をミルンの文章とシェパードの挿絵はすくい取っている。プーの森が豊かに見えるとすれば、細部が描かれているせいである。

ピグレットがプーの下敷きになったときに、「下に（underneath）」という前置詞が出てくる。これは物理的な位置関係だけでなく、森の王となりえるクマよりも家畜としてのブタを下に置くという位階秩序を表すこともできる。けれども、物理的にプーの下にいるピグレットが、価値のうえでプーより下だとはみなされてはいない。ここでの小動物の扱いは、動物の階級を当然視していた十九世紀までの考えへの反論となる。そのうえ、ピグレットがあとで活躍する裏づけともなっている（第8章）。小さいからこそ役にたつ場合もあり、それはまさに個性といえるのだ。

ピグレットが自分よりも小さな存在であるチビを発見するという結末は、「小動物」よりも小さな虫でも、この森では対等の存在だと伝えている。ただし、ラビットは友人親族には親密で、手厚く保護する態度をとっているが、よそ者であるカンガとルー、そしてティガーを排除する態度を隠してはいない。ラビットの仲間意識とよそ者の排除とは、じつは裏表の関係にある。そしてラビットがみんなを組織化したいと考えるのは、チビの行方不明という非常時だけにとどまるはずもなかった。

【同床異夢】

この第3章で重要なのは、穴の底でプーとピグレットがいっしょに救助を待っていたことである。彼らが自力で脱出するのは不可能だった。そして、プーを探すために木の上から眺めて、砂利採取の穴を発見したクリストファー・ロビンによって救出される。

プーは穴に落ちたとき、ピグレットの「オー」とか「助けて」という声を自分の声だと錯覚する。内省の声と外からの声との区別ができなかったのだ。プーは、第2章でティガーが鏡を見て自分と鏡像との分離ができずにいた際に、鏡の機能を説明できるくらいに熟知していたが、どうやら声に関しては混乱している。

ヘファランプにおびえるピグレットを安心させるために、プーはヘファランプが「ホウホウ」と言ったら、鼻歌を聞かせると、三度目には脅すのをやめてしまうだろう、と楽観的な見解を述べた。そこで、ピグレットは劇形式でヘファランプとの対決を空想する。

これはピグレットなりの行動計画なのである。五段階のプーの「やることリスト」とは異なり、ヘファランプとの対話形式となっている。プーがすべき役をピグレットが自分なりに練習している。ヘファランプに会ったら「この穴はお前を落とすための穴で、おまえを待ち構えていた」と強弁し、さらにプーの作った鼻歌で相手を退ける予定なのだ。これは一種の想定問答集で、教則本を使ったセールストークや外国語の会話の練習にも似ている。

ところが、空想ではうまくいった対話が、実際のクリストファー・ロビン相手となると失敗してしまう。相手が想定外の行動をとったからである。クリストファー・ロビンをヘファランプと思って、ピグレットがプーの作った鼻歌を歌うと、向こうはプーの声色で歌を返してきた。しかもクリストファー・ロビン本人の口調に戻ると、ピグレットは「ホウホウ」という怪物が使う声色だと考えたのである。プーがあいさつをしたことで、ようやく相手が本物のクリストファー・ロビンだ、とピグレットは了解したが、今度は自分の間違いに恥ずかしさを覚えるのだ。そして、ピグレットはその場を離れたくなる。皮肉にも、日本語で言えば、穴があったら入りたい、という気分なのだ。

前回失敗したとき、ピグレットは家に帰って頭痛で寝こんでしまった（『クマ』第5章）。今回は船乗りになって逃げ出したいと考える。洪水に襲われたとき、冒険物語での「瓶の手紙」を思い出したように、外へ逃げるという願望がピグレットにはある。プーとクリストファー・ロビンの雨傘の船に助けられたことへの対抗意識なのかもしれない。船乗りがそのまま海外の移住者となる場合もあり、ピグレットはプーの森の住民のなかで、外の世界を夢見ている例外的な存在なのである。

最終的には、チビを発見した手柄のおかげで、名誉が挽回され、ピグレットは船乗りにならずにすんだ。行動計画で夢見ていた周囲からの称賛も得るのだ。プーとピグレットの行動計画が提示され、まがいなりにもそれに従ったことで、最終的にはチームにより、チビの捜索が成功したのである。

クリストファー・ロビンに発見されたとき、プーとピグレットは同じ穴の底で別の夢を見ていた。

プーはハチミツの壺がラビットが示唆した十六という数に決まる夢を見ている。ピグレットはプーに示唆されて、ヘファランプへの対処と称賛を夢見ている。プーとピグレットは、このように互いに別の夢を見ながらいっしょに長時間いられる。プーの好物はハチミツで、ピグレットはドングリなので、食べ物も重ならない。お互いに争わずにすむので、プーとピグレットが同居してもストレスは生まれないはずである。これは同居の伏線になっていて、『プー横丁の家』における家の役割が、各自の住まいではなくて、カンガとルーとティガーそして、プーとピグレットのように、異なる種が同居する場所へと変化しているのである。

第４章「ティガーが木に登らないことが判明します」

【あらすじ】

プーはイーオーのところへ出かけようとして、途中で考えがあれこれと変わり、オウルやラビットについての詩を作っているうちに、十一時がきてしまい家に戻ります。そしてハチミツを食べてから、結局ピグレットに会いにいくと決めます。ピグレットは、ドングリを植えているところで、プーはハチの巣を植えたら増えるかもしれないなどと夢想します。そして彼らがカンガとルーの家に向かうと、途中で木の上にいるティガーとルーに会います。弁当をもって遊びに出かけたティガーはルーに見栄をはって、木の上まで登れると言って、降りられなくなっていたのでした。そこでクリストファー・ロビンに助けを求めると、みんなで広げた上着にティガーたちは飛び降りて、イーオーが下敷きになるのです。

【詩人プーの連想力】

第4章で、プーがティガーと役割を交代したことが判明する。プーは第3章のように落下して穴にはまるといった失敗をしなくなる。身体を使ったスラップスティックな笑いから、言葉の笑いへとプーの立場が変わってしまう。しかも、プーはしだいに詩人としての自分の役目を意識するようになるのだ。第9章のピグレットを讃える詩で頂点を迎えるが、この章はプーの意識の変化のきっかけを語っている。

今まで何度も落下を経験してきたプーが、木からティガーが落下するのと遭遇するのだ。そしてラビットの穴にプーが「はまった(stuck)」として使われたのと同じ語を、ピグレットが、ティガーとルーが木の上で「固まっている(stuck)」と口にする。こうした不幸は、これからプーではなくて、ティガーに起こるのだ。

プーは昨日から会っていないという理由で、イーオーの家を訪れようと考えたが、移り気なので予定を変更する。一昨日から顔を見ていないオウルが先だとして、百エーカーの森へ行こうとする。ところが、小川に置かれた渡るための石に腰をおろすと、今度はカンガとルーやラビットのことを考え始める。次の段階《ステップ》を考えるために腰掛けているのが「踏石(step stone)」というのも意味深である。腰をおろしたプーが、目の前を飛ぶトンボを見上げている印象的な挿絵があるが、午前中の温かい日差しのなかで、このままずっと座っていたいという気分に浸っている。

この夢想する場面で、歌が生まれてくる。小川はプーが活躍する場所でもある。北極探検では、小川に落ちたルーを棒で助けて北極発見に貢献した（『クマ』第8章）。また、詩を作ろうとして集めていたマツぼっくりならぬモミぼっくりを落としたことで、プー棒投げが生み出される（第6章）。小川の役目のひとつが、プーに詩のインスピレーションを与えることだった。

そして、カンガとルーのところに向かおうと考えて飛び出してきたのが、「幸せな朝を過ごせる、ルーと会えば、幸せな朝を過ごせる、プーだけでも」と始まる歌だった。次に作ったのは、ラビットの言葉がオウルよりもわかるから好きだと言って、「ラビットと話すのは楽しい」という詩だった。しかも、「ラビット」と「習慣（habit）」が脚韻を踏むことや、ラビットの「自分でどうぞ（Help-yourself）」という態度を喜ぶのだ。これは、その後のティガーの騒動で、ルーたちが「助けて」と木の上から叫ぶのともつながっている。

詩はこのように自由な連想から生まれてくる。目に映る風景や頭のひらめき、さらに身体の動きが、プーの詩や鼻歌の題材となる。第1章で雪のなかでピグレットの家の前で身体を動かしていると「ティディリー・ポム」という音とともに歌が作り出された。偶然の見聞や思いつきを、必然のように変えていくのが、詩人や芸術家の才能なのである。

ピグレットに関する詩に、「このように書き記すと、とても出来の良い詩には思えませんが」とか「プーには今まで作ったなかで最高の詩に思えました」という批評的な言葉がついている。文脈や状況により、詩歌の価値や効果が変わるので、置く位置を計算するのが、作者の腕の見せどころとなる。しかも、ピグレットの詩には「クリストファー・ロビンと会わなくてもだいじょうぶ」という一節が入っている。プーの詩にクリストファー・ロビンの名前が入るのは珍しく、北極探検のときの詩くらいだった（『クマ』第8章）。しかもそこでは隊長の名前として出てきたのである。

それにしても「クリストファー・ロビンと会わなくてもだいじょうぶ」とは意味深である。このあと続くピグレットとの出会いやティガーの木登り騒動で巧妙に隠されているが、プーが午前中にクリストファー・ロビンと遊ぶ機会が減っているのだ。「プーだけでいる（being Pooh）」という表現からではその理由は不明なのだが、次の第5章で、クリストファー・ロビンが不在のわけが明らかになる。ミルンはホームズのファンで、『赤い館の秘密』という探偵小説も書いた劇作家らしく、他の出来事に読者の注意をそらし、真相を隠す「ミスディレクション」がなかなかうまい。

【農業と林業と百エーカーの森】

十一時のちょっとした作業であるハチミツをなめてから、プーがピグレットを訪れると、自宅の前で穴を掘っていた。ヘファランプ狩りの穴ではなくて、ドングリを植えるためのものだった。ドングリが育つとオークの木になると、クリストファー・ロビンから教わったのであり、ピグレットが埋めたあとの土を跳んで踏み固めている挿絵もある。

それに対して、クリストファー・ロビンからナスタチウムの種をもらって家の前に撒いたから種まきは知っている、とプーは言う。いつものように「マスターシャラム」と言い間違え、ピグレットに訂正されても、ナスタチウムとは別物だと言いはる。そして、ドングリを植えると聞いたプーは、ハチの巣を埋めたら育つだろうかとも考えるが、もちろんそれは不可能な話である。

プーが撒いたのがナスタチウムの種なら、一年草で花も美しく咲くかもしれない。ナスタチウム（金蓮花）は、和名の通り花の裏の金色のせいで人気が出た。これはハチミツの色とも通じるし、クレソン（watercress）のような味がすることで知られ、花も葉も食用になるので、食欲旺盛なプーにふさわしい。プーが草花も食べることは、あとでカンガが作ったルーのクレソンのサンドイッチと、ティガーの麦芽エキスサンドイッチを無断で食べたことでわかる。プーが種をまくことで、外来種の中南米原産の花が、カンガルーやトラのように、イングランドの森に定着するかもしれないのだ。

ナスタチウムではなくて、ドングリを植えているピグレットも「オークの木が玄関にできて、何マイルも離れたところまで行かずにすむ」と口にするので、新しいドングリの実が来年にでも収穫出来ると思っている。それは、ピグレットの三、四歳という年齢、さらに教えてくれたクリストファー・ロビンの年齢からすると当然かもしれない。ここにあるのは農業の発想で、種をまくと今年か来年には育ち、次の実が収穫ができると想定しているのである。

この森には、クリストファー・ロビンがプーを探して登った大木や、幹の途中にオウルの家が設置された木や、プーやピグレットの家のように根元に扉をつけられても平然と立っている木など、多くの立派な木が生えている。木が鳥や動物のすみかとなり、共生しているのである。

けれども、ピグレットが植えているドングリが、巨大なオークの木に育ち、数多くのドングリを落とすようになるまでには、長い歳月が必要となる。そうした木々を支えるのは、農業ではなくて林業という長い時間を視野に入れた作業だった。ピグレットのドングリの話から、すでにイーオーの誕生日で明らかになった一年という長さ以上の時間の流れが出てきたのである。成長した木が新しく実をつけるまでには短くて数年が必要だが、その後プーたちの家にふさわしいほど太く大きくなるには、数十年から数百年かかるのだ。

モデルとなったアッシュダウンの森のニューブリッジには、十五世紀に溶鉱炉が作られ、軍艦を建造するための鉄が生産された。そのときに鉄を溶かす燃料として多くの木が切り倒されたのである［遠山 二三八］。現在この溶鉱炉の遺構は歴史遺産に指定されている。その後十八世紀に鉄を溶かす燃料がコークスに替わったことで、木は倒されずにすむようになった。そのときに新しく植えられた木の子孫が、現在のこの森を形成している。プーの森を作る木々はどれも数十年以上の年月の賜物なのである。木のゲートや砂利採取の穴だけでなく、オークの木も、じつはピグレットがやっているように、人の手で種が植えられ、育てられてきたのである。

【ティガーの木登りと落下】

プー物語での木登りの始まりは、プーがハチミツを求めてハチの巣を探して登ったときだった（『クマ』第1章）。今度のティガーの木登りは、ルーに何でも出来ると自慢した結果だった。「空を飛べる」という嘘から始まり、プーよりも木を登るのが得意だと自慢をする。そして、いいところを見せようと、ティガーはルーを肩に乗せて木の上の方を目指すが、降りるに降りられずに立ち往生してしまうのである。

ティガーは獰猛《どうもう》ではないが、プーたちに助けを求めても無視されてしまう。それは最初にプーの戸口の外で吠えたときと同じである。プーは遠くから獰猛な「ジャガー」だと判断する。ただし、プー語なので「ジャギュラー」となり、上を見ると狙われる危険があるので、プーとピグレットは顔を伏せて通り抜けようとした。しかも「助けて」という声に罠にかかるなとプーは警告し、二頭のジャギュラーだと考えたのは、ウーズルのときと同じである。ピグレットが、声からティガーとルーだとわかったことで、ルーは立ち往生している状況を説明できるようになるのだ。穴に落ちたときにピグレットの声を聞き分けられなかったのと同様に、声の判別に弱いのがプーの特徴かもしれない。

イーオーとともにやってきたクリストファー・ロビンは、自分の上着を脱いで、救助用の布の代わりにする。そのとき、ピグレットはクリストファー・ロビンの青いズボン吊りに惹かれる。ピグレットは、以前にそのズボン吊りを一度見たことがあり、「興奮しすぎて、いつもより三十分早くベッドに入りました」というほどの衝撃だった。これはピグレットの感受性の強さを表している。

プーは詩人だが、その親友のピグレットは、スミレを摘んでイーオーに贈ろうとする（第5章）ほど美的なものへの憧れをもつ。それに、半ズボンが落ちないようにとめるズボン吊りは、活動的な印だけでなく成長の印ともなっている。『ぼくらがとても幼かったころ』に入っている「大きくなる」という詩で、クリストファー・ロビンが新しいズボン吊りを自分でつけるようすが挿絵になっていた。

ピグレットが詩人プーの作品を聞きとり、ときには「ティデリー・ポム」のような合いの手をいれてくれるおかげで、プーとピグレットはお互いを補うコンビとなっている。それに対して、ティガーとルーの組み合わせは、あおるルーとそれに増長するティガーとなって騒動を引き起こすのである。ルーはピグレットと大きさは似ているけれど赤ん坊なので、プーに対して疑問を述べるピグレットのような冷静な批評眼を欠いているのだ。

ティガーはルーに「空を飛べる」と豪語したが、木からの落下により実現する。枝から落ちるのは簡単だったがまるで「木が飛び上がっていく」ように感じたのだった。この逆転の感覚は、プーがハチの巣を求めて木を登ったときに、読むために文字が下っていく感覚と似ている(『クマ』第1章)。しかも、砂利採取の穴に落ちたとき、プーが飛ぶといってオウルの気持ちがわかると口にしていた。ティガーの落下によりプーとの役割交替が完結する。もっとも、ティガーはハリエニシダではなく、プーたちが広げたクリストファー・ロビンの上着の上に落ち、しかもイーオーを下敷きにしてしまう。

ティガーはジャギュラーではないので木登りは不得意だった。木を登らないトラと木の関係としてよく知られているのは、ヘレン・バンナーマンの『ちびくろサンボ』(一八九九)だろう。そこに出てきたトラたちは、「食べてしまうぞ」と脅しながらサンボから傘やズボンや靴をとりあげる。今度はトラが互いにサンボの持ち物を奪い合い、最後には木の周りを高速で回って黄色いバター(インドの「ギー」)になってしまうのだ。

サンボがトラに気に入られたのは、彼が身につけた新しい緑の傘に、赤い傘、そして青い半ズボンなどの服装からだった。色鮮やかな絵本には、他に赤い傘をもちストライプの柄の服を着こなす父親のジャンボや母親のマンボが登場する。とりわけサンボの青の半ズボンは、ピグレットが憧れたクリストファー・ロビンの半ズボン用の青いズボン吊りとつながるのかもしれない。

サンボの母親のマンボがバターになったトラを利用して、パンケーキを作り、百六十九枚のパンケーキを、サンボが平らげたのが結末となる。食いしん坊のサンボはこうして逆にトラを食べてしまい、食べようと脅したトラが食べられてしまう皮肉な展開となるのだ。こうした逆転は教訓的でもあり児童文学では好んで使われてきた。

ティガーは、朝食には何でも食べられるとプーに言って混乱を招いたが、今回は空も飛べるし何でもできるとルーに言う。いわゆる全能感が丸出しの言葉だが、それだけにできないという言い訳をしなくてはならない。朝食騒動のときには「＊＊＊以外全部」と但し書をつけて、麦芽エキスにたどりついた。今回は、オウルのように飛べると豪語するが、ルーに空を飛んでと頼まれても、「ティガーたちはしたがらない」と返答するだけである。さらに泳ぐことも、木登りさえプーよりも上手にできると言い放った。ルーを背中に乗せて木に登れたが、降り方を知らなかったのである。

クリストファー・ロビンたちにうながされて、ルーは自分から広げられた上着に落ちたが、ティガーは結局枝が折れて落下した。安全マットの役割をした上着が破れた音もして、イーオーが下敷きになって発見される。イーオーとティガーとの因縁や確執は、イーオーが誕生日のためにとっておいた最上のアザミを食べてティガーが不味いと言ったときから続いている。そのため、イーオーはティガーが無事でいるかを確認してから、下敷きにしてくれて「ありがとうよ、と言っておいてくださいな」と皮肉たっぷりに、クリストファー・ロビンに述べる。この後も、ティガーとイーオーの不和は続くし、木登りに失敗したからといって、ティガーが反省して跳ねるのをやめたわけではない。

第5章「ラビットが忙しい日を過ごし、クリストファー・ロビンが午前中何をしているのかを私たちは学びます」

【あらすじ】

ラビットが隊長のような気分で森の住民と挨拶をしていきます。自分を頼りにしていると信じているので、クリストファー・ロビンのもとを訪れます。ところが貼り紙を見つけます。そして「すぐに戻る」という言葉を「バクスン」という人名と誤解します。オウルに質問すると、バクスンは草食性の生き物で、クリストファー・ロビンはいっしょに外出したのだろうと説明します。ラビットは詩を作っているプーと出会い、最近午前中いっしょにいない事実を確認します。一方、ピグレットがイーオーにスミレの花束を贈ろうとしてやってくると、三本の棒が「A」を表し、クリストファー・ロビンが午前中いないのは学校に行って教育を受けているからだと説明してくれます。ラビットがやってきて、見事に「A」だと理解したので、イーオーはラビットに学があることを知り、怒りにかられます。そしてクリストファー・ロビンは貼り紙に「すぐ戻る」と正しくつづれるようになったのでした。

【森は忙しい】

第5章でクリストファー・ロビンの午前中不在の謎が森全体にわかることになる。春になってラビットが忙しい日がやってきたことで話が始まる。春は、「何かを組織化したい」「ラビットという署名をした貼り紙を書きたい」「他の者が何を考えているか知りたい」という欲望を掻き立てるのだ。

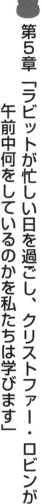

そして、ラビットは森のなかを巡回する。

ミルン一家がロンドンのチェルシーの自宅から離れたアッシュダウンの森にやってきたのは、都会の喧噪を離れて休暇を過ごすためだった。ところが、クリストファー・ロビンが成長するにつれて、クリストファー・ロビンが通う学校、さらには社会の要素がプーの森の物語のなかに侵入してきてしまう。

実際にクリストファー・ミルンは六歳になった夏から、友だちのアンとともに、近所のミス・ウォルターズの学校に通い始めたのである［Enchanted 18］。八月生まれなので入学の資格を得ていた。結果として、アンのジャンボというサルのぬいぐるみやクリストファー・ミルンのプーは家に置き去りとなったのだ。

「忙しい」が口癖のラビットは、組織好きの一種の「ビジネスマン」といえる。もちろん、『不思議の国のアリス』で時計を見ながら「遅れてしまう」と走っていく白ウサギの系譜にある。ラビットは予定表を埋めるのに忙しく、出会った者に挨拶をして回るのだ。それは他人の考えを確認するためだった。相手に「イエス、ラビット」とか「ノー、ラビット」と返答して従わせたいのである。知り合いの誰かが行方不明になると捜索隊を組織する力をもつのは、すでに第3章で実証済みである。しかも、「隊長的な気分」という言葉でわかるように、退役軍人のような要素も併せ持っているのだ。

第4章でプーはラビットの話し方がわかりやすいと述べていた。実務的な指示が得意なのである。だからこそ、プーとピグレットはラビットに倣《なら》って行動計画をたてるようになった。これは、文字の読み書きだけではない進歩である。

じつは、ラビットと話が合いそうなのがカンガだった。新しい教育法をイーオーに批判されているように、新しい時代の母親なのである。ルーに顔を洗わせる衛生観念をもち、麦芽エキスで体力増強をはかるだけではない。第4章でルーとティガーを外に遊びに行かせたのは、家のなかを空にして、「物を数えたかった」からだった。

ルーのベストや、使わずに残った石鹸や、ティガーのよだれかけで汚れていない部分を数えたいと考える。こうして物を数えて確認するのは管理にとって重要となる。プーがハチミツの壺の数について、ラビットが友人親族の実数にあやふやで管理不十分でも、とりあえずは困らない。ところが、数があやふやなプーたちに比べて、カンガは物を数える「家政術」を目指し、家のなかを整理して管理する新しいタイプの母親なのである。

そして、ラビットがカンガの家に行くのを好むのも、ルーによる「イエス、ラビット」という返事が森のなかで一番心地よいからなのである。組織化が好きなラビットは、家政術を極めたいカンガとの間に共通点をもち、かつて排除の計画をしたことなど忘れている。ただし「奇妙で、跳ねるティガー」に対してラビットはこの時点ではまだ寛容ではない。

こうしたラビットの活動に合わせるように、「忙しい(busy)」が『プー横丁の家』の重要なキーワードとなる。それを裏づけるように、第二詩集の『さあぼくらは六歳になった』に「忙しい」という詩が出てきた。最初は、マフィンの配達人や郵便配達人ごっこをしていたが、次々とクマから逃れる旅行者や象になって忙しいのである。クリストファー・ロビンにとっても「忙しい」が鍵語になったことがうかがえる。

【貼り紙の暗号解読】

ラビットはクリストファー・ロビンが、自分を一番頼りにしてくれて、会いたがっていると考える。プーの森の住民たちは互いに頭の良さを比較する。とりわけ、ラビットとオウルとイーオーは、森のなかで自分が一番頭が良いと思っていて、三すくみの状態にある。実際には、各自に足りないところがあり、全体として森を支える年寄りの世代なのである。

クリストファー・ロビンが不在で、ドアをノックをしても声をかけても返事がない。「ラビットが立ち止まって耳を澄ますと、あらゆる物が止まり彼といっしょに耳を澄ましました。そして陽の光のなかで、森にはよそ者もなく静かで平和でした。突然百マイル上空でヒバリが鳴き始めるまでは」の状態である。

これは上田敏の訳で知られるロバート・ブラウニングの「春の朝」（一八四一）の「揚雲雀《あげひばり》なのりいで　蝸牛《かたつむり》枝に這い　神、空に知ろしめす　すべて世は事も無し」を踏まえているのだろう。だが、ヒバリが鳴いたので平和が破れ、さらにはラビットによって騒動が起こされるのである。

ラビットが地面に落ちていた貼り紙を発見する。「外出中、すぐに戻る、忙しい、すぐに戻る　C・R」とあるが、綴りが間違っているせいで、誤読を誘うのだ。解読するために、ラビットはオウルの家に持ちこむ。オウルに対して「脳みそをもっているのは我々二人だ」と仲間意識を強調し、貼り紙の意味を解こうとする。

クリストファー・ロビンは「すぐに戻る（back soon）」を「バクスン（BACKSON）」と書き損じて

いた。ラビットたちが人名だと誤認したのは、リチャードスンやジョンスンと同じ語尾をもつと考えたせいだ。リチャードやジョンに、息子にあたる言葉を加えて新しい名字を生むアングロサクソン流の命名法の名残りである。この命名法は、今でもアイスランドに残っている。

ラビットとオウルはバックスンに関して妄想し、オウルは草食性という特徴を捏造するのである。これは、プーとピグレットの間で、ウーズルやヘファランプを怪物に仕立てる話ともつながっている。

ピグレットが春のしるしであるスミレを摘んでイーオーに贈ろうとやってくると、イーオーは、ピグレットにクリストファー・ロビンの不在は、教育と関係あることを示唆する。そして、地面の三本の棒が「A」を表すことが学問で、ピグレットなどとは無縁だと明らかにするのだ。どうやら旧式でも教育をもっていることが、イーオーの誇りでもあった。

ところが、イーオーが馬鹿にする実務家のラビットがやってきて、こともなげに「A」だと読み解いてしまったせいで怒り狂うのである。ラビットに教育や知が関連するとは思わず、知を独占して憂鬱な考えや難解なことに使うのがイーオーの信条だった。しかもチビを探すときでも二日遅れで情報を入手するという遅さをもつイーオーは、クリストファー・ロビンが使うようになった「忙しい」が鍵語となる世界と相容れないのである。

訓練によって知は向上する。クリストファー・ロビンは教育の成果で不在のための貼り紙を「出かけている、すぐ戻る（GONE OUT BACK SOON）」と正しく綴れるようになる。そして、空想上のバックスン以外は、クリストファー・ロビンが午前中にどこにいるのかを了解するのだ。だが、文章中には「学校」とは出てこないのである。それにより、ファンタジー世界が保たれている。

【詩人プーの成長】

プーがラビットと出会ったときに、「騒音」と題した詩が出てくる。しかも「プーによる」と作者の名前をはっきりさせ、本格的な作品となっている。作者名がはっきりと記載されているのは、プー物語ではこれだけである。もうひとつ近いのは、ルー捕獲事件でカンガの注意をそらすためにプーが朗読する月曜日から始めた詩である。ただし、それは「頭のわるいクマが歌う」という自虐的な作者名になっていた。しかも木曜日で止まってしまった中途半端な詩である。

それに対して「騒音」は、二連ずつが組み合わされた全部で六連の詩である。

おお、蝶々は飛んでいて、
いまや冬の日々は姿を消し
サクラソウが姿をみせようと
　頑張っている。

そしてキジバトがクーと鳴き
森はもりあがっている。
だって、スミレが緑のなかを
　青く染めているのだ。

おお、ミツバチは小さな羽を
すり合わせ、鼻歌をたてる。
やってくる夏は、とても
　たのしいだろうって。

雌牛はクーと鳴きそうになり
キジバトがモウと鳴く。
だから、プーは太陽のもとで
　プッと吹く。

だって、春は本当に弾んでいて、
ヒバリが歌っているのが見える。
ブルーベルが、鳴り響くのが
　聞こえてくる。

そしてカッコウはクーと鳴かない。
でもウンチをして、卵を生む。

そして、プーはただ、鳥のように
　プッと吹く。

前半の三連が真面目な詩句なのを、後半三連がパロディ化してナンセンスな詩にしている。キジバトは恋人の印として詩の主題として昔から使われ、スミレの色も緑のなかで鮮やかなのも納得がいく。ヒバリはロマン派の詩人にとって、声はすれども姿が見えない天から声が降ってくるので象徴的な鳥として扱われた。

ところが、第四連からは意味をなさない。雌牛とキジバトの鳴き声が入れ替わり、ブルーベル（イトシャジン）は姿からベルとつけられたので鳴るわけではない。さらに、カッコウ（cuckoo）は二つの単語に分割され、それぞれ「ウンチをする（cucking）」と「卵を生む（ooing）」に分割される。しかも、托卵して他の鳥にヒナを育てさせることで、不義の愛の象徴となっているカッコウだが、「オスのカッコウ（he）」が卵を生むという歌詞になっているのだ。さらにプーが「ウンチをしている」という意味でも取れるようになってしまう。

ここでの騒音とは、第2章でティガーの声をドア越しに聞いたとき「森からさまざまな騒音が聞こえるけど、これはどれとも違う」と考えたのにつながる。森には何かが吠えたり、鳴き声などの音に満ちているが、「詩を作る前の騒音に似ている」とプーは口にしていた。そうした「騒音」は邪魔な音ではなくて、この場合は文字通り森のなかの騒がしい音のことなのである。

プーの騒音の扱いは、シェイクスピアの『テンペスト』（一六一〇―一一）に出てくるキャリバンによる「怖がらなくてもいい。この島は騒音や、音色や、楽しい曲に満ちているんだ。喜びを与えてくれ、傷つけたりしないよ」（三幕二場）というセリフを連想させる。魔女と船乗りの間に生まれたキャリバンは、外見は「野蛮人」なのに、詩的なセリフを吐くことで知られている。それは太っておバカに見える詩人であるプーに近いのである。

プーがクマなので、シェイクスピアの『冬物語』（一六〇九―一〇）という劇に登場するクマとの関連が指摘されてきた［安達 三七］。クマの文化史を考えるうえでは、『冬物語』に出てきたクマは重要だろうが、キャラクターとして言葉も発せず、獰猛で人を殺害する役目をになうだけである。けれども、ハチの音や騒音に敏感で、耳の良いプーは、島の騒音や音楽を聞くキャリバンとのつながりのほうが大きい。

そして『恋の骨折り損』（一五九四―五）の五幕二場に出てきた春を歌った歌が、プーの「騒音」の元ネタのひとつともいえる。「ヒナギクがまだらに、スミレが青く、タネツケバナが白銀色に、キンポウゲが黄色に、牧草地を喜びで染める」と春の始まりが告げられる。ピグレットがイーオーに花束を贈ろうとこだわったスミレの花がある。しかも、そこにカッコウが鳴くのだ。この歌では、春のパートをカッコウが、続きとなる冬のパートをフクロウ、つまりオウルが担当するのである。

ケンブリッジ大学でシェイクスピア愛好のクラブに入っていた［安達 八四］ほどなので、ミルンが劇にソングを入れた達人であるシェイクスピアを無視できたはずがない。むしろ伝統であり、たとえ無意識であっても借用し、それを下敷きにしているのだ。「騒音」はプーの詩人としての成長の途中の段階の作品であるが、文学的な伝統を踏まえている。これにより、詩や歌になる以前の騒音は、プーの森からだけなく、文学の森からも流れて来るとわかるのである。

第6章　「プーが新しいゲームを発明し、イーオーが参加します」

【あらすじ】

森のはずれの川にかかる橋で、プーは詩の材料にしようと拾ったモミぼっくりを落としてしまい、速さを競えることを発見します。プーたちはモミぼっくりの代わりに川に棒を投げて速さを競い、「プー棒投げ（Poohsticks）」と名づけました。ある日ラビットたちと楽しんでいると、イーオーが流れてきます。岸辺にあがったイーオーは突き飛ばされたと主張し、犯人はティガーだと言います。そこに現れたティガーは、くしゃみをしたはずみでぶつかったと言い訳をします。議論は平行線をたどるのですが、やってきたクリストファー・ロビンが「プー棒投げ」を提案します。優勝したのが初心者のイーオーで、ティガーにコツを教えながら帰っていきます。そして、クリストファー・ロビンたちはティガーは本当は問題ないと確認するのです。

【プー棒投げの発明】

第6章で、プー物語でもとりわけ有名なプー棒投げが描かれる。ガイドブックにも記載され、アッシュダウンの森を観光する際の最大の呼び物となっている。一九〇七年に建造された橋は、このあたりの地名をとってポージングフォード橋と名づけられたが、このゲームにちなんで「プー橋」と改名された。

橋は一九四〇年代にはすでに壊れかけ、その後七九年に補修され、九九年には地元のオーク材を使いプー物語のシェパードの挿絵に従って新しく再建されたのである［Aalto 255-63］。クリストファー・ロビンやプーたちがやっていた遊びを追体験できるために人気がある。また、一九八四年からは、世界プー棒投げ選手権大会が、テムズ川のオルシャー・オン・テムズ村にある閘門《こうもん》で開かれてきた。

こうした状況は、物語が現実を変えたともいえるが、実在の場所との対応が明白だったので、特定できたおかげでもある。現在アッシュダウンの森への「聖地巡礼」は簡単だが、そこにプー物語の世界が広がってはいない。ニア・ソーリー村のヒルトップ農場を訪れても、誰もピーター・ラビットと出会わないのと同じである。物語世界に近づくには、どこかの角を曲がる必要がある。

冒頭で、プーの森の外の世界とのつながりが、小川と道でしめされる。小川は「プーの森の際にやってくるまでに成長して、ほとんど川になり、大人になっている」というように、成長が重視されている。そして急がずにゆったりと流れるようになるのだ。この川で、プーたちはプー棒投げをするのである。

さらに「外部世界（Outland）」とプーの森とが細い道で結びついている。小道は広い路となり、橋が横切っているのだ。それはサンダース氏から砂利採取の穴までの人間の痕跡とつながる。『たのしい川べ』には、車を走らせるヒキガエルが登場した。二十世紀の自動車時代の波が押し寄せているのがわかるが、劇化まで担当したミルンは、自分のプー物語にあからさまに文明を取り入れるのを避けたのである。

外とつながる小川と道とが交差する場所が橋となる。クリストファー・ロビンは橋から流れを見るのが好きだったとあり、小川から成長した川の流れをよく眺めるのだ。彼らがおこなうプー棒投げは、詩の材料としてプーが拾っていたモミぼっくりをふと流したことで始まった。上流でいっしょに投げたものが、橋の反対側でどちらが先に見えるのか、という好奇心から開始されたものが、しだいにゲームとなっていく。

プー自身もモミぼっくりの大きなものと小さなものを流し、勝敗を計算した。その日プーがお茶のために家に帰るまでに、三十六勝二十八敗の成績となった。ただし、プー流の計算なので、勝って欲しい大きいものが先に来たら一勝、遅れてくるだろうと思った小さいものが遅れても一勝で、都合二勝となる。しかも、三十六から二十八を引いて、最終的な答えをだすのだが、この計算にあまり意味があるとは思えない。でもそれがプーの計算方法なのである。

プー棒投げを遊ぶときに、モミぼっくりでは、誰のものかの判別がつきにくいので、棒が選ばれた。第1章のイーオーの棒の家以来の、棒をめぐるイメージがつながっていく。プーのモミぼっくりは、自分のなかでの争いだったのだが、「プー棒投げ」は参加者の争いとなる。誰の棒が先に出てくるのかの順位を競うゲームとなる。

【流されたイーオー】

流しても出てこない棒に、ルーは「棒が詰まったの（Stick's stuck）?」と言い放つ。ラビットの家の穴にプーの身体が詰まったのでも、ティガーが木の上で固まったのでもなく、棒が橋の下で詰まってしまったと心配する。ここでも何かが詰まることで新しい展開が始まる。ルーが「棒、棒、棒」と叫ぶと、彼らがゲームをしているのを邪魔するように、イーオーが流されてくる。

第1章に出てきた木のゲートも実在するが、プーとピグレットがそれを越えていくことが、イーオーの家を解体し再建する作業とつながっていた。今度は川にかかる実在する橋でおこなわれるゲームが、イーオーとティガーの対立を乗り越える場として働くのだ。

プー棒投げを楽しんでいたプーたちは、イーオーが流されてきたことで、ゲームを中断する。川に流されたのが、イーオーなのに意味がある。四本の足を上に突き出し、ぐるぐると回りながら、なすすべもなしに流れてくる。それは降参しているようにも見える。

イーオーが川と関わるのは、これが初めてではない。北極探検でルーが川に落ちたとき、イーオーは尻尾をつけて救おうとした。結局プーの差し出した棒が救出に役立ち、濡れた尻尾を気づかってくれたのは、クリストファー・ロビンだけだった。ルーはそれ以来、水に入るのを好み、「水泳動物」と自称するようになる。

イーオーは「湿った場所」だけでなく、川のそばにいるのが習慣となっている。そして、ギリシャ神話のナルキッソスのように水に映る自分の姿を見て、孤独や感傷的な思いを増幅している（『クマ』第6章）。イーオーが自分の考えを反芻することを好む一種のナルシストなのは間違いないだろう。今回も「すべりそうな土手で考え事をしていた」ので、やはり自分だけの考えにふけっていたのだ。思索をしていたイーオーにティガーはぶつかったのである。それが怒りを買った原因なのである。

プーたちが棒を浮かべている水は、何かを運んでくる。第二詩集である『さあぼくらは六歳になった』にある「ぼくといっしょに出かけよう」では、水が「工場の下の暗い死んだ水車」を通って流れてくる。プー物語で「死」という語が使われても、「凪が止む」とか「冬が終わる」という比喩的な場合が多い。だが、これはかなり直接的な死の表現となる。シェパードがつけた挿絵には、川岸からレンガ造りのアーチのなかにある水車のようすをのぞきこむクリストファー・ロビンが描かれている。

流れてくる水が、橋の向こう側から届けたのがイーオーだった。プーは石を落としてたてた波でイーオーを岸へと押し出そうとする。イーオーは逃れるように水のなかに潜った。そして、ラビットが、プーがイーオーを「押し出す（pushing）」ではなく、イーオーを「しっしと追い払う（hooshing）」と言ったので、イーオーとの間で口争いとなった。救出のために善意でおこなったことが、悪意とみなされたのだ。これが伏線となって次のティガーとの言い争いに火をつける。イーオーが助かったあと、橋の下から詰まっていたピグレットの棒がラビットの棒より先に出てきても、その勝利を喜べなくなってしまった。

そこにやってきたティガーとイーオーとが言い争いになる。ティガーが跳ねてぶつかったのが、はたして故意だったのかの真相はわからない。「跳ねた」というイーオーの証言と、「せきをした」というティガーの証言は食い違う。イーオーの思索を中断させ水のなかに落とした点では、どちらの原因でも同じとなるのは、イーオーの主張どおりである。

純粋にゲームを楽しむためには、それ以外の要素が絡んではいけない。イーオーは楽しんでいるみんなを邪魔する要素となってきた。幸せな結末にいたる喜劇のなかで、冷笑的な言葉で邪魔する者たちの系譜に入る。シェイクスピアならば、『お気に召すまま』のジェイクイズのような役回りだろう。そのままでは、イーオーは真の仲間とならない。そのために水をくぐる必要があった。プーに石を落とされて、逃れるために水の底に潜ったことで、一種の洗礼がなされたのである。敵対する者たちを和解させたのが、クリストファー・ロビンの「みんなでプー棒投げをしよう」という提案だった。そしてイーオーも参加して、「初心者の幸運」からか、プー棒投げの勝者となる。気が大きくなったのか、ティガーと仲直りをして、勝つコツを教えながら帰っていったのである。ゲームの外にいた者が、ゲームの競技者となることで和解が成功したのである。そこにプーが発明したゲームの意味がある。

ティガーと和解したせいか、第7章のラビットの排除作戦にイーオーは参加していない。そして、第9章では、オウルが新しい家を探していると伝えに来たラビットに、湿った土地から出て歩きまわれと諭される。チビを探すのを何日も続けたり、みんなが忘れた頃にオウルの家を探しだしたのも、イーオーである。ゲームを台無しにしたり、多くの者が忘れた頃に出現する。だが、重要な場面で必ず登場するのもイーオーなのだ。

【モミぼっくりと石井桃子訳】

「騒音」で本格的な詩を作る才能を見せたプーだが、第6章は冒頭でモミぼっくりをめぐる小さな四行詩を作っただけである。

小さなモミの木に
ひとつ謎がある。

オウルは彼のだと
カンガは彼女のだと言う。

だがすぐに、カンガはモミの木に家を作らないとして「無意味」だと判断し、退けるのである。

プーが拾うモミぼっくりとは、日本語として成熟した表現ではないが、「モミの球果（fir-cone）」を指す。マツぼっくりと形は似ているが、モミの木は同じマツ科に属すので不思議ではない。ただし形状や種子の飛び方に違いがある。石井桃子は「マツボックリ」と訳しているが、「松毬《まつかさ》」は、マツもモミも含めたマツ科の球果の総称ともなり、間違いではない。ピグレットの家の近くに六本マツが立っていて、ヘファランプの穴を掘る話もあるので、本当のマツぼっくりが近くに落ちているはずである。

ただし、第7章でティガーとルーは、カンガに言われて、バスケットをもって六本マツにでかけて、「モミぼっくり」を集めるのだ。ところが、たがいに投げ合っている内に何をしに来たかを忘れてしまう。ミルン自身が六本マツに探しに向かわせたくらいだから、モミとマツを混同しているのかもしれない。それを踏まえると「マツボックリ」が正しいように思える。

だが問題なのは、訳の整合性のために、石井は詩の冒頭の原文のモミをマツへと変更し「小さいマツの木　ふしぎの木」と訳したことである。一九三六年に発表された「まつぼっくりがあったとさ」という歌のように、日本ではマツぼっくりが一般的に知られている。石井訳は「マツの木」と「ふしぎの木」と「の木」の音の響き合わせたなかなかの名訳なのである。

しかも、「松」は古来「待つ」と意味を掛けて使われてきた。「わが恋は松を時雨《しぐれ》の染めかねて」と『新古今和歌集』の僧正慈円の歌にあるように、秋の雨にあたっても色が変わらない常緑の木と、恋人をずっと待つ思いとを重ねている。こうしたマツの木のイメージは、このあとのプー棒投げで、橋の下から棒が流れて出てくるのを待つプーたちと響き合ってふさわしいのである。日本語訳として、「マツ（待つ）ぼっくり」を肯定したくなる。

けれども、シェパードの挿絵でプーが拾っているのは、形状からしても細長いモミぼっくりで、詩のなかでもモミの木と指定されていた。安達まみや阿川佐和子がモミぼっくりを採用した理由も、原文尊重からすると当然である。詩的想像力や日本語の伝統を踏まえた響きを否定すると非難を受けるかもしれないが、なるべく原文を尊重するという翻訳をめぐる意識の変化を反映している。

石井訳がもつ美徳と限界が、この「マツぼっくり」にはある。石井訳は、日本語における調子を優先していた。本人が作家なので、翻訳作品であっても、むしろだからこそ日本語として受け入れられる訳語を探していた。ヘファランプを「ゾゾ」としたのも、ゾウがモデルのせいだけでなく「ぞっとする」という含みがある［安達 一五七］。そして、オウルが「薄謝（Issue）」といったという訳は、プーがオウルが「ティッシュ（tissue）が欲しい」と言っていると誤解したという原文を、「はくしょん＝薄謝」という連想で訳してみせる。クリストファー・ロビンの探検ならぬ「てんけん（Expotition）」隊とか、プーとピグレットが落ち合うところを「思案のしどころ（Thoughtful Spot）」とする名訳を残している。本書も訳語の多くを先駆者である石井訳に依拠している。

ところが、翻訳が難しい詩歌では、石井訳は原文を大きく逸脱してしまう。「モミぼっくり」の詩も、四行のものが六行の詩形に変更された。第5章に出てきた「騒音」は四行六連を五行三連にまとめている。そのため途中の四連からの変化という細かさを再現できてはいない。さらに第10章のイーオーの詩では、韻の乱れを「字余り」と解釈して、かなり逸脱した訳になっている。これはイーオーの自分への言及を含めてアクロバット的に韻を踏むという高度な技法を使った詩なのである。

こうした石井訳の方向を訂正して、可能な限り原文に揃えようと努力したのが阿川訳だった。石井訳は童謡をめざして、繰り返しに耐える勁《つよ》さをもっていたが、阿川訳はテレビの子ども番組の歌のように現代的であり、適度に軽薄である。たとえばモミの木の歌も「これはとっても不思議な木　小さなモミの木」と訳している。この訳は日立のシンボルともなったCMソングの「この木なんの木ふしぎな木」を連想せずにはいられない。ライトヴァースを志向するミルンの資質と阿川訳は不思議と合っている。

しかも、石井訳には重大な削除がある。二冊の献辞の詩は省かれていた（阿川訳も省いているが、森絵都訳にはある）。また『クマのプーさん』の序文で、「ウィニー・ザ・プー」とクリストファー・ロビンが名前をつけると、動物園のクマのウィニーが雌であることから「男なのかい？」と作者が疑問を述べる箇所の十行ほどが削除されている。これはプーに付与されたジェンダーを考える際には議論すべき部分であり、不可欠のはずである。

それから『プー横丁の家』の第4章の詩でも、伏線になっていたクリストファー・ロビンをあいまいにして「その他大ぜい」としてしまう。第7章で、挿絵でプーがエプロンをして「ハチミツ」と書かれた壺からハチミツを飲んでいるのに、なぜか「コンデンスミルク」と訳している。プー物語では、カンガの台所でわかるようにコンデスミルクは缶に入っているのであり、しかもハチミツの壺に呼ばれたからプーは帰ることができたので、この箇所の訳などは解せない。

子ども向けを意識した翻訳であるので、読みやすさや音の調子を石井は優先した。それが長い間愛されてきた理由だが、詩歌が大きな鍵を握るプー物語において、やはり限界がある。そもそも詩歌をどこまで翻訳できるのか、という本質的な問題を提起している。そして、プー本人が、カンガはモミの木に住まないからと、自分の四行詩を「無意味」と判断していた。訳語としての「マツぼっくり」と「モミぼっくり」のどちらが正当かという判断はとても悩ましいのだが、やはり、本来は英語で書かれた作品なのであり、このプーの判断に従いたい。

第7章 「ティガーは跳ねなくなります」

【あらすじ】

ラビットはプーとピグレットを集めて、ティガーが跳ねることを制限しようとします。ピグレットは、ティガーの性質は変更できないと指摘しますが、ラビットは脅すだけなので、そのためには北極探検に連れて行って、置き去りにするのが有効だと考えます。霧の寒い日に、ティガーを誘ってラビットたちは出発します。ティガーから一堂は密かに離れますが、はぐれたとわかったティガーは探したあと家に帰ってルーと遊びます。ラビットたちは迷子になって、ぐるぐる回っているので、探す方法を変えようとします。そして、ラビットがはぐれると、プーは家のハチミツの壺がお腹を呼んでいるといって、ピグレットとともに正しい道へと向かうのです。途中プーたちは捜索にきたクリストファー・ロビンと出会い、プーは家でハチミツを食べるのです。ラビットは、捜索にきた絶対迷子にならないティガーによって発見されます。ラビットは再会を喜び、自分の敗北を認めます。

【ティガー対策会議】

ティガーに対するラビットの警戒心は徐々に高まっていく。第5章でカンガの家へと向かったときも、「妙なやつ」と敵視していた。そして、第6章で、ティガーがイーオーを突き飛ばしたと判明して、「跳ねる」ことが危険だとする見方を固める。直接被害を受けたわけではないラビットが、よそ者で跳ねるティガーを制御しようとする。それはクリストファー・ロビンに裁定を求めたのに、プー棒投げで中断され、あいまいな和解となってしまったせいだろう。

ラビットはプーとピグレットを相手に会議を開く。これは新住民であるカンガとルーに対処したときと同じである（『クマ』第7章）。忙しい森のビジネスマンらしく会議を招集するのが好きなラビットは、組織化による隊長的な気分を味わいたいので、プーたちを自分が指揮する小隊だと思っている。プーは眠くて、適当な相槌を打つだけだが、ピグレットは議論を進める役目をはたすのである。そしてプーは自作の歌のなかで、「ラビットがティガーより大きかったら」とラビットの隠れた動機を指摘する。

いつの間にか作戦が立案され、小さな集まりが、ラビットの司令部となる。ラビットの理屈では、一晩森のどこかに置き去りにすれば、ティガーは反省して「ラビットに会えてうれしいよ」と音を上げるはずだった。しかも、北極探検で発見までに時間がかかったのだから、北極につれだして放置すればよいとする。プーは北極探検の手柄をティガーに見せることが出来るので同意する。ピグレットはクリストファー・ロビンも喜んでくれるはずだ、というラビットの言葉に安心し、自分たちが全員で実行するので問題ないと考えるのだ。

こうして作戦が実行に移される。ところが、夏なのに寒くて霧が立ちこめたことで状況は一変する。第6章のプー棒投げでは、誰の棒がいちばん速く橋を流れてきたかを競っていた。橋の下で行方不明になるのは棒であり、最初に通過した棒を見つけるのがゲームの内容だった。第7章では、霧のなかから誰が抜け出せるのかに、ゲームの内容がひそかに変更されている。「幸いにも森については良く知っているんだ。さもないと迷子になる」とラビットは自信満々で言う。けれども森の新参者であるティガーよりも知っているという前提を、霧が台無しにするのである。

【迷子のなり方】

ティガーを森に置き去りにする計画の首謀者であるラビットが、迷子になりティガーに救われる一種の「身から出た錆」の結末となる。展開は教訓話的に見えるが、第8章以下でも、みんなの指揮をして仕切りたがるラビットの性癖は変わらない。むしろティガーのあり方や魅力が、霧の森のなかではっきりとする話なのである。

北極を目指して、ラビットを先頭にプーやピグレットが霧の森のなかで並んで進んでいると、ティガーは周囲を回っているが、なかなか離れない。ようやくチャンスを見計らって、ラビットはプーとピグレットに隠れるように指示を出す。そして、うまくティガーを巻くのに成功する。

ティガーは「どこにいるの」と声を掛けても誰も返事をしなくなったので、家へと帰ってしまう。最初に霧から抜け出したのはティガーだった。時間通りに家に帰ってきて、カンガから麦芽エキスを飲ませてもらった。さらにルーと六本マツでモミぼっくり拾いをして、遊んだりする。ティガーとルーの夕食が終わったころにクリストファー・ロビンが訪れてきて、プーの行方を尋ねる。そのころまでラビットたちはずっと迷子のままだった。

ラビットたちは方向がわからなくなり、同じ「砂場」が何度も登場し、プーは「砂場が自分たちを追いかけている」と思うほどだった。迷子になっているとわかったとき、プーは「帰ってこようと思うから帰れない」という理屈を生み出す。章題が「跳ねなくなる（unbounced）」となっているように、否定的なやり方のほうが、かえって真相に近づくのではないかと提案するのだ。そして、砂場がついてくるように、相手に発見してもらうという考えでもある。これはミルンが敬愛するJ・M・バリが『ピーターとウェンディ』の第4章で、「ネバーランドの島がウェンディたちを探すために出現した」と書いたのにも通じるのだ。

合理を重んじるラビットはプーの考えを一笑し、自分で抜け出す道を探すために、霧のなかに消えていった。二十分待ってもラビットが戻ってこなかった。そこで、プーは邪魔なラビットの声が消えたので、家の戸棚にある十二のハチミツの壺が呼んでいるのが聞こえるとピグレットに言い出す。その声に従えば帰ることができるのは、プーの「空腹」には、十一時という時間だけでなく、ハチミツのありかも教えてくれる能力が備わっているのである。棒磁石のように北極探検で北極棒を見つけたように、今度も一直線に帰宅できるのである。その点でティガーと似ている。途中で探しに来たクリストファー・ロビンと会い、家に戻って自分を呼んでくれたハチミツを壺から味わうのである。

ティガーやプーのような能力をもたないラビットは霧のなかで、ひとり惨めな状態になって迷子のままでいる。霧のなかでさまよい、傷心した姿でティガーに発見される。そして、「ティガー、お前に会えてうれしいよ」と返答することで決着がつく。心理的に霧のなかで迷子になっていたのは、組織化が好きで、よそ者に排他的なラビットのほうだった。最後のラビットのセリフで、ティガーが跳ねてもよいと肯定されたとみなされるのだ。

【ティガーの束縛からの脱出】

カンガやピグレットやクリストファー・ロビンが飛び跳ねるのを表現するのには「ジャンプ」が使われるのだが、ティガーには「跳ねる（bounce）」が使われる。そして、形容詞の「快活な（bouncy）」も出てくるが、これもティガーが独占している。ラビットが「ティガーはこの頃活発すぎる」とプーたちに言ったのは、跳ねすぎるという意味なのだ。

それにしても、章題の「ティガーは跳ねなくなります（Tigger Is Unbounced）」にでてきた「跳ねない（unbounced）」は一般的な用法とはいえない。文脈上の意味は理解できても、ふつうの辞書に登場する言葉ではないからだ。しかも本文中でこの語は一度も使われず、「ティガーを跳ねないよう（unbouncing）にする方法を考えよう」と出てくるだけである。

この語をわざわざ選んだのは、作者ミルンが特別な意味をこめるためだろう。音の響きや内容から、ロマン派の詩人P・B・シェリーが書いた『プロメテウス解縛（"Prometheus Unbound"）』（一八二〇）という詩のタイトルをもじったように思える。P・Bは、今では『フランケンシュタイン』（一八一八）を書いたメアリーの夫という認識だろうが、十九世紀には大詩人とされていた。

紀元前五世紀のギリシャのアイスキュロスが書いた『縛られたプロメテウス』に続く作品として構想されていた。アイスキュロスは、続いて「解縛」、そして「火を与える」という三部作を書き、プロメテウスは人間に火（知識、文明）を与えた。断片しか残っていないアイスキュロス作品の続編として、P・Bが構想した『プロメテウス解縛』では、不吉な予言をしたことでゼウスの怒りをかったプロメテウスが、コーカサスの山に鎖で繋がれている。ゼウスが息子のデミウルゴスに追われるとした予言だったが、そのとおりになり、ヘラクレスによってプロメテウスは解放される。じつは『フランケンシュタイン』にも副題があり、それは「現代のプロメテウス」となっていた。こちらは人類に生命という火をもたらしたはずの学者の苦悩を描いていた。

ラビットの行為は、プロメテウスをコーカサスの山に縛りつけたゼウスのような振る舞いなのである。そしてラビットの策略によっても、エネルギーに満ちたティガーが跳ねるのを止めることはできなかった。むしろラビットを救ったのである。

こうしたティガーの姿はウィリアム・ブレイクの「虎（The Tyger）」（一七九四）が描いたトラを想起させる。「虎」を扱ったイギリス文学でいちばん有名な詩であろう。しかも、ブレイク自身が描いたトラは、獰猛というよりも、頭が大きくて、目も丸くてどこかユーモラスな雰囲気をもっていて、ティガーに近いのだ。この詩は「虎よ、虎よ　夜の森のなかで　燃え上がる輝き　どんな不滅な手や

目が　お前の不安な均衡を作り上げたのだ」と始まるが、夜の森のなかからプーの家へと跳ねて出現したティガーの縞模様がもつ不均衡や、そこに渦巻くエネルギーを感じさせる。

ティガーがラビットを発見できたのは、森の霧のなかで決して迷子にならないという神から与えられた技のおかげである。やはりブレイクが書いた「迷子になった女の子」リカが七回の夏をさまよったあと夢のなかで、ライオンやトラになめられるという詩があるが、それとも関連がありそうだ。そして続編の詩で彼女は両親に発見されるのである。「拾得物（Lost and Found）」のように誰かが失くしたものが、誰かによって発見される。それは第6章のプー棒投げでの流される棒やイーオー、さらに遡ると第1章のイーオーの家とつながるイメージでもある。

ただし、それは自分が思っている正しい相手に発見されるとは限らない。プーやピグレットはクリストファー・ロビンに発見されたが、迷子になった「小さく気の毒な」ラビットが霧のなかで出会うのが「できるかぎり美しいやり方で跳ねている」ティガーなのである。しかもこの跳ねる美しさこそ、まさにティガーに与えられた美点なのである。ラビットの敗北で、ティガーは「跳ねない」という束縛の状態から「解縛」されて、「跳ねる」のを許されるのだ。横暴なラビットとそれに同調した連中による束縛や制止からの「ティガー解縛（Tigger Unbound）」というのがこの章題の狙いだった。

第8章　「ピグレットがとてもすごいことをします」

【あらすじ】

プーとピグレットの家の中間にある「思案のしどころ」でプーが詩を作っていると、そこにピグレットがやってきます。そこで「木曜日おめでとう」という口実を作ってみんなを訪問します。まずプーのところでハチミツを食べ、カンガのところでお昼をごちそうになり、ラビットを訪ね、さらにクリストファー・ロビンのところでお茶のようなものをいただき、イーオーの顔を見て、オウルのところで正式なお茶を御馳走になろうとします。そうしていると、風でオウルの家を支えている木が倒れ、家が倒壊し、プーたちは閉じこめられてしまいます。ピグレットはテーブルクロスの下、プーは椅子の下に押しつぶされていました。脱出するために、天井の位置にきた郵便受けに、ピグレットがひもをつかって上がり、そこから抜け出して助けを呼びに行きます。三十分で戻ってくるというピグレットの言葉に、オウルは話の途中だったおじさんの話を再開し、プーは眠り始めます。

【木曜日おめでとう】

第7章はプーとピグレットの家の中間にある「思案のしどころ（Thoughtful Spot）」で始まる。風から守られている場所だが、プーはその意義を歌にした。

温かく日の当たる場所は

プーのもの。
そしてここで、これから
何をするかを考える。
おお、しまった、忘れてた。
ここはピグレットのものでもある。

プーとピグレットとの間で「共有」されている空間だと明確になる。何をするかを思案する場所だが、木の葉を吹き飛ばした秋の強い風のなかで、プーが先にやってきた。ピグレットがきて揃うと、風のなかでイーオーの家のようすが心配となる。これは、第4章で、プーがイーオーに会いに行こうと考えたのと状況が似ている。前回は訪れていない者がオウルなどたくさんいると気づき、結局ピグレットに会うだけだった。だが、今回はきちんとみんなを訪ねるのである。

ただし、訪ねるには、「北極探検」のような大義名分が必要だとピグレットは考える。そこで、プーの提案で「木曜日おめでとう」というなんでもない日を祝う話が出てくる。これは例の『鏡の国のアリス』のハンプティ・ダンプティの「誕生日でない日」を祝う話とつながる。まず近くのプーの家を訪れると、いっしょにプーがいるのでハチミツを食べてしまう。おそらく十一時だったのだ。そしてプーの森を大きく時計回りに歩きながら、プーとピグレットは住民たちを訪問する。

カンガの家を訪れると昼をごちそうになる。書いてはないが、ルーやティガーもいっしょのはずだ。ラビットの家では互いに顔を見合わせて「用事でないのか」と確認されてしまう。午後になったので、クリストファー・ロビンが帰ってきて、その家でお茶に近いものを楽しみ、イーオーの家の無事も確認し、オウルの家へとやってくる。

結果として、プーたちはプーの森の重要なキャラクターすべてと顔を合わせている。その後にオウルの家の倒壊が起きたのだ。『クマのプーさん』は金曜日に話が始まったが、長い長い一週間を経たように、この『プー横丁の家』の第8章の木曜日で決定的な変化をしてしまう。オウルの家が倒壊したせいで、もはや以前の百エーカーの森さらにはプーの森の世界には戻れないのである。

【オウルの家の転倒】

歩きながらあまりに風が激しいので、木も倒れるのではないかと不安になって、ピグレットは「倒れるかもしれない」と不安を口にする。それに対して、プーは「倒れないかもしれない」と安心させる。結果としてこの予測は間違っていたのだが、手をつないで歩いて、ようやくプーとピグレットは正式のお茶にありつけそうなオウルの家にたどり着く。

オウルの家で期待していたのは、夕食の代わりともなるアフタヌーンティーだろう。そうすれば、プーは朝から夜まで食事やお茶を主要なキャラクターと過ごしたことになる。ただし、オウルから正式なお茶にありつくためには、「ロバートおじさん」に関する長話を聞く必要がある。すぐに耳に綿毛が入ったりして、他人の話を聞かない技術にすぐれているプーは、オウルの昔話の聞き手にぴったりなのだ。

オウルの家は「湿って汚くて面汚しであり、転げ落ちるのにふさわしいときだった」とカンガは文句を言うが、これまでいろいろな役目をはたしてきた。プーがイーオーの尻尾が行方不明になったときに相談に訪れると、「薄謝」を出して行方不明のものを探す広告を出すという知恵や、難しい言葉を使った話を長々とオウルから聞かされた（『クマ』第3章）。ラビットがクリストファー・ロビンの不在の告知を発見したとき、オウルの家を訪れて、「頭脳をもっているのは我々だけだ」と相談する。両者でバクスンという架空の存在をでっち上げてしまう（第5章）。

しかも、イーオーが自分の姿を川に映して時間を過ごすように、オウルは自分にあてた手紙を書いて投函して自分で受け取っていた。プーの森では、直接相手を訪問して伝言するのがふつうである。ラビットの友人親族に虫が含まれているのも、森のなかの情報を大小問わずに拾うためだろう。オウルが郵便局がないにもかかわらず大きな郵便受けを作った理由は、手紙が正式な情報伝達の形式だとわかっているせいだ（『ハリー・ポッターと賢者の石』ではフクロウが手紙を届ける役目を担っている）。

風が激しくなって木が倒れ、オウルの家が九十度転倒すると、プーはピグレットに「君の上に落ちる」と言う。第3章で砂利採取の穴に落ちたことを再現するのではないかという不安だが、幸いにもプーとピグレットは別々なところに落ちた。壁が床となり、玄関が天井にきてしまって、ピグレットたちの頭上に針金で作られた郵便受けが見えるのだ。

【ピグレットの試練と脱出劇】

第8章は、ピグレットが英雄らしく試練を受けて、乗り越えていくようすが、シェパードの挿絵を使って詳しく描かれる。連続した動きをとらえる映画のコマ的な手法が多用されている。最初は、大風のなかで耳が後ろに飛ばされ、のぼり旗のように伸びているのが、三枚の挿絵でしめされていた。ピグレットは雪の日の散歩でも、耳の後ろに雪がつもって寒いと文句を言っていた（第1章）。どうやら耳が弱点のようである。

オウルの家が倒壊したあとで、ピグレットはテーブルクロスの下になり、そこから抜け出すようすが五枚の挿絵で表現される。丸まり、転がり、耳が出て、ようやくピグレットが姿を表す。テーブルクロスは、ティガーがプーのテーブルの上で発見して、生き物と誤解して襲った物体だった。それとは別のテーブルクロスなのだが、ピグレットは格闘して自力で脱出する。

しかもピグレットは、椅子の下敷きになってうつ伏せになっていたプーを、オウルとともに助け出すのである。その後、家からの脱出の計画がプーによって立てられるが、天井に郵便受けが来ていることで、その穴からピグレットが抜け出して助けを呼ぶことになる。ピグレットは前より大きくなったから出来ないと拒否するが、プーは可能かもしれないと言って、オウルがひもの端を郵便受けに引っ掛ける作戦を考え出すのだ。

第3章でプーとピグレットが穴に落ちたときには、穴から抜け出す計画は立てずに、それぞれ勝手に夢を見ていた。ところが、今回は脱出のための計画をプーが思いつく。オウルは知識があっても実用的な計画を立てるのは不得意なのだ。プーは洪水のときにピグレットを救出したような称賛を得るのではないか、という功名心に掻き立てられていた。

最終的にピグレットは「頭のいい計画」だと同意する。ピグレットは、洪水のなかで、みんながどう対処するのかを考えたとき、「ラビットは本から学ばないけど、いつも頭のいい計画を思いつく」

と判断した（『クマ』第9章）。「頭のいい（clever）」という形容詞はピグレットのお気に入りで、自分でできないときに使う言葉だが、今回言うときに震えていたのは、不安を隠せなかったからでもある。だが、プーが称賛する詩を作ると約束してくれたので、ピグレットも功名心に掻き立てられたのだ。

ピグレットはひもに縛られてプーたちに引っ張られて上っていく。これはペンシルケースをクリストファー・ロビンから贈られたときに、包んだひもが何かの役に立つかもしれないからとっておくという話とつながる。役に立たないものはないのである。この脱出のようすは五枚の挿絵で描かれる。ひもで引かれて上り、郵便受けのなかに入り、隙間を抜けて、わかった状況を説明する。ドアの上に枝が乗っていて、クリストファー・ロビンなどの助けを呼ぶために向かうと言う。こうして倒れた木とオウルの家は、ピグレットが英雄となる場所となったのである。

第9章「イーオーはウオル荘を見つけ、オウルはそこに引っ越します」

【あらすじ】

ラビットがオウルの家を見つけるように触れ回っているので、プーが倒れた木と家のところにやってきて、ピグレットを讃える詩を作ります。その詩をピグレットに聞かせると喜び、自分が英雄であるという勇気を得ます。オウルは「ウオル荘」という新しい家の看板まで用意をし、引っ越しのためにみんながオウルの家から荷物を運び出しています。カンガが不用品かどうかの判別をして、オウルと言い争いになるほどでした。その混乱のなか、イーオーがやってきて、新しい家を見つけたとクリストファー・ロビンに教えます。みんなが後をついていくと、そこはピグレットの家でした。ピグレットは家を譲ることに同意し、プーは自分といっしょに住もうと提案するのです。二つの引っ越しが起こることが予告されて終わります。

【ピグレットを讃える詩】

第8章のオウルの家の倒壊を受けて、ラビットは「私はオウルの家を探すので、君も探せ」という告知をプーの家にも置いていく。綴りも間違っているのだが、相手が読めないと心配なので、いちいち文面を読み聞かせて説明して回る。ここでのラビットの役割は、まるで十八世紀に赤い制服を身に着けて、文字が読めない人々に新しい町のきまりなどを告知して回った「街の触れ役（town crier）」のようである。ラビットが森のなかに張り巡らした情報網を握っていることが明確になる。

プーは、第8章で、ピグレットがひもを使って郵便受けに登り、そこから助けを呼びに行くときに、活躍を讃える詩を作ると約束した。だが、そのあと思いつかず、ピグレットと顔を合わすたびにどちらも困っていたのだ。プーは詩や鼻歌はこちらから捕まえるのではなく、「向こうから捕まえにくる（get you）」のを待つしかない、と詩作の秘密を語る。

救出された当事者であるプーが、現場である倒れた木とオウルの家を再び訪れて、ようやくピグレットの活躍を扱った詩を作ることができた。それは『クマのプーさん』での洪水からピグレットを救出した活躍を、プーが自ら詩にした「プーへの万歳三唱」と通じる。だが、今回は、ピグレットという英雄を讃える内容だった。自分のことではなくて、目撃した出来事を語ることで、プーの詩人としての立場や役割が変わるのだ。
しかも、第5章の「騒音」が詩の形式のうえで大きな完成を見せたのを受け、第8章の自分がうつ伏せになったときの詩で三行六連の長さに達し、今度は七連もある今まで最長の詩となったのである。それだけピグレットへの讃歌としての心情を込めた自信作であり、完成度の高い作品なのである。また、プー物語のなかで、プーが作った最後の詩となっている。
風で木が倒れてオウルの家が倒壊するというのは偶然の出来事だが、プーの森にとっての大事件を踏まえて作られたのである。この詩は、社会にとっての事件を扱うとか死者を悼む「機会詩（occasional poetry）」であり、頌歌《オード》という、古代ギリシャから多くの詩人が作ってきたジャンルに属している。森の住民全体にとり重要な詩をプーは作っているのだ。五行七連の長い詩だが、その第一連は次のように始まる。

ここに木が横たわる、
直立していたとき、（鳥の）オウルが好んでいた。
大変な事が起きたとき、
オウルがぼくという名の友（聞いた事がないといけないから説明するけど）と話をしていた。

冒頭の「ここに木が横たわる」の「ここに横たわる（Here lies）」は、偉大な人物などが死んだときに使う決り文句である。たとえば、エリザベス一世に仕えた軍人にして探検家で詩人のウォルター・ローリーは、一五八八年に「ここに剣を鈍《なま》らせたことのない気高い軍人が横たわる」と亡くなったレスター伯への悼辞を始めている。また、ロマン派の早死した詩人ジョン・キーツは、自分の墓には「ここに水に名前が書かれた者が横たわる」と刻むことを遺言に残した。これは実行されて、イタリアのローマにある墓の面にその言葉を読むことができる。

こうした死者に使う定型を、倒れた木に使用するのは、一種のパロディに思える。だが、老木の倒壊は、プーの森の新陳代謝を物語っている。オウルの家を倒壊させた秋の大風は、プーの森のなかの自然現象であるとともに、クリストファー・ロビンが離れていくことがもたらす心理的なインパクトを表現しているのである。そのために、プーとピグレットは、それ以前に全員の家を訪れたのである。そうしながらオウルの家が失われてしまう前の世界を確認していたのだ。

第五連はピグレットも気に入った箇所である。

勇敢なピグレット（ピ・グ・レ・ッ・ト）！　ほう。
ピグレットは震えたか？　たじろいだか？
いやいや、とんでもない。少しずつ「手紙専用箱」を
くぐり抜けた。彼が向かうのを、
ぼくは見ていたから知っている。

騎士に使う「勇敢な（gallant）」という形容詞が使われたことで、ピグレットはとても鼻が高くなったのだ。「たじろぐ（flinch）」の綴りは間違っているが、否定のために使われているのであまり気にならないし、「少しずつ（inch by inch）」と韻を踏むことで、詩全体としては表現が緊密になっている。世間に公表する前に自分だけに聞かせてほしいと頼み、プーの朗読を聞いていたピグレットは、内心ではびくびくしていた、と詩的誇張に異論を挟む。だが、プーは「詩のなかでは、やったんだよ。ピグレット、詩がやったと言っているんだから。人々はそうやって理解するんだ」と、英雄叙事詩的な詩の機能を語ってみせる。たとえ内心でたじろいでいても、顕彰されるのはあくまでも行為と結果なのである。その過程で「ヒーロー」の心がゆらいだとしても、描写されない。そして、描写されないものは存在しないのだ、とプーは説明している。

第七連は最後の救出の場面を描いている。

「助けて、助けて、救出して」とピグレットは叫んだ。
回りの者にどこに向かうべきかをしめした。
ほう、と歌え。ピグレット（ピ・グ・レ・ッ・ト）に、ほうと。
そしてドアが大きく開けられ、
僕たち二人は外に出られたのだ。

これは、『クマのプーさん』の洪水の章でピグレットが流したガラス瓶の手紙の内容と対応している。そこで書かれたのは「助けて（ぼく）、ピグレット」という自分を救出する願いだけだったが、ここでは、プーとオウルを助ける他人への気づかいに変わった。ルー捕獲作戦で、小動物でも勇気をもって役立つのだと、ラビットに言われるとピグレットはその気になった（『クマ』第7章）。それは「誘拐」という悪事への加担であり、真の意味で役に立つ行動ではなかった。だが、今回は自分の行動が役に立つことが証明されたのである。

事実の記述と称賛が混じったプーの詩のおかげで、ピグレットは小動物のなかでも勇気のある存在だと証明されたのだ。詩により気持ちが高まったせいで、オウルに自分の家を明け渡す結末をピグレットは受け入れるのだ。そして、結尾となるコーダのように、「ほうと歌え、ピグレットに、ほうと。ほうと」という部分がついて、ピグレット讃歌であると強調されるのだ。

【ウオル荘の発見】

倒れたオウルの家では、荷物の回収がおこなわれている。そして、家政に実務的能力を発揮するカンガによって、不要な品物が選り分けられていた。ショールを汚れた台拭きとみなして捨てようとしてカンガとオウルの間で言い争いが起きていた。そこにプーとピグレットが訪れて、プーによるピグレットを讃える詩をみんなが聞くことで、英雄行為の記憶が共有されたのである。

オウルが古い家を捨てて、引っ越すことが確定する。オウルは「ウオル荘（Wolery）」と名前も決め綴りを間違えたままの看板も書き上げていた。そこに、自分の土地から出歩いてオウルの家を探すようにラビットから頼まれたイーオーが、家を見つけたとクリストファー・ロビンに報告しにやってくる。

クリストファー・ロビンたちが向かうと、それがピグレットの家だとわかるのだ。立て札もあるのでふさわしいというのがイーオーの言い分だった。森を歩き回ることが少ないイーオーが間違った家を探し出してきたのだが、この場合の「間違っている（wrong）」は善悪とは関係ない。

『ぼくらがとても幼かったころ』には「間違った家」という詩がある。そこでは、クリストファー・ロビンとおぼしい男の子が、次々と間違った家に行き、「庭がない」とか「セイヨウサンザシの木がない」とか「クロウタドリがいない」と探し求めていく。お目当ての家の庭の木でクロウタドリが鳴いているのに、誰も聞いていないし、それに誰も好んでもいないのだ。惹かれていたのはクリストファー・ロビンだけだとわかる。

プーが雲に化けて風船でハチの巣に近づいたとき、襲うように近づいてきたミツバチを「間違った種類のミツバチ」だと言い訳をしていた（『クマ』第1章）。また、プーは川を流れてきたイーオーに石を投げて助けようとする。そして沈んでしまったのを見て「選んだのが、間違った石か、間違った川か、間違った日か」と悩むのだ（第6章）。正解がどこかにあるとみなす脅迫観念がある。ところが、プーがやったことは間違いに思えたが、最終的にはイーオーとティガーとの和解につながったのである。

プー物語において「間違っている」ことが間違いとはならない。確かにピグレットは家を失うが、第1章のイーオーの家の解体と再建の場合とは異なる。イーオーにとり住居である家が移動しただけだった。今度は住民の移動で、結果としてプーとピグレットが同居する。オウルの引っ越しと、ピグレットの引っ越しが重なるのが幸せな結末ならば、イーオーの間違いは、「間違い」ではなかったのである。

プーの森は地図の外にも広がっている。百エーカーの森からオウルが消えて、ピグレットの家に移るのは、プーの森での地位を高めたのかもしれない。なぜならピグレットの家はブナの木にあり、それは森の真ん中にあると『クマのプーさん』に出てくる(第3章)。オウルはプーの森の中心に君臨するわけで、家を失ってもみじめではないのだ。

【同居するプーとピグレット】

プーとピグレットの同居は突然出てきた結論ではない。『クマのプーさん』では、プーとピグレットは別の家に住んでいる点が強調されていた。ピグレットの家が洪水で孤立して、その救援に時間がかかったのも、プーが別の家に住んでいたせいである。英雄を讃えるお茶会が終わって帰ったのも、それぞれの家だった。

『プー横丁の家』の第1章でも、プーはイーオーが自分の家をもっていないことを哀れんだ。その代わり、ピグレットがプーの家の暖炉の前でソファにくつろいでいる姿がでてくる。これこそが、同居の予告であった。さらに第3章では、プーとピグレットのどちらも砂利採掘の穴に落ちて、互いに別の夢を見ることができるので同居の可能性を高める。そして互いの家の中間に「思案のしどころ」という場所があり、折り合いをつけていることがあわてて説明されているのだ。

プーとピグレットの友情の親密さは、挿絵のなかでの両者の距離としても表されてきた。『クマのプーさん』では、並ぶときでも離れていた。雪のなかを歩くときも、ウーズルを追いかけたときには離れて歩いていた（『クマ』第3章）。

ところが、『プー横丁の家』では、イーオーを目指して雪のなかを歩くときには距離が縮まっている（第1章）。さらに一歩進んで、ティガー騒動で霧のなかで不安になったピグレットは前足を差し出して、森のなかでクリストファー・ロビンと会ったときにはつないでいる（第7章）し、嵐のなかを歩くときはピグレットが飛ばされないようにだろうが、やはりつながっている（第8章）。いちばん特徴的なのは、プー棒投げの最後で、クリストファー・ロビンが棒を投げようとしているときに、ピグレットは、プーに後ろから寄り添い手をかけている場面である（第6章）。明らかに大きなプーに頼り切っている。

そして、この同居はピグレットが祖父である「トレスパッサーズ・ウィリアム」の呪縛から逃れることでもある。ピグレットはたびたび祖父を引き合いに出していた。それでいて、小動物としての怯《おび》えを最後まで抱いていたのだ。ピグレットの家は彼自身の誇りの源泉でもあった。そこから離れるというのは、ピグレットの自立をうながしている。

オウルの家が倒壊した際に、救助を求めてひもを使ってオウルの家から脱出したのは、そのままピグレットが自分の限界を乗り越える行為となっていた。小動物であることに怯えて、いつもプーの下敷きや陰になってきたピグレットが、「勇気」を勝ち取ったのだ。しかも、プーにより英雄詩の主題となったことで、ピグレットは自分の住まいを放棄するのにも同意できたのである。この決断の背後にはプーの詩の力があった。

【もはや引き返せない時点へ】

プーは詩人として最高の詩を披露し、ピグレットという理解者にして勇気ある者と同居することが予告される。だが、これで物語を閉じるわけにはいかない。プーおよび森の仲間と、クリストファー・ロビンとの関係を終了させるという難題が待っている。

『クマのプーさん』と同じように「明日」を期待できる終わり方ならば、オウルが家を回復し、プーとピグレットの同居が確定する第9章ですむはずだ。プーの森での日常の繰り返しを楽しむ「どうぶつの森」のような世界を好む読者にとって、これ以上は蛇足となる。終了を告げる第10章へと進まない世界が求められることになる。第1章でイーオーの家が解体されても再建されたように、また組み替えて新しく始めれば良いのである。そうすると無数に続編や似た話を作り続けられるはずで、実際にディズニー作品や公式の続編小説はこの枠組に従っている。

第9章で立ち止まり、これ以上読み続けたくないので引き返したくなる読者がいても不思議ではない。けれども、ミルンは結末をつける方向を選んだ。「矛盾」という序文で、プーとクリストファー・ロビンは別れる宿命にあると述べていた。『プー横丁の家』全体が一種の倒叙ミステリーのようで、どんな結末を迎えるのかは、登場するキャラクターにも読者にもわかっている。

ここまでくると、序文に「矛盾」とつけられた理由がはっきりする。おもしろければ読者は続きを読みたくてページをめくり続けるが、ページが残り少なくなったのを実感すると、最後までたどり着いて結末を見届けたい欲求と、最後を見たくなくてこの作品世界にとどまりたい欲求とがぶつかり、まさに矛盾するのである。

もちろん、第9章で読むのを止めて、『クマのプーさん』の第1章に立ち戻って、繰り返し読み直すのも可能である。ディズニー版のアニメの『完全保存版』では、終わりを告げるナレーターの言葉に、「最初のページに戻る?」とプーが代案をしめしていた。ただし、どんなに抵抗したところで、否応なしに第10章は来てしまうのだ。

第10章「クリストファー・ロビンとプーが魔法の場所にやってきたので、私たちは二人をそこに残したままにしておきます」

【あらすじ】

クリストファー・ロビンが行ってしまうというので、ある日、ラビットは全員をイーオーの家の前に集合させます。ラビットはイーオーに「決議文」を依頼していて、それを「詩」だとしてイーオーは読み上げます。その後プーからルーやティガーまで全員が、文字や汚れによる署名をします。クリストファー・ロビンのところへ全員で行き、決議文を渡します。それを読んでいる間に、プー以外がその場から去ってしまいます。プーとクリストファー・ロビンはギャレオン窪地の「魔法の場所」と呼ばれる森の一角にやってきます。「何もしないをやること」が理想だとクリストファー・ロビンは言いますが、それはできないことでした。そこで騎士の話を聞いたプーは、騎士の称号をもらい一生仕えると考えます。百歳になっても戻ってきたいというクリストファー・ロビンと仲良く魔法の場所で遊び続けるだろう、という言葉で終わります。

【新学年のシーズン】

『プー横丁の家』で、最後に登場する「魔法の場所」が永遠化されるのは、全体が冬に始まり、春から秋までの時間の経過を踏まえているからである。これは成長の物語にふさわしい季節の変化をしているのだ。

雪の第1章から始まっているのは偶然ではない。クリストファー・ロビンが午前中に何をやっているのかが発覚する第5章は「あたたかい春の朝」の出来事である。第6章のプー棒投げが「あたたかい夏の午後」におこなわれ、第7章のティガーを迷子にさせる話は「ねむくなるような夏の午後」に起きて、第8章のオウルの家を倒した風が吹いたのが「ある秋の朝」と着実に季節は移っている。そして、大風のせいで木の葉もすっかり散り、第10章の舞台は、秋が深まって冬を迎える時期だと考えるべきだろう。

日本ではわかりにくいが、新学年が始まるので、子どもたちにとり夏から秋は過去との別れと未来の期待が交差するシーズンとなる。J・K・ローリングの『ハリー・ポッターと賢者の石』（一九九七）の第五章で、ハグリットが魔法学校のホグワーツ行きの切符をハリーに渡すが、「九月一日　キングス・クロス駅発」のものだった。それがロンドンから脱出して、ハリーが新しい世界へと入っていく乗り物となった。

アメリカでも同じで、ロブ・ライナー監督により『スタンド・バイ・ミー』（一九八六）として映画化されたスティーヴン・キングの「死体」(一九八二)は、九月の第一月曜日のレイバー・デーの前の休日を舞台にしていた。火曜日から中学生となり別れてしまう四人の少年の友情と別れの物語だった。

夏から秋がそうした切迫した気持ちを掻き立てるのは、クリストファー・ロビンにも、物語を読む読者にも明白だった。小学校に通い始めるのが全員揃ってとはならないので、クリストファー・ミルンは夏から近所の学校に通い始めたのだ。そして、新学年が始まって、クリストファー・ロビンは午前どころか、午後さえも忙しくなったようだ。さらに寄宿学校に入れば、好きなときに森へ来る自由はなくなってしまう。

「何もしないこと」が理想だが、しだいに不可能になるのを、クリストファー・ロビン本人が実感していた。その代わり、頭には、「王や女王のこと、要素のこと、船がやってこない海の真ん中にある島、吸い上げポンプの作り方」といった知識が詰めこまれる。文字の綴りがしっかりすると、あちこちに間違いに満ちていたプーの森の表記が訂正され、正常化されてしまうかもしれない。

プーの森の住民たちに新しいぬいぐるみが追加されることももはやない。クリストファー・ロビンを中心とした世界だからこそ、解体の鍵を握るのは、ただ一人なのだ。プーたちがクリストファー・ロビンに「決議文」という名前の手紙を届けに行ったのは、ぬいぐるみたちからの別れであり、同時に忘れないでくれという要望だった。主なき玩具たちは、「サンダース氏」や「トレスパッサーズ・W」の標識のように意味も理解されずに朽ちていく。忘れられ、捨てられるかもしれないぬいぐるみ側からの真剣な訴えでもあった。

【決議文という詩】

クリストファー・ロビンとの別れとなる最後の章で、プーは詩や鼻歌を作らない。代わりにイーオーが、クリストファー・ロビンに捧げる詩を読み上げる。『クマのプーさん』の第10章のお茶会で演説をはじめたのが、やはりイーオーだった。自分の誕生日に集まった人々へのお礼のような感じで、お茶会の主賓がプーではなくイーオーのような誤解さえ与えた。だが、正式の場でスピーチを述べるのは、ラビットやオウルではなくて、どうやらイーオーの役目なのである。

「決議文」ただし綴りを間違えた「キツギ文」としてイーオーは読み上げる。本来森の詩を作るのはプーの役目だが、代わりに作ったと断る。そして「みんなのために今読もうとする詩は、イーオー、つまり私自身によって、静かなときに書かれたものだ」というもったいぶった前言があり、朗読が始まる。

クリストファー・ロビンは行こうとしている。
少なくともそうだと私は思う。
　どこへ？
誰も知らない（knows）。
だが、彼は行こうとしている。
彼は行くのだ（goes）

（これで「知らない」と韻があった）。

イーオーの「決議文」は技巧に満ちているのだが、自分の詩の技術に対するコメントさえも詩の一部になるという離れわざをみせる。とりわけ、「クリストファー・ロビン、グッドバイ（Good bye）」を「私（I）」の一語とだけ韻を踏ませ、イーオーが自分でもその出来を「グッド」と褒めているのがおかしい。しかも、これはさらに次の「私」とで「グッド、アイ」とつながり、全体で前のグッドバイと音が重なるのだ。

聞く者をハラハラさせながらもつながっていく。そして「すべての友人（friend）」がクリストファー・ロビンに「愛を贈る（send）」として、「おしまい（end）」で閉じるまでの流れは、みごとに韻を踏んでいる。自由に詩行の長さが変わるのは、プーが守ろうとしている定型詩とは対局にある。それが期せずして自由詩のように、束縛から逃れている詩形にも見えるのだ。

イーオーが詩の形式で述べた「決議文」は、第9章でプーがピグレットを讃えて作った詩のパロディに見える。ピグレットを讃えたプーの詩が、オード（頌歌）の伝統を踏まえていたように、イーオーの詩も個人的な感情と公的な出来事をからめて詩にする伝統にのっとっている。プーの場合は、ピグレットにあてた詩で、いちばん聞かせたい相手だったのに対して、イーオーはプーも含めた署名する全員の前で披露しているのだ。読む前に、カンガにルーからお菓子を取り上げ、オウルの目をさますように指示をして、別れを惜しむというメッセージを全員で共有しようとする。それは共同体がクリストファー・ロビンに贈る詩だからに他ならなかった。

古代ギリシャのピンダロス風のオードは、ふつうストロペーと、アンチスロレペーと、エポードスの三部の構成をとっていた。合唱隊（コロス）により歌われるものだったのだが、ストロペーに対して、アンチとは逆向きに踊るものを指した。プーによるピグレットの英雄行為を讃える詩と、イーオーによるクリストファー・ロビンとの別れを惜しんでいる二つの詩が、古典的な対となっている。オードには最後にエポードスと呼ばれる両者を統合した部分があるが、それがプーとクリストファー・ロビンだけが残った部分以降にあたり、散文詩のように進んでいく。ここで称賛されるのは、詩人であるはずのプーである。『クマのプーさん』では「プーに万歳三唱」という自画自賛の詩をプーは作ったが、詩を作らないクリストファー・ロビンは、プーへの称賛を「百歳になってもここに来る」という言葉に込めている。そしてプーの騎士への命名という重要な行為がおしまいに残っている。

【命名ということ】

イーオーをはじめとして、森の住民たちが次々とクリストファー・ロビンの家の前から姿を消す。プーだけが残り、両者が最後にギャレオン窪地にある魔法の場所へと出かける。木が六十本ほど立ち、下草としてハリエニシダのようなものもなく「何も気にせず座れる場所」だった。ただし、例によって本数が六十三か、六十四かあいまいなままで、数えるたびに変化する。けれども、平均をとって「六十三・五」本とはならない。なぜなら生き物は、一未満の存在とはならないからだ。

数のあいまいさがファンタジーを保証する。すでに「矛盾」という序文で、「ある日プーが散歩をしていますと、ウシが百七頭木のゲートのところにいました」と始めるとファンタジーにならないと述べている。このきちんとした数字がプー物語とは相容れないのである。プーは何度ハチミツの壺の数を数えても、十四か十五かわからないし、ラビットの友人親族の数も不明である。そして、鏡の像のせいで、ティガーは複数のままである。掛け算によって増えることを練習しても、どうやらまだ割り算を習っていないクリストファー・ロビンには、平均するなど思いもつかない世界なのである。

クリストファー・ロビンはギャレオン窪地で、プーを騎士に取り立てる。剣の代わりに棒を背中に当てて、「サー・プー・ド・ベア」と名づける。このときクリストファー・ロビンは君主の立場となる。学校で習った王や貴族たちの物語からヒントを得ているが、現実のイギリスの歴史や社会関係のなかに、クリストファー・ロビンが入っていくと暗示されている。

自分のペットなどに、固有の名前をつけると、その名前は所有物である証となる。ハロッズで売っている同じタイプの他のぬいぐるみと区別するために、「ウィニー・ザ・プー」とクリストファー・ロビンは名づけた。これによって識別できるようになった。プーが多数のぬいぐるみのなかで唯一かけがえのない存在となる。これは、クリストファー・ロビンが、ルーと交換されて、カンガに身体を洗われたピグレットに「ヘンリー・プーテル」と名づけた場合とは役割が異なる（『クマ』第7章）。

『プー横丁の家』の第1章は、プーが「プー横丁」と命名をする話で始まった。イーオーの居る場所なので、イーオー横丁がふさわしい気もするが、プーが自分が見つけた場所だからと名前を与えたのである。そしてイーオーもラビットもその名を認めている。ぬいぐるみが自分の名前を場所につけた例となった。そして、第6章の「プー棒投げ」という名前は、プーがゲームの発見者であり、ルールの発明者であるからつけられた。

それに対して、今度はぬいぐるみの側から、「自分の名前＝称号」をつけてもらうのである。プロテスタントにおいて、幼児洗礼を受けた信者が、大人になり信仰に意識的な態度をとれるようになって、再洗礼（堅信礼）を受けるように、ぬいぐるみであるプーは自分からクリストファー・ロビンの従者の立場を選び取る。それはクリストファー・ロビンが学校で習った騎士の話を耳学問として聞いたおかげである。

プーがこのように騎士の位を与えられたせいで、鼻歌の詩人プーはクリストファー・ロビンの桂冠詩人（Poet Laureate）の地位まで高まったといえる。第1章で「雪の日の歌」を鼻歌で作ったのとは立場が変わってしまう。

君主に仕えて、国事や折々の出来事について機会詩を作るのが役目となる。忠実な騎士としてクリストファー・ロビンの専属詩人となる。クリストファー・ロビンに笑いをもたらすのだから宮廷道化でもあった。ミルンが、クリストファー・ロビンとの別れの詩をプーに書かせずに、イーオーに代作させた理由もそこにある。桂冠詩人としての実力は、第9章でピグレットを讃える七連の頌歌を書いてすでに証明済みなのだ。

そうした桂冠詩人プーを視覚化しているのが、アレキサンダー・レナードによるラテン語訳版のプー物語の表紙に使われた月桂樹をかぶりトーガを身に着けたプーの肖像だった。訳者のレナードはブタペスト生まれで、ヒットラーを逃れてウィーンからイタリアそしてブラジルへと移った語学の達人だった。『クマのプーさん』で英語をイタリア人に教え、ブラジルでフランス人の技師の娘たちにラテン語を教えるためラテン語に翻訳したのだが、私家版がついには英米でも発売されるようになった［Brilliant 153-158］。しかもレナードはドイツ語訳を一九五一年に手がけて生前のミルンに喜ばれたこともある。

今後プーはイーオーよりも優れた頌歌をクリストファー・ロビンに捧げるはずである。こうして騎士にして桂冠詩人のプーの誕生こそが『プー横丁の家』がたどってきた物語でもあったのだ。

【ハチミツ壺のオード】

クリストファー・ロビンが話すなかの「騎士(knight)」を「夜(night)」と取り違えて、「午後(afternoon)」のようなものにしてくれと、プーは頼む。音の類似による錯誤だが、午前中クリストファー・ロビンが学校に行き、遊び時間は午後となっていた。そのためクリストファー・ロビンが登場するのが、夕方から夜にかけてと変更された。しかも、学校や社会への参加がさらに進めば、その余裕すらも消えてしまうはずだ。

クリストファー・ロビンは「何もしないということがもうできない」とプーに告白する。ラビットのように忙しくなったので、「何もしないこと」が昼間には実現できず、夕方から夜の世界しか残っていないのだ。プーは二つを結びつけた「夜の騎士」として、クリストファー・ロビンの今後の伴侶となる。しかも、騎士は森の統治をクリストファー・ロビンの代わりにおこない、主人が不在でもプーが森を守るのだ。

『クマのプーさん』の第1章でわかるように、もともとプー物語はクリストファー・ロビンが子ども部屋で寝る前にしてもらう話だった。プーたちが夜の住民となっても不思議ではない。手をつないで飛び跳ねているプーとクリストファー・ロビンがシルエットとなった挿絵が出てくる。これがプー物語の最後の挿絵となる。『クマのプーさん』の終わりでは、夕日のなかで長い影を伸ばしたプーとピグレットの歩く姿だったが、それよりも夜のイメージにふさわしい。しかも明らかにプーはハチミツの壺を抱えている。

この部分は、キーツの「ギリシャ壺のオード」(一八一九)を踏まえていると思われる。キーツは大英博物館で見たギリシャ壺に描かれた絵に寄せて芸術論を語っていた。この場合のオードは、必ずしも古代ギリシャのピンダロスによる形式を守ることではない。イギリス式のオードは、特定の人や物を讃える内容を指す語となっている。プーのハチミツの壺には「ジャー」や「ポット」が使われるが、キーツの題材となった「壺(urn)」とは台座をもち骨壺などに使われた容器だった。

ギリシャ壺の表面の絵に使われたのが、「黒絵(黒像)式」とか「黒絵」と呼ばれる技法だった。人物の姿の輪郭を黒く塗りつぶして、その上に白い線で顔や手足を書きこんでいる。黒いシルエットをそのまま下地に利用できる。しかも、ヴィクトリア朝の白黒印刷による挿絵の伝統を守る最後の画家とみなされるアーネスト・H・シェパードは、黒いシルエットの絵に白い線で顔や手足の輪郭を描いた作品を残している[Dalby 142]。こうした技法はどこかギリシャ壺の黒絵式を連想させる。最後にあえて黒いシルエットを選んだところにシェパードたちの狙いがあるのだ。

キーツの詩では、「冷たい牧歌」として、描かれた青年や乙女、そして花の盛りで散らない春の景色が称讃されている。キーツは二千年以上前の芸術による永遠化の理想をそこに見ている。そして有名な「美とは真実であり、真実とは美である。それが地上でお前たちが知るものであり、知る必要があるすべてなのだ」と壺が語って終わる。

キーツは、ギリシャ壺の絵のなかに、春という季節が過ぎ去らずに永遠に閉じこめられた「アルカディア」を読みとった。こうしたアルカディアは、プーとクリストファー・ロビンが「どこに行こうとも、途中で何が起ころうとも、森の頂にある魔法にかかった場所で、少年と彼のクマはいつも遊び続けているでしょう」という結末に近いのである。

ミルンが敬愛し手本としたC・S・カルヴァリーは、タバコの功罪に触れた「タバコへのオード」（一八六二）を書いて人々を煙に巻いた。フランシス・ベーコンの「タバコ論」に基づいて、食事のたびに吸うことの快楽と、タバコによって死ぬ被害の両方を語っていた。形式が大げさに見えるのに反して、主題の軽さから、ライトヴァースとみなされたのだ。

やはりカルヴァリーの「永遠」という詩では、永遠という「言葉の作り手をキーツさえも知らない」と出てくる。永遠とキーツの結びつきはカルヴァリーには当然のことで、ミルンも同じ考えをもっていたはずである。キーツかカルヴァリーのように、いつの日にか、騎士にして詩人でもあるプーが、ユーモラスな「ハチミツ壺のオード」を書いて、主人であるクリストファー・ロビンを楽しませるかもしれない。

もちろん、『プー横丁の家』こそが、ミルンとシェパードの共作によるプーとクリストファー・ロビンのオードにほかならない。たとえ大英博物館のギリシャの壺が壊れたとしても、キーツのオードが永遠化してくれたおかげで存在の記憶は残るはずである。同じように、二人の共作者により永遠化されたおかげで、プー物語は一世紀の間人気を保ってきたのである。

二つのプー小説の関係

【下敷きとしての『たのしい川べ』】

『クマのプーさん』を構想したときに、ミルンは偏愛するケネス・グレアムの『たのしい川べ』を参照したはずである。のめりこんだミルンは『ヒキガエル館のヒキガエル』という戯曲版まで作ったほどなのだから、その構成がヒントになっても不思議ではない。全十二章において中心となるのは、ヒキガエルの冒険である。

金持ちのヒキガエルは、馬車から車へと関心を移して、スピード狂となる。だが自動車事故を何度も起こして裁判となり、入れられた刑務所から変装して脱走し、モグラやネズミやアナグマなどの仲間たちの力で、邸宅を占拠していたイタチやフェレットを追い払うのだ。この流れは、何度となく映画やアニメ作品となってきた。ミルンは長編小説としてのつながりをここから学んだのである。

それだけでなく、ミルンは途中で挿入される印象深いエピソードを応用している。たとえば、第9章で、川ネズミが旅人の海ネズミから外国のようすを聞くところは、ピグレットがクリストファー・ロビンから海外の冒険話を聞いて憧れる箇所の下敷きだろう。それがピグレットの「ガラス瓶の手紙」や「船乗りになって逃げたい」という外への志向とつながった。

また、第7章でモグラとネズミは、夜明けの川でボート遊びをしていると、牧羊神（パン）の吹く笛の音に誘われる。これはテムズ川と古典世界がつながることをしめす。グレアムは最終の第13章を

「ユリシーズの帰還」と題して、ヒキガエルの冒険がホメロスの叙事詩『オデュッセイア』を踏まえている点を明らかにしている。古典を応用するのである。

イサカの王オデュッセウス（英語形ユリシーズ）がトロイア戦争に従軍して不在の間に、館に残った妻のペネロペイアに、夫がなかなか帰ってこないのは、死んだからだと決めつけて、多くの求婚者が乗りこんで、勝手に飲み食いをしていた。そこで激怒したオデュッセウスは老人に変装して館に入りこみ、彼らを弓矢で亡き者とするのだ。この図式をなぞって、洗濯女に変装して刑務所を脱出したヒキガエルが、モグラやネズミなどの仲間たちと、館を占拠しているイタチ一味を追い払うのである。そして、勝利を手にしたヒキガエルは、「ヒキガエルが家にもどった」と始まる「ささやかな」自画自賛の歌を口にする。これは『クマのプーさん』で、「プーに万歳三唱」を歌う場面に転用されている。

自動車が「プープー（poop poop）」という音を出すことが繰り返し出てくる。単独では「プー（pooh）」と音も似ているし、「くだらぬやつ」から「うんち」まで意味も重なるのだ。ミルンによる劇場版のアダプテーションでは、自動車運転にとりつかれたヒキガエルが何度となく「プープー」と口にする。ミルンがプーを採用したときにこの音のことが念頭にあっても不思議ではないだろう。

また、ミルンは劇場版でグレアムの作品にないものを付け加えている。オリジナルの少女マリゴールドとナニーとの掛け合いを外枠に設定したが、これはそのまま『クマのプーさん』の外枠の作者とクリストファー・ロビンの掛け合いに持ちこまれた。また、「サイコロジカル」と「エンサイクロペディア」を意味が理解できずにヒキガエルは言い間違えるが、これはオウルにつながっている。

グレアムがおこなっていたのは、古典の喜劇的な借用であり、ミルンはそうした手法そのものを学び、とりわけ『プー横丁の家』で存分に力を発揮したのだ。『たのしい川べ』を十分に咀嚼したうえで、ミルンはプー物語に取り掛かったのである。

【イーオーと時間経過の扱い】

『クマのプーさん』と『プー横丁の家』はそれぞれ10章ずつで成立し、構成が共通しているように思える。5章ずつで前半と後半に分かれていて、洪水やあらしといったクライマックスが後半にくるのだ。話の配列の点で二つの作品は似ているように見えるが、続編は前作のたんなる反復やエピソードの水増しではなかった。ミルンは二つの作品にそれぞれ異なる狙いを与えている。それを際立たせるのが、イーオーと時間の経過の扱いの違いだった。

『クマのプーさん』のときには、単行本以前にハチの巣を求めて木に登る話と、イーオーの誕生日をめぐる話の二編をあらかじめ発表していた。パズルのように全体の流れにはめ込んだのである。始まりの物語は第1章に、イーオーの誕生日の話は第6章つまり後半の導入の位置に置かれた。『プー横丁の家』はこの枠組みを踏襲している。第1章はイーオーの家を建てる話で、第6章はイーオーが流されてきて最後は勝利するプー棒投げの話なのだ。そのあとに、洪水ではなくて、大嵐が来るという大事件が待っている。そして、『プー横丁の家』で決議文を読み上げたのもイーオーだった。

タイミングがずれることで「笑われる」イーオーの役割は大きい。自分の尻尾を失くしたのに気づかず（『クマ』第4章）、ルーが助かっても気づかず（『クマ』第8章）、自分の家が故意に移動させられたことに気づかず（『横丁』第1章）、チビがすでに発見されたのに二日も気づかず（『横丁』第3章）、プー棒投げも知らず（『横丁』第6章）、ピグレットの家も知らなかったのだ（『横丁』第9章）。多くのことを遅れて知る者だからこそ、イーオーは笑われるが、それだけ重要なところで登場し、しかも『横丁』では、みんながおこなうゲームや、ラビットの組織化にも参加するようになる。

どうやら『クマのプーさん』と『プー横丁の家』の構成を担う要となるのがイーオーであり、全体がバラバラにならないように留めている。イーオーの尻尾をクリストファー・ロビンが釘で留める話があるが、ぬいぐるみと明らかになるだけでなく、作品全体をつなぎとめる働きをイーオーがはたすのだ。

また二作の時間経過の扱いも異なる。『クマのプーさん』は、すでに明らかにしたように、朝から夕方への長い一日を描いたものに等しいのだ。折返し地点で、イーヨーの誕生日という時間の経過が導入されるのだが（第6章）、最後には、プーとピグレットが夕方の影を引きずって「明日」にわくわくするところで終わる。このプーの森では、ぬいぐるみに基づいたキャラクターたちの繰り返される毎日が同じように続いているように思える。

だが、プーはクリストファー・ロビンからおそらくお揃いのペンシルケースをもらったことで、どうやら文字を書けるようになった。そのため『プー横丁の家』では、「おバカさんのクマ」のプーさえも、「決議文」に自分の名前をサインできるので、成長をしたといえるだろう。しかも、ティガーとルー以外の全員が、それなりのサインをするのだ。いちばん流麗なサインは、驚くこともないかもしれないが、筆記体を使いこなしたラビットなのである。しかもイーオーの背中を机代わりにして書いている。

『クマのプーさん』では長い一日が話の枠だったとすれば、『プー横丁の家』は、イーオーの家を作る冬に始まり（第1章）、ラビットが活躍する春の話や夏の午後のプー棒投げを経て、秋への期待を込めた一年を描いた物語だった。午前中の不在は、現実のクリストファー・ミルンが学校に通うようになったことと関係する。さらに九歳になって資格ができると寄宿学校に入ってしまって、アッシュダウンの森やそこでのキャラクターやファンタジー世界とは本格的に別れるのだ。

新学年が始まる秋は、新しく生活がスタートする別れの季節として、プーたちを待っている。『クマのプーさん』の長い一日を単位とした循環の物語が、一年を単位とした成長の物語へと変わっていくことが『プー横丁の家』の隠れた主題だった。

第1章がイーオーの家の解体と再生から始まるだけでなく、ピグレットはドングリを埋めて木を育てようとする（第4章）。まだ三、四歳とされるピグレットが、自分で植えた木のドングリを食べることはなさそうだが、年輪を経ることでこの物語を彩る木々は育ってきたはずだ。オウルの木が大風で倒壊したように、この森のなかでも生と死、そして新陳代謝がある（第8章）。オウルの家としてピグレットの家が発見されることで生じたのは、イーオーの家のような単なる引っ越しではない。プーとピグレットの同居という戻れない変化を描いた点で『プー横丁の家』は重要なのだ。

こうした二つの作品の枠組みに違いがある以上、エピソードを分割して絵本にするとか、ディズニーのように、シャッフルをしてアニメ化するのは長編としての狙いからはずれているのである。

◉第Ⅳ章　プー物語の背景と多様性

1　プー物語の戦争と平和

【第一次世界大戦の影】

一九一四年に勃発し、一九一八年に終結した第一次世界大戦は、プー物語が発表された当時の多くの読者に共通する体験だった。そもそもロンドン動物園でアメリカクロクマのウィニーが飼育されたのも、第一次世界大戦が始まり部隊がフランスに移動するため、自分たちで飼育できなくなったからだった。軍隊の動員が、クマの運命を変えたのである。ひょっとすると、ウィニーとクリストファー・ロビン・ミルンが出会わなかったのかもしれないのだ。

クリストファー・ミルンが生まれたのは一九二〇年八月だった。戦後には戦死者の損失を埋めるように各国の出生率が上昇して、一種のベビーブームが起きた。結果として数年後には児童文学の市場も広がったのだ。今でも残る児童文学の傑作として、ドイツでエーリッヒ・ケストナーの『エーミールと探偵たち』（一九二九）が発表され、フランスでジャン・ド・ブリュノフの『ぞうのババール』（一九三一）が豪華版の絵本のシリーズとして誕生したのは偶然ではない。ミルンはババールの翻訳を熱心に支持し、英語版に序文を寄せているほどである［Brilliant 140］。二〇年に生まれた者を中心に読者層が広がったと考えると、それぞれ作品の登場も納得できる。もちろん、そこには、平和になった戦後の子どもたちへの期待と、戦争への考えや態度が含まれている。

プー物語の設定そのものが、戦争という脅威から、クリストファー・ロビンを守るためのものだった、とM・ダフネ・クッツァーは指摘する［Kutzer 95］。だが、結果として、未来の戦争つまり第二次世界大戦から彼を守ることはできなかった。実際のクリストファー・ミルンの世代が成人した二十年後には、第二次世界大戦の兵士として動員される運命が待っていた。伝記映画として作られた『グッバイ・クリストファー・ロビン』（二〇一七）は、それを踏まえた作品でもあった。第二次世界大戦に従軍した息子クリストファー・ロビンの戦死の知らせ（あとで誤報とわかるが）と、さらに作者ミルンが戦争体験で傷ついているようすが盛りこまれていた。

伝記的な事実だけでなく、戦争の体験はプー物語の意外なところに痕跡を残している。たとえば塹壕である。『プー横丁の家』で、チビ捜索の際に、プーとピグレットが砂利採取の穴に落ちたようすを、第一次世界大戦の「塹壕（トレンチ）」だと安達まみは指摘する［安達 二〇一八］。確かに、塹壕内で敵をじっと待つ戦いが主流になった記憶と、プーやピグレットの行動が結びついている。しかも、新兵として、食料を確保して戦場で生き延びることを第一に考えるプーと、敵との戦いを想像するピグレットの違いも描き出されている。

悪名高い「ソンムの戦い」を舞台に、こうした塹壕戦のようすをウィリアム・ボイド監督の映画『ザ・トレンチ　塹壕』（一九九九）は描いていた。一九一六年の七月から十一月にかけて、フランスでおこなわれたが、五十万人のイギリス兵が死亡したとされる。しかも、最初の二時間で六万人が死亡した戦いを時系列で再現している。そして、ダニエル・クレイグが演じる軍曹を中心に据えたことで、塹壕のなかでドイツ側への突撃を待つ兵士たちの焦燥や不安が観客にも手にとるようにわかるのだ。

平和主義者でもあったミルンだが、ダフネとの結婚後、出征する周囲の雰囲気に押されて志願せざるを得なくなり、ようやく一九一六年に戦争に参加した。ミルンたちは「戦争を終わらせる戦争」というH・G・ウェルズなどが掲げたスローガンをそれなりに信じて戦った。この第一次世界大戦の体験は、ミルンの人生設計や価値観を大きく変えた。それは他ならないソンムの戦いに参加したせいでもあった。

ミルンは通信部隊に配属されたが、七ヵ月ほどで、シラミによって媒介される塹壕熱にかかり、傷を癒やすために本国に帰還し、オックスフォードの病院に入院した。しかも治療後、MI7のbセクションという戦争遂行のプロパガンダを作成する部署で働いていたことが二〇一三年に明らかになった[Cohen 27-28]。全国から二十人ほどの逸材が集められ、戦意高揚の記事を書かされたのである。自伝などでこの時期の記述があいまいなのは、守秘義務を伴う仕事であり、記録も破棄されたはずだったからだろう。それが関係者の遺品から当時の記録が出てきたのだ。

同じソンムの戦いにはJ・R・R・トールキンも参加していて、通信士官として働き、塹壕熱にかかるというミルンと似た体験をしている。それが、善悪を問いかける『ホビットの冒険』（一九三七）から『指輪物語』（一九五四―五五）へとつながった。また、トールキンの盟友となるC・S・ルイスもオックスフォード在学中に出征して、一九一七年にソンムを訪れ塹壕戦を体験している。翌年、負傷しホームシックを患って大学に戻っている。ナルニア国年代記の第一作目となる『ライオンと魔女と衣装だんす』（一九五〇）が戦争の疎開から物語が始まるのも不思議ではない。彼らのファンタジーでの戦争に対する見方は、第一次世界大戦の体験抜きには語れないのである［Sammons 3］。

ミルンとトールキンとルイスという似たような戦争体験をもち、今も大きな影響を与えている三人のファンタジー作家のなかで、ミルンは積極的に戦争を描かない形で戦争を描いたのである。この点がプー物語を考えるうえでのヒントとなる。

【戦友のコラボレーション】

ミルンは戦争の悲惨さを描くのを避けていたわけではなく、むしろ演劇では正面から扱っていた。一九一八年九月に上演された一幕ものの『少年家に帰る』は、戦争終結でおじの家に帰ってきた二十三歳の若者フィリップの話である。大人になり親が残した財産を自由に使える資格を得るのが二十五歳なので、それまで後見人であるおじを頼らなくてはならない。そのおじの家で、朝食の時間のルールを破ることから始まり、好き勝手に行動するようすが描かれる。

フィリップは、おじにドイツ人に逐一作戦が知られていたソンムでの戦いの悲惨なようすを話す。また、今さら職を探そうにも手遅れで、まだ少年だった十九歳で出征して「四年間奪われた世代」である自分たちは、何のために戦ったのか、と二十人のドイツ人を殺した銃を突きつけて問いかける。この部分はアーネスト・ヘミングウェイの小説で有名になった「失われた世代」としての本音が出ている。その場面が夢や幻のように扱われ、おじのジャム会社への就職が決まりそうなハッピーエンドを置いて、かろうじて喜劇性を保っていた。

また、一九一九年九月に上演された『キャンバリー家の三角関係』は、自伝的な内容をもっている。戦争が開始するからと結婚を急いだキャンバリー夫妻だったが、夫が戦争終了で四年経って戻ると、妻には一年前から恋人がいた。そこで夫と恋人が互いに五分ずつアピールをして決着をつけるのだ。最終的に新婚気分でやり直そうという夫の主張が通り、夫妻は結婚生活をやり直すことになる。

一歩違えば、桂冠詩人テニスンの有名な詩である「イノック・アーデン」（一八六四）のように、死んだとされた水夫が、妻が別の男と暮らすのを見守る話になっただろう。この劇はそのままミルンの新婚生活の気分を反映しているかもしれないが、ミルン自身は塹壕熱でイギリス本土に帰ってきたし、四年間も不在だったわけではなかった。それでも同世代の抱える気持ちを掴んでいた。

プー物語の挿絵を担当したシェパードも、砲兵中隊の一員として、ミルンと同じソンムの戦いに加わっていた。二人はまさに戦友でもあったのだ。シェパードは情報省の依頼で戦場をスケッチする仕事をし、砲兵中隊に加わったまま、イタリア戦線にまで行くことになった。

シェパードは自分の戦争体験を多くのスケッチに残している。塹壕のなかの兵士たちの姿、ソンムも含めた焼け野原の戦場、墜落した軍用機や活躍する戦車、さらには弾丸や手榴弾まで描いている。なかには将校や下士官の似顔絵だけを一枚におさめたスケッチも残っている。しかも、所属する砲兵隊が転戦した先のイタリア戦線では、同じ名前をもつヘミングウェイと出会い、自分の日記にシカゴの住所を書いてもらっていた［Campbell 110］。二人のアーネストの共作の戦争物があれば、どんな作品になったのだろうか、と想像したくなるほどである。

こうしてプー物語は、第一次世界大戦やソンムの戦いを知る戦友でもあるミルンとシェパードの共作となった。兵士たちが敵の攻撃を避け、攻撃の合図を待って塹壕のなかで過ごす「何もしない」時間は、人生の消費であり無為な時間だった。それに対して、プーの森で過ごす「何もしない」ことの意義はまるで異なる。学校に行き、社会に組みこまれていくクリストファー・ロビンにとって、もはやそうした時間が贅沢であるようにはっきりと感じられるのである。

【作品のなかの戦争】

塹壕ばかりでなく、作品のあちこちに戦争の影がある。『クマのプーさん』の第1章にあたる話が、新聞に掲載されたときの挿絵では、プーを落とすライフルは実際のものに近かった［Brilliant 76］。風船を落とす役目なら、実弾が出ても不思議はないが、単行本のシェパードの挿絵では、ひもとコルクの弾がついたおもちゃのライフルに変更された。クリストファー・ロビンは、このライフルを北極探検でも携帯する。まさに兵隊ごっこ、冒険家ごっこである。ディズニー版のアニメでは、プーがライフルをベッドに立て掛けて寝ていて、そこにティガーがやってきたとき、扉を開ける際にはライフルを構えている。武装の意識をもっているのは、どうやらプーのほうである。

そもそもプーがおこなったミツバチの巣を風船で襲う行為は、空中戦が本格化した第一次世界大戦の想像力に支えられていた。プロペラ飛行機のイメージが強いが、熱気球や飛行船も参戦していた。ドイツのツェッペリン伯爵が製作した硬式飛行船は、第一次世界大戦で偵察や空襲で活躍した。ＭＩ７でミルンたちが書いた敵向けのプロパガンダも、音がしないので見つかりにくい熱気球で相手に投下されていたのだ［Cohen 28］。

　プーが雲に変装しようとして、身体を泥まみれにするのはカモフラージュである。目立たないことで相手を安心させる手法は昔からあるが、軍事用の迷彩服が広まったのは一九一五年からで、まさに第一次世界大戦の産物だった。塹壕とともに、敵の視線から隠れる手段のひとつだった。のちに男たちの平時のファッションとなるトレンチ・コートも、やはり第一次世界大戦時に、イギリス軍の将校などに普及した防寒コートに由来する。戦場で互いの階級を判別しやすくするために、襟章用の肩ストラップをつけるといった改良がなされた。

　また「待ち伏せ（ambush）」に関して、クリストファー・ロビンは北極探検で用心するように周囲に注意した。そして「静かに」と警告したが、相手は甲虫であり、大げさな行動だった。それに対して、森の新住民であるがカンガとルーのようすを見守るとき、ラビットに率いられてプーとピグレットは腹ばいになっている。まさに待ち伏せであり、相手のようすを見る「斥候（スカウト）」でもあった。戦場体験の豊富なシェパードは、匍匐《ほふく》する兵士の姿を知り尽くしていて、この構図を描き慣れていた。

　ラビットたちが体験したように、戦場で霧のせいで森のなかで方向感覚を失い、敵味方さえ識別できなくなるのは珍しくはない。それでも、クリストファー・ロビンが、ウーズル狩りではプーとピグレットの行動を逐一見張っているし、さらに砂利採取の穴に落ちたときも見つけ出してくれた。そして、霧のなかでも探しに来てくれる。最終的には、クリストファー・ロビンが発見してくれるのだ。

【帰還兵の保養所として】

第一次世界大戦の前線で戦ったのは男の兵士たちだった。最初は、志願兵に若者が採用されたが、多くの人的損失を受けて、幅広い年齢層が動員された。そのため三十四歳のミルンや三十七歳のシェパードがそれぞれ少尉としてソンムの戦いに参加したのである。しかも兵士は死去しただけでなく、心身に障害や損壊を受けて戻ってくる。彼らをどのように社会に受け入れるのかが問題となった。

映画『グッバイ・クリストファー・ロビン』のなかで、死体が転がる戦場の光景がフラッシュバックして苦しむミルンが出てくる。こうした体験はミルンだけではなかった。戦後のイギリスに、精神に外傷を受けた多くの者が登場した。シェルショックに傷ついた者たちとしてプーとピグレットなどを読むべきだと高山宏は指摘している［高山 六四］。

ヴァージニア・ウルフも『ダロウェイ夫人』（一九二五）のなかで、セプティマス・ウォレン・スミスというシェルショックに苦しむ男を描いた。塹壕戦を戦い、友人を失ったのである。イギリスに恋人がいたのだが、現地で知り合ったイタリア人と結婚した。ロンドンに戻ったが、神経を病んでいて、過去がフラッシュバックするのだ。そして自殺をしてしまう。

たとえ負傷しなくても、シェルショックやPTSD（心的外傷後ストレス障がい）は現在も、戦争のあと遺症として重大視されている。ミルンも『少年故郷に帰る』で、ソンムの戦いを目撃し、銃をもち殺人に慣れていて、怒りから発射しかねない主人公フィリップを登場させた。戦場に出かけていったために奪われた青春や戦友の死が神経症を生み出している。しかも、銃後で戦時加算された税金に不満を述べても、前線の兵士の命を危惧しない人たちとの心の断絶が描かれていた。

当事者と家族や社会との断絶がもたらす悲劇は、戦争のたびに繰り返されてきた。第一次世界大戦後の「失われた世代」はよく知られている。さらに第二次世界大戦後の無軌道な行動や虚無的な考え方から「アプレゲール（戦後世代）」と呼ばれた若者たちもいた。そして、アメリカのヴェトナム戦争の後遺症を描いた映画『ランボー』（一九八二）の主人公の叫びは、二十人のドイツ人を殺したという銃を見せびらかすフィリップにも通じるところがある。

プーの森が、そうした傷を負って戦場から帰還した新兵から将校までの退役軍人たちが心身を癒やしながら暮らす「廃兵院」あるいは「保養所」の役目をはたしていると考えたらどうだろう。プーの森は、カンガという例外を除いて、男たちだけの世界である。そして真の戦闘行為はない。せいぜい戦争ごっこや冒険ごっこの世界でもある。戦場での地位の意識が残っているとみなすと、オウルやラビットやイーオーそれぞれの口調も理解できる。彼らはプーやピグレットの同級生ではないのだ。

クリストファー・ロビンが全体を統括する司令官としての将官だとすると、オウルは耄碌《もうろく》して昔語りをしたがる佐官にあたるだろう。空を飛べる鳥として洪水のときに見張りはしても、バクスンの特徴をでっちあげるなど、知ったかぶりの指揮官にあたる。しかも自分宛ての手紙を自分で書くことで権威づけるのも好きなのだ。命令書なども捏造できるかもしれない。

それに対して、ラビットは他人に命令をし、組織だてるのが好きな尉官にあたる。プー棒投げでも「さあ」と投げる号令をかけるし、「はい」と「いいえ」の返事を聞くのが快感なのである。「隊長的気分（Captainish）」をもったとあるのだから、大尉（キャプテン）だった可能性もあるし、大尉になりたかった中尉か少尉なのかもしれない。なお、ミルンは第一次世界大戦では少尉としてソンムの戦いに向かったが、第二次世界大戦では地元のホーム・ガードと呼ばれる民兵組織の大尉となっている。

イーオーは、いざとなると頼りになる軍曹か伍長がふさわしい。ルーが水に落ちたら尻尾を垂らして救おうとするし、ティガー救出で下敷きになっても、「ティガーにありがとうといってくれ」と皮肉を言うだけである。たえず上官に不満をもち文句を言い続けた古参兵だと考えると腑に落ちる。新しいやり方を嫌うのも年季が入っているせいなのだ。そしてプーやピグレットは新兵で、何も知らずに無駄な罠を作ったり、自分で作った穴に落ちる失敗ばかりしている。

総力戦と呼ばれるように、女性たちも戦争の遂行に協力した。「銃後」の人手不足の解消のために、男性にしかできないと思われていた機械の操作や運転手などさまざまな職業についたのである。たとえば、アガサ・クリスティは、戦争勃発で慌ててアーチボルド・クリスティと一九一四年のクリスマス休暇に結婚式をあげた。夫は空軍大佐としてフランス戦線に派遣されていたのだ。戦争の間、クリスティは看護助手、のちに薬剤師の助手となり、のべ三千四百時間働いた。執筆する作品のアイデアとなる薬物に関する知識をそこで手に入れたのである「グリペンベルク 五八」。第一次世界大戦がなければ、ミステリーの女王は誕生しなかったといえる。

カンガを母親としてだけでなく「従軍看護婦」とみなすと、オウルの家のショールやスポンジを汚れていると非難しているのも、公衆衛生的な観点からの文句に思えてくる。自宅の備品をきちんと数えるのも、家政学的な意味だけでないだろう。クリミア戦争で働いたフローレンス・ナイチンゲールが統計学を駆使したように、数の確認は公衆衛生にはつきものとなる。薬物の知識のあるカンガが、麦芽エキスを飲ませルーだけでなくティガーの体力づくりを気にするのも、壮健体操をするプーとともに、国民の体力増進を目指しているのだ。

当時の赤十字のポスターに看護婦と聖母マリアと重ねた「世界で最も偉大な母」というスローガンがあった［Gilbert & Gubar 288］。つまり母と看護婦とが直結されている。戦場では、衛生兵やヘミングウェイのように赤十字の救急車両を運転する男性もいた。その体験から、ヘミングウェイは自伝的な『武器よさらば』（一九二九）で、戦場での看護婦との恋愛を描いたのである。さしずめカンガとルーやティガーは看護兵や外国兵という位置づけとなる。

平時においても実務的な行動をとるのはラビットである。隊長的な気分で、捜索隊の結成やルー捕獲作戦などできびきびと指示を出す。プーも実務的なラビットの話し方が好きだと言う。自分の部下をいつでも掌握していて、チビの救出作戦も、カンガとルーやティガーの排除も作戦をたてるのはラビットである。

ラビットは「頭がいいのは自分たちだけだ」とオウルを持ち上げながらも、クリストファー・ロビンという最高司令官の判断をあおぐのである。チビの捜索でもクリストファー・ロビンに捜索隊を組織するのを約束したとプーに言う。そして、プー棒投げでは、ティガーとイーオーのそれぞれの主張に対して、「クリストファー・ロビンがどう思うかだ」と断言する。こうして森の保養所でも、過去の軍隊での身分階級がおぼろげに残っている。普通の社会生活に戻っても、そうした習慣はすぐに消えるはずもない。

【家族の不在】

プー物語が戦後社会が抱える一断面を描いたと考えると、家族の扱いも納得がいく。プーたちが単体のぬいぐるみから発想されたせいもあり、家族関係の描写はほとんどない。親子なのは、外枠のクリストファー・ロビンと父親、物語内ではカンガとルーだけである。それ以外は、単独で森のなかで暮らしている。どこまで読んでも、プーやピグレットの両親の話題などは出てこない。

もちろん、旧住民たちのなかには、ラビットのようにたくさんの友人親族を自慢する者もいる。最後にアーリーやレイトという親族の名前がでてくる（『横丁』第10章）。そして他のキャラクターも、両親こそいないが、かろうじて親族の記憶をもっている。プーも「おじさん」がいて、ハチミツ色のチーズがあると教えてくれたと言う（『クマ』第5章）。ピグレットは「おじいさん」を自慢するが、壊れた立て札から生み出された妄想なのかもしれない。プーがサンダースの表札を無視しているのとは対照的である。オウルはカモメの卵を抱いたおばの話（『クマ』第9章）や、嵐があれた日に何かを体験したロバートおじの話をする。旧住民のなかでもイーオーは誕生日を覚えているが、近親者が存在するのかはわからない。

カンガとルーは母と子だから家族を形成しているが、父親は不在のままで、誰も疑問をもつことはない。あるいは、プーの森にやってきたカンガを「戦争未亡人」として、戦後に子育ての苦労をしている女性とみなせるかもしれない。第一次世界大戦で正式に動員された兵士の妻のうち、イギリスとイタリアではそれぞれ二十万人、フランスとドイツではそれぞれ六十万人が戦争で夫を失ったとされる［Kuhlman 3］。塹壕熱で意識不明となったミルンにとって、妻ダフネを残して死ぬ可能性もあり、戦争未亡人問題は他人事ではなかったはずだ。

ベンガルトラらしいティガーは、「戦争孤児」のようで、家族を気にするようすもない。プー棒投げを通じてイーオーがティガーと仲良くなったのも、孤独が共通のせいだろう。陰鬱なロバと跳ねるトラ、陰と陽という対極の存在として、むしろ惹かれ合っているのだ。雨風を防ぐだけの棒でできたそまつな家で暮らすイーオーや、カンガの家に同居させてもらっているティガーに、戦争の犠牲者の生活が重ねられているとすると、彼らの孤独の理由もわかってくる。

遠くから見ると、プー物語では、単独な者たちが平和に暮らし、起きる事件もクリストファー・ロビンが解決できる程度の小さな失敗だけに思える。だが、実際には、ラビットの主導でカンガとルーそしてティガーが排除されかけるといった社会問題や、洪水や大風といった自然災害が描かれている。そのまま放置すると、森の住民の手にあまる被害をもたらすかもしれない出来事である。グレアムの『たのしい川べ』には裁判所や刑務所があったが、ここにはそうした社会的な仕組みは存在しない。だからこそ、物語のなかで自分たちで解決しなくてはならないのだ。この物語が第一次世界大戦後のイギリス社会の復興のある面を描いていることがわかってくる。

【プーとピグレットの友情】

旧住民たちの関係がいつ始まったのかに関しては何も語られていない。読者はいきなりプーとピグレットが友情関係にあると教えられる。彼らが戦友としての過去をもつのだとすれば、それほど不思議ではない。「敵性生物」の足跡を追いかけるウーズル狩りから始まり、二度のヘファランプとの遭遇でも、二人の新兵のコンビは斥候兵の役目をはたしている。

砂利採掘の穴に落ちたとき、ピグレットはプーの下敷きとなる（『横丁』第3章）。声に気づいて「君の上に落ちたんだ」というプーと「ぼくの上に君が落ちてきたんだ」というピグレットの受け答えでわかるように、直接接触している。だが、プーがハリエニシダの上に落ちたのとは状況が異なるのだ。両者は穴の底でくっつきながら、プーは空想上のハチミツの壺の数を数え、ピグレットはヘファランプを勇敢に退散させるというそれぞれ別の夢を見ている。

プーとピグレットはその状態を受け入れているのだが、闇に閉ざされることの多い塹壕のなかでのコミュニケーションの手段として「接触」が重要となる。相手に身体の一部が触れていることで安心するのだ。プーたちのオリジナルであるぬいぐるみは、鑑賞よりも、子どもたちが具体的に触れる対象である。

接触はそのまま子どもにとりコミュニケーション手段となる。そして触れるものとしてのぬいぐるみや毛布などに執着するのだ。手近にないと落ち着かず、児童心理学で「移行対象」とか「安心毛布」と呼ばれるものが必要なのである［Birksted-Breen 103-126］。クリストファー・ロビンが、階段を上下するときにプーを引っ張っているのも、暴力行為ではなく、離れられないのだ。

ピグレットがプーを触ることが大きな意味をもつ。一つの穴のなかで親密な時間を過ごしたプーとピグレットは、『プー横丁の家』の後半で急速に手をつないで歩くようになる。そして「プー棒投げ」の最後でも、橋の上から棒を投げるクリストファー・ロビンの傍らで、ピグレットはプーに手をかけて立っている。

また、ティガーを置き去りにする作戦で、ラビットに連れられて霧のなかで迷子になっていると、ピグレットは声をかけてプーの前足を握り「ただ、君がそこにいるって確かめたいだけなんだ」と言う（『横丁』第7章）。そして、一人きりで迷子になってしまったラビットとは対照的に、彼らは迷子にならない。プーの腹が自分の家のハチミツ壺が呼ぶ声を聴いているのを邪魔しないように、ピグレットは何も言わずに前足を握って歩いていくのである。

これを深く解釈するなら、ピグレットのプーへの友情を、男たちの愛情（「ブロマンス」）と読み取ることもできるだろう。本来体温をもたないクマとコブタのぬいぐるみの間に、接触により愛情が通い合っていると感じられるのだ。あるいは動物園の新しい飼育の傾向となっている「種」の違うものを同居させる「混合飼育」の先駆けだったともいえる。

詩歌を作るだけで、考えが足りないとされ、自称もするプーと、プーの知性をときにみくびり、鋭い質問を発するピグレットだが、両者は補完している。それは、戦争や戦後社会の生活で傷ついた者たちの連帯の姿かもしれない。クリストファー・ロビンとプーの関係は、騎士の称号を得たことで、対等から主従へと変化した。戦後の「ベビーブーム」世代で、復興の象徴となったクリストファー・ロビンは成長して、子ども時代の記憶や遊んだ玩具をいつしか忘れ去ってしまうかもしれない。だが、プーとピグレットは戦争で傷ついた者どうし、プーの森に永遠に封じこめられ、友情を持続するのである。

2　アルカディアの詩人プー

【プーの森とアルカディア】

プー物語には、クリストファー・ロビン・ミルンという子どもをめぐる話だけでなく、作者ミルン自身の幼少期の思い出、とりわけ兄のケンとの記憶がこめられている。ロンドン育ちのミルンは、幼い時分にアッシュダウンの森を訪れたことがあった。コッチフォード農場を選んだのにもその体験が関わっている。ミルンは「子ども時代の記憶」「子ども時代の空想」「今触れている子ども時代の観察」の三つの起源があると述べていた［Brilliant 120］。「今触れている」とは息子のクリストファー・ミルンやその友だちを指している。

だが、自伝小説ではないので、どのような世界を作り出したのかが重要となる。作品のなかの子ども時代と大人になってからの観察の二重性を踏まえ、ポーラ・T・コノリーは二つのプー小説の解説本に、「アルカディアの発見」という副題をつけた［Connolly 100］。アルカディアは牧歌的な理想郷をしめす地名とされてきた。

場所はギリシャに実在するが、十七世紀のニコラ・プッサンによる「アルカディアの牧人」の絵に出てきた墓標に刻まれた「われもまたアルカディアに」という言葉によって有名になった。それが「楽園であるアルカディアのなかにも死がある」という意味なのか、「アルカディアに生きていたが死がその幸福を断ち切った」なのかをめぐって長年議論が続いた［マラン 九二］。いずれにせよ、プーの森のなかのキャラクターたちがぬいぐるみのまま基本的に成長しないのは、第一次世界大戦の死者たちが投影されていると考えると理解できる部分がある。その世界から卒業するクリストファー・ロビンの姿は、むしろ戦場を離れて命を永らえたA・A・ミルンの姿なのかもしれない。

ミルンのなかに、自分たちの生活や価値観を破壊した第一次世界大戦より前の世界への郷愁があっても不思議ではない。プーたちが活躍する場所がアルカディアに見えるとすれば、それは数多くの木々が存在する森を舞台にしているせいである。ハチが巣を作っていたオーク、ピグレットが暮らすブナ、オウルの家のチェスナット（クリ）、ティガーが登ったマツなどのさまざまな木からなっている。こうした木は、人知れず成長している原生林ではない。ピグレットがドングリを植えていたように、人間の手が入った人工林でもある。道路や橋や表札や採掘の穴や木のゲートなど人間の痕跡があるのはその証拠でもある。プーたちは、鳥や動物がねぐらに利用するように、木の洞を自分の家として暮らしているのだ。

ピグレットが好物とするドングリをつけるオークは、この森の中心の木となっている。硬い材料が船の竜骨《キール》などに使われてきたので、オークは歴史上あちこちに顔を出す。第二の国歌ともいえる十八世紀に作られた「ルール・ブリタニア」においても、第三連で、たとえ外国の勢力が襲ってきても、「空を裂く大疾風が、土着のオークを根づかせるのに役立つだけ」なのと同じだと歌っている。雨風の試練に耐えてそびえ立つオークの木が、イギリスとりわけ大英帝国の象徴として扱われている。

そして、D・H・ロレンスは『チャタレイ夫人の恋人』（一九二八）で、第一次世界大戦で身体を傷つけたチャタレイ卿クリフォードの姿を描いた。二月の寒いなか、クリフォードは妻を伴って電動の車椅子に乗って、ノッティンガムのかつてロビンフッドがいたという森（フォレスト）の末裔である自分の森（ウッド）のなかへと入っていく。「クリフォードは森を愛していた。古いオークの木を愛していた。何世代も経て自分の所有になっていると感じた。守りたいと思った。この場所を世界から閉ざして、誰にも侵されたくないとクリフォードは願うのだ」（第5章）。皮肉にもこのオークの森が、妻のコニーが愛人の森番メラーズと密会する場所となってしまうのである。

『クマのプーさん』の第1章で、プーがハチの巣をねらって登ったのが、こうした歴史的な意味を帯びるオークの木だったのは偶然ではない。土着のありふれた木であると同時に、何世代も守り育てるべき宝でもあった。ミルン一家が農場を手に入れたのは、それまで荒れ果てていたアッシュダウンの森が整備されて、森が豊かさを取り戻した時期でもあったのである。

森はそのまま戦争遂行の資源としても残されていた。オークなどの堅い木は、第二次世界大戦でも、やはり船の材料として切り出された。ドキュメント映画『イギリスの小さな船』（一九四三）はダンケルクの戦いなどで活躍した小型船の建造を記録している（＊）。人々がオークやニレやトネリコの木を切り倒し製材をし、そこから船が完成させるまでの過程が撮影されていた。小型船は、英仏海峡の上空での戦いにおいて、パラシュートで落下してきた味方の兵士の救出に使われたのだ。

プーの森のモデルとなったアッシュダウンの森の木々は、船の船体に使われ、製鉄所の燃料にもなるので、イギリスが戦争をする際の潜在的な資源となってきた。コッチフォード農場に住むようになったミルンが、地元の民兵組織のホーム・ガードの大尉となって、この土地を守ろうとしたのは、チャタレイ卿クリフォードが言ったように、オークのあるこの森を誰にも侵されたくない気持ちと重なる。アルカディアはそのように守られてきたのだ。

（＊）https://www.youtube.com/watch?v=UPUQnJ1Eoic

【牧歌の伝統のなかで】

プーの森での牧歌的なアルカディアの世界の材料となったのは、ミルン一家がアッシュダウンの森で過ごした体験だけではない。グレアムが『たのしい川べ』が描いたテムズ川沿いの光景などの土着の自然も引き継いでいる。

さらに遡ると古典世界へとつながっていく。『たのしい川べ』の第7章「夜明けの門での笛吹き」で、モグラとネズミとがボートで夜明けの川を行くと、ネズミが美しい笛の音色を聞きつける。それは牧羊神パンが奏でたもので、その足元にカワウソの息子が眠っている。そして、朝になると牧羊神の姿は消えてしまうのだ。モグラとネズミが崇高なものを見た気分になる話で、ヒキガエルの冒険の間に挟まれた印象的なエピソードである。

グレアムは牧羊神パンへ独自の愛着があったとされる［ヴォルシュレガー 二三九］。実際『異教の書』（一八九三）には、「田舎のパン」と自称する語り手が、「道のロマンス」や「鉄道のロマンス」といったあちこちのイギリスの風景を称賛する文章が出てくる。牧羊神の話から、紀元前三世紀のシチリア生まれのギリシャの詩人テオクリトスにまで遡る牧歌の文学伝統とのつながりが感じとれる。

これは唐突な連想ではない。ミルンが称賛したC・S・カルヴァリーは、「タバコへのオード」や「永遠」など軽妙なライトヴァースで有名だった。そして、ラテン語詩の創作に優れて優秀メダルを獲得して、オックスフォードとケンブリッジで古典語を教えた学者でもあった。その業績のひとつが、一八六九年に出したテオクリトスの『牧歌』の全訳である。散文訳が主流の時代に、自由な韻律を使い、十九世紀の翻訳のなかでも高く評価されていた［Kerlin 123-24］。古典詩への造詣があるからこそ、ライトヴァースを巧みに創作できたのである。

その牧歌の第1歌では、羊飼いのテュルシスと、笛を吹くのが達者な山羊飼いが登場する。笛を吹いてくれとテュルシスが頼むと、牧羊神パンが来るから昼間は嫌だと断られる。代わりに、テュルシスが牧人ダフニスの死についての歌を聞かせる。そうすると「ハチミツとハチの巣を口いっぱいに頬張れ」と山羊飼いは讃えるのだ。テュルシスが詩歌を作ることとハチミツを食べることが連動するのは、何やらプーの原型にも見えてくる。

アッシュダウンの森では、ヒツジやヤギを飼うのは一般的ではなかったようだが、「侵入者」と題した詩が『ぼくらがとても幼かったころ』に入っている。春になって黄色いサクラソウや白いアネモネが咲くなかを、雌牛の群れが侵入してきたようすを描いている。牛たちは「秩序ある静けさ」とともに去っていくのだ。プーたちが飲むコンデンスミルクの源が明らかにされるが、どこにも人影がないので、どこか牧歌的でもあるのだ。

牧歌では、家畜を放牧しているのが前提だった。テュルシスや山羊飼いたちが、気ままに歌を歌い笛を吹けるのは、ヒツジやヤギが勝手に草を食べているせいだ。そして、同じように養蜂でも、ハチはあちこちの花から蜜を集めるだけだった。ウシやヒツジが畜舎などに閉じこめられず、自由に歩き回ることで、束縛されないのどかな雰囲気を与えていた。そして、牧歌とはテオトリクスの時代から、都会による田舎の発見でもあった。作り手もそれを受容する者も、田舎暮らしをしているわけではない。テオクリトスは宮廷詩人となったし、ローマの詩人で『牧歌』や『農耕詩』を書いたウェルギリウスも、自身が小地主であり、田舎ののどかな風景は、あくまでも登場人物が対話をするための設定にすぎない。

ミルンは、プーの森のアルカディアの雰囲気を守るために、機械的な物や人工的な物を極力排除した。『たのしい川べ』でヒキガエル館のヒキガエルが、自分で車を運転して、冒険するのとは対照的に思える。ミルン一家はロンドン市内のチェルシーの自宅から、サセックスのコッチフォード農場まで運転手つきの車で通っていた。そうした森までの移動の部分は物語から消去されている。森のなかで、住民たちは、羽をもつものは飛び、他は徒歩で移動するしかない。それがいかにも自然らしいと見えるのだ。

【動物園とプーの森】

プーの森が、じつは橋も道も整備された環境だからこそ、アルカディアに見せるために、極力そうした人工的な要素を排除しなくてはならなかった。しかも森は利用されなくなると、繁茂する木や草花そして野生の動物によって原始的な状態となる。人間の痕跡が飲みこまれてしまうことで、かえって手つかずの自然という雰囲気が高まるのだ。それがアッシュダウンの森の状態でもあった。

とはいえ、他ならないプーの起源も外観もぬいぐるみである以上、森のなかでの人工性を完全に排除はできない。例外ともいえるのが、ラビットとオウルで、ぬいぐるみというデフォルメを経過していないのでそのままの姿で登場する。とりわけラビットは穴ウサギの系譜にあるからこそ、イギリスに生息していないクマよりも森に根づいたものに思えるのだ。だが、ピグレットやイーオーなど他の主要なキャラクターは、プーと同じくハロッズ百貨店で買ってきた人工のぬいぐるみの仲間たちだった。

プーのモデルのもうひとつが、ロンドン動物園で飼育されていたウィニーだった点も重要となる。ウィニーは一九一四年に子グマのうちにカナダで購入され、部隊のマスコットとして飼われ、一九三四年に動物園で亡くなったのだ。野生のクマの生活を知るはずものなかった。自然を飼いならして、安全に制御して見世物とする施設として、当時の動物園は設定されていた。動物の権利などの見直しで、檻に閉じこめるという扱いが変わったり、種の保存などの目的で役割が変化するのは二十世紀の後半からだった。

プー物語となった時点で、ぬいぐるみと動物園の動物は、どちらも人間に管理される存在として「野生」ではなかった。だからこそ、プー物語では、肉食動物（クマ、トラ）と草食動物（ブタ、ウサギ）が争うことなく共存できるのだ。動物ファンタジーの約束事といえばそれまでだが、動物を登場させる物語が、いつでも肉食を避けているわけではない。

たとえばミルンが偏愛したグレアムの『たのしい川べ』では、主要なモグラ、ネズミ、アナグマ、ヒキガエルたちは人間のような食事をとっている。雪のなかのアナグマの家では、「ベーコン、卵焼き、ハム、バタートースト」の朝食がネズミやモグラたちにふる舞われる（第4章）。また、ミルンの戯曲版で、「冷製タン、冷製ハム、冷製チキン、サラダ、コショウソウのサンドイッチ」（第1幕）などの昼食のメニューが並べられる。その際に、ブタやニワトリを食べるという意識はまったくない。

またプー物語と比較されることの多いヒュー・ロフティングの『ドリトル先生の話』（一九二〇）で始まるシリーズには、赤ん坊ブタつまりピグレットとおなじ子豚であるガブガブが出てくる。ガブガブは「カリフラワーに捧げる詩」を作るほどの詩人で、なおかつ美食家という設定である。『ガブガブの本』という料理本もだしているほどだ。ピグレットも、シェパードの没になった挿絵には鍋やフライパンが揃った台所が描かれているので、料理には造詣が深そうだ。ドリトル先生には、猫肉屋のマシュー・マグという重要な脇役が出てくる。ネコの餌用に肉を売っているのである。

動物ファンタジーではふつう意識されないが、食物連鎖や捕食を否定しないと、肉食と草食の動物の間で緊張関係が生じても不思議ではない。こうした点を描いたのが、H・G・ウェルズの『モロー博士の島』（一八九六）だった。南米の島でモロー博士がおこなっていた実験は、動物を人間に改造することだった。そして宗教的な誓いのもとに、弱肉強食は避けるはずだった。だが、「血の味」を覚えているヒョウやハイエナを改造した者は、ウサギなどを改造した者を襲って食べてしまうのだ。人間に改造しても弱肉強食という本能を消せずに、時間の経過とともに退化していくようすが描かれる。ウェルズはミルンの父親が経営していた学校の教師であり、ミルンの文学上の相談相手ともなってくれて、手紙のやりとりもしている。作品を知らなかったはずはない。ミルンはウェルズの描いた世界を転倒してみせたのだ。

そして、花も昆虫も登場して、森全体の生態系を描いているように見える。だがアルカディアとしてのファンタジー世界を守るために、クマやトラといった肉食動物を『たのしい川べ』や『ドリトル先生の話』よりも平和で安全な存在に描く必要があったのだ。しかも、犬や猫といったペットの排除もプーの森の人工世界に役立っている。『ぼくらがとても幼かったころ』に出てくる「子イヌとぼく」では、歩いているクリストファー・ロビンが、男や女やウマやウサギに会って話をし、最後に子イヌと出会う。そして丘で遊び回ろうと誘われると「いっしょに行くよ」と同意するのだ。

もしも、クリストファー・ロビンが、プーの森にペットとしてイヌかネコを持ちこんだら、その世界はたちまち瓦解したはずである。ぬいぐるみとペットを比較すると、ペットは多くの場合成長し、人間よりも先に死を迎えることで、生死を教えてくれる存在でもある。だが、ぬいぐるみは遊んでいると汚れたり壊れていくだけで成長はしない。永遠化が可能なのも、プーたちが最初から成長を前提としないぬいぐるみだったからなのである。

【散歩する詩人プー】

プーの森では、猛獣に襲われる恐怖が存在しないので、牧歌的な世界が維持できた。ピグレットは小動物であることの不安を口にするが、大きなプーと友情を結ぶことができるのも、プーがハチミツやコンデンスミルクで満足し、凶暴化しない点に支えられている。恐怖の対象となるウーズルもヘファランプも、じつはプーとピグレットの妄想の産物だったし、ティガーを「ジャギュラー」と間違えても、ティガー自身の好物は麦芽エキスだったので、安心できるのだ。

その代わり、森はプーに詩作のインスピレーションを与えてくれる。それを獲得する方法は散歩だった。『クマのプーさん』の第1章で、オークの上にあるハチの巣を発見したのも遠出をしたせいだった。そうした散歩中にプーは身体を動かし歩きながら詩歌を生み出す。「トゥララ」という鼻歌は散歩を彩る（『クマ』第2章）。そして雪のなかで身体を動かしていると歌が生まれるし（『横丁』第1章）、ティガーの後ろを歩いていても歌になる（『横丁』第2章）。

プーが歩くことと詩作には深いかかわりがある。そもそも「詩脚（foot）」とは、まさに詩の歩みそのものを指している。しかも「雪のなかの歌」など「二歩格」なので、右足と左足を交互に動かしてリズムをとるのにふさわしい。雪のなかを歩くのに適切な歌だ、とプーがピグレットに力説したのも当然なのである。

それに、古代のアリストテレスの「逍遥派」から、思索と散歩は結びつけられてきた。たえず「考える」を連発するプーにとって、歩くことがそのまま思索となる。ミルンの「子イヌとぼく」でも「歩くこと（walking）」と「話すこと（talking）」が韻を踏んでいた。歩いているプーは話すように詩歌を作るのである。

そして、ロマン派の詩人とりわけワーズワースは、労働の代わりに、散歩をしていると当時考えられていた［Burke 148］。すでに述べたように、『クマのプーさん』の第1章での雲に変装して風船で飛ぶこと自体が、ワーズワースの詩をヒントにもらった可能性もある。ワーズワースは湖水地方を歩いただけでなく、その成果として『湖水地方案内』（一八一〇）というガイドブックも書いている。

同じように、プーはまったく怠けているのではない。何もしないときでも森を散歩して、いままでにない詩を作ろうとしている。新しいものの「生成（ポイエーシス）」がギリシャ語の語源が「詩」であるように、プーは決して何もしていないわけではない。詩歌を作り出すことも立派な労働であり生産なのである。そこに、詩人ミルンの密かな誇りが込められているように思える。

しかも、プーは「詩とは向こうからやってくるものだ」と自己流の詩論を展開する（『横丁』第9章）。オウルの家のあった倒れた木を見たときに、詩は浮かび上がってきたのである。このように、プーが森で出くわすあらゆる出来事が、詩歌を作る材料として存在している。雪が降るなかを歩くという日常的な行為から、ピグレットによるプーとオウルの救出劇という英雄的な活躍までが、詩作のきっかけとなる。イーオーが「森のなかのすべての詩はプーによって書かれてきた」とプーを森の詩人と認定したのも当然である。

3　アダプテーションによる変容

【お話の続編】

ミルン本人がプー物語を小説二作と詩集二作で完結させたので、それ以上の続きの物語は執筆されなかった。その後ミルンとシェパードは、エピソードに分割して絵本などにし、クッキングブックを許可し、彩色版を出す形でマーケットに対応した。だが、要求があるにもかかわらず、続編そのものは手がけなかったのである。その代わり、パロディや模倣作が登場することになった。

パロディを含めた続編やシリーズの創作が氾濫するのは、人気作の宿命でもある。たとえば、シャーロック・ホームズ物は、コナン・ドイル自身によるたびたびの中止にもかかわらず書き続けられた。ライヘンバッハの滝に宿敵モリアーティと落ちた「最後の事件」（一八九三）でも最後とならず、引退して養蜂家となったホームズの姿が出てきた「最後の挨拶」（一九一七）でも続きが求められ、ようやく一九三〇年の作者の死によって、「ショスコム荘」（一九二七）で終了した。続きとなる新作で、ドイルはホームズが引退する以前の日付に事件を設定しなくてはならなかった。ホームズファンと出版社は、作者ドイルをホームズ物語の単なる記述者のように扱い、次回作の執筆を求め続けたのである。実際ドイルの側も、ホームズ物語には、高額の原稿料を要求できたのである。そして、作者の生前はもちろん死後も多数の模倣作や続編が作られてきた。ミルンもまたホームズ物のパロディ（「シャーロックの強奪」）を一作書いている。そうした動きが今度はプー物語に及ぶのは避けられない。

プー物語の正式な続編として、八十年後にクリストファー・ロビンが帰ってくる『百エーカーの森に帰る（プーさんの森にかえる）』（二〇〇九）が作られた。デイヴィッド・ベネディクタスの文章と、マーク・バージェスの絵によるものである。全体は十章の構成で、絵もそれなりに似せている。クリストファー・ロビンは自転車を乗り回し、オウルにメガネケースとか、ピグレットにピンクの耳おおいなどの道具が持ちこまれている。これはディズニー版アニメなどでおこなわれている現代化とおなじである。

特徴的なのは、ここではハチは「スペリング・ビー」というスペリングコンテストに替わってしまった（第2章）。しかも、全体に逸脱ではなくて勤勉な雰囲気が漂っていて、大学の真似事のようにオウルがラテン語を教えるといった話まで登場する（第7章）。クリストファー・ロビンが通う学校の制度が森のなかに本格的に侵入したのである。

そして、女性のロッティというカワウソの新しいキャラクターが登場した（第4章）。ロッティがラビットと初めて出会うのだが、これはカンガとルーや、ティガーの場合のような緊張関係をもたらすほどではなかった。第6章で、ロッティの住居が、オウルの家つまり旧ピグレット家の下に掘られることになり、建物の構造などが横断面で見えるようになった。そうしたリアルさが感じられるのも、今回の挿絵の特徴となっている。だがそれは家のなかがどうなっているのかを読者が空想する楽しみを奪っているかもしれない。

第8章のクライマックスにあたる盛り上がりのところで、ゲームとしてクリケットを導入された。プー棒投げに比べるとずっと保守的な選択に思える。だが、ミルンがJ・M・バリが結成した作家のクリケットチームの一員として、H・G・ウェルズ、コナン・ドイル、P・G・ウッドハウスとともに活躍し、クリストファー・ロビンにも競技を教えたことを踏まえている。ここでは、二本足組と、四本足組とにチームをわけて試合がおこなわれ、スコアまでつくのだ。

第9章でクリストファー・ロビンがプーに向かって「君はイングランドで唯一のクマじゃないかもしれないけど、世界のなかでたったひとつのかけがえのないクマなんだよ」というのが、一つの結論となる。書き手が八十歳を超えていたこともあり、全体としてノスタルジアの雰囲気が濃厚な作品となった。

その後九十周年を記念する春夏秋冬の四つの話をおさめた『世界一のクマのお話 クマのプー』(二〇一六)が出版された。ドラゴンと出会ったり、ペンギンが出てきたり、イーオー以外のロバが顔を見せたり、さらにナイル川の源流と小川がつながっているという話が含まれている。この年には、本書の冒頭で紹介した『プーさんと女王様の誕生日』という絵本も出ている。この絵本の内容は「バッキンガム宮殿」という詩を踏まえたものであり、クリストファー・ロビンがプーたちをつれて、森から電車に乗ってロンドンを訪れるのが新しい趣向となっていた。

どれもが、続編らしく慎重にミルンの世界観を守ろうと努めていた。ただし、致し方ないことだが、オリジナルがもっていたクリストファー・ロビンのプーたちからの卒業や永遠化による終わりや自己否定的な展開をもてないので、こじんまりとした作品となっている。それ自体が、作者たちがプー物語を読んでいたころへのノスタルジアに満ちているので、子ども向けというよりは、あくまでもかつて子どもだった大人向けの作品に見えてくるのだ。

【ディズニーのアニメ化】

世界中にプー人気をもたらしたのは、やはりディズニーによるアニメ作品だろう。一九三〇年にアメリカのスティーヴン・スレシンジャーが、北米での独占権を獲得してから、人形などのグッズの生産や、映画やラジオ放送、さらに漫画化といった商品化が進んだ［Mayo 155］。イギリスよりもプー産業が活発となった背景には、あらゆるところにビジネスチャンスを見つけるスレシンジャーの働きがあった。プーのコミックスなども含めた「メディアミックス」の仕掛けにより、プーと子どもたちが触れる回路が増えたのだ。

ウォルト・ディズニーが亡くなった一九六六年に、それぞれの未亡人であるシャーリー・スレシンジャーと、ダフネ・ミルンからディズニー社がプーに関する権利を買い取った。そこで自由に映画やテレビ化をし、グッズの販売もおこなっている。「プーさんのハニーポット」をディズニーランドに設置できるのも、ディズニーが権利をもつおかげである。プーはアメリカの文化に定着したといえるだろう。

アニメ作品はミルンの小説の順序を大胆に組み替えて作られてきた。それが良くも悪くも別物という評価を生み出した。第一作の「プーさんとはちみつ」(一九六六)は『クマのプーさん』の第1章と第2章をなぞっているが、外枠の子ども部屋は実写であり、しかもキャラクターが文字に足をかけたりできる設定も採用された。ただし、書かれているのはミルンの文章ではなくて、話の展開に合わせたディズニーオリジナルの文章だった。そして、歌詞もミルンのものではなくて、シャーマン兄弟が独自の歌を提供していた。ハチの騒動から、ラビットの家の玄関でプーが詰まる話が描かれる。

重要なのは、玄関の穴に詰まった話で、アメリカジリスのゴーファーが、新しいキャラクターとして登場したことだろう。ピグレットに替わってアメリカオリジナルのキャラクターを作ろうと試みたものだ。穴掘りの名人で、オウルと工事の値段交渉をする。これはプーの世界への労働者階級の導入である。だがピグレットに取って代わることはなく、何かがあると、穴の下へと落下する役目を帯びていた。

夜も詰まったままで空腹になっているプーの前に、夜勤のゴーファーが登場する。そしてランチボックを広げて、ハチミツを食べさせようとして、ラビットに阻止されるところがある。これはチャップリンの『モダン・タイムス』(一九三六)で、機械技師が機械に挟まって首だけ出たのを助手であるチャップリンがランチボックスを開けて食べさせる場面へのオマージュに思える。ゴーファーの労働者の姿がアメリカらしさをしめし、観客層を広げるとされていた。もちろんイギリス側の反発も大きく、「百エーカーの森の大虐殺」という記事が書かれたほどだ［Brilliant 164-65］。それは、プー物語をハードカバーで読む読者層と、アニメ映画を観に来る層の違いを踏まえたディズニーの戦略でもあった。ただし、アメリカ中西部の発音だった声優は、反対にあってイギリスアクセント風の声優に交替された。

また第二作の「プーさんと大あらし」（一九六八）は、ディズニーが完成を見ることなく死去してしまった記念碑的な作品でもある。「プーさんとはちみつ」に比べて自由にエピソードをつないでいる。まず『クマのプーさん』と『プー横丁の家』の二作のそれぞれのクライマックスとなる洪水とあらしの話の順序を変えて、あらしでオウルの家が倒れる。あらしで揺さぶられるたびにプーやピグレットが内部を移動するのは、チャップリン映画の『チャップリンの移民』（一九一七）の揺れる移民船や『黄金狂時代』（一九二五）の傾いた家などで知られる古典的なものだが、コミカルな動きがそのまま再現されている。そして壊れたオウルの家を探している話をイーオーがラビットから聞きつける。

ティガーがプーの家を訪れて消えていく。そこで、夜になってプーが警戒していると、いつの間にか寝てしまい「ズオウとヒイタチ」が襲ってくる夢を見てしまう。これはアニメならではの姿かたちの変容を見せつける見事な場面になっている。プーがおもちゃとはいえライフルを肩にかけて警戒をしているなかで、いつしか眠って見た夢だった。その悪夢では、ゾウとイタチがさまざまな色になり、縞やドットの模様をもちながら変化するのだ。極めつけはハチの姿で飛んで、プーのハチミツを盗もうとするゾウかもしれない。

そして、プーが気づくと洪水のせいで家が水浸しとなっている。ピグレットはガラス瓶のメッセージを流す。洪水によって、ピグレットは椅子の上に乗って、プーはハチミツの壺に頭を突っこんで流されてくる。滝に落ちたときに、偶然ピグレットをプーが助けたとされる。活躍を祝う英雄パーティの席にイーオーがやってきて、壊れたオウルの家の代わりを見つけたという。それはピグレットの家だったが、譲ることに決めるのだ。そこで、プーと、オウルに家をゆずったピグレットとの両方の英雄を讃える行進で全編が終わる。

第三作の「プーさんとティガー」(一九七四)が続いた。ティガーが中心となるがエピソードの順番を入れ替えていた。雪のなかでティガーが木から降りられなくなり、跳ねるのも雪の上となる。一九七七年には、三つの短編がまとめられ、最後に別れのエピソードが付け加えられたことで、一本の長編として『完全保存版』となって公開された。さらに第四作の「プーさんとイーヨーのいち日」(一九八三)が作られた。これは語り残したプー棒(小枝)遊びとイーオーの誕生日をめぐる作品であった。

この四本のアニメはプー物語の二冊の小説を、十のエピソードに分割してつなげて生み出された。ミルンの原作の順番どおりに提示しなくても、観客が納得してくれるという発見は、新しいオリジナル物語を生むヒントとなった。たとえば「プーが四季を発見する」(一九八一)は、クリストファー・ロビンからカレンダーを贈られたプーが、まさに春の草花や雨に始まり、次々と季節を感じていく内容で、ミルンの作品のエピソードとはあまり関係ない。

その後、数多くのオリジナル作品が生み出された。なかでも長編映画版の『くまのプーさん』(二〇一一)は、2Dであることを強調して、原点回帰をしている。本の枠組みや、文字による章立ても、本の文字とキャラクターが戯れるという仕掛けも、『完全保存版』を踏襲していた。プーがパラグラフの上を歩いたり、ぶつかった文字が崩れたりするのも、最後のエンドクレジットの上昇する文字をキャラクターたちがくぐり抜けるところまで遊び心に満ちていた。

イーオーが尻尾をなくす話（『クマ』第4章）は、代用品を探す話となる。風船や傘などの候補が次々とつけられる。クリストファー・ロビンの家に貼り紙があって、バクスン（スグモドル）という怪物がいることになる（『横丁』第5章）そして、穴を掘って捕まえるために、ラビットの指揮のもとで軍隊的な一団が組織化される。さらにティガーがイーオーを改造してティガー2号とする話などがはさまっている。

ハチミツを渇望するあまりに、プーがハチの模様になって、ハチミツの海を泳ぐ歌の場面では、最後は泥をすすっているというオチとなる。バクスンをめぐる騒動もヘファランプ騒動を下敷きにして騒ぐことになる。そして、ハチミツを求めて森のなかを歩き回ったプーは、イーオーの尻尾をオウルの家で見つけるのだ。

この長編作品では、ミルンの小説と、初期の『完全保存版』を組み合わせつつ、新しい展開を図ったのである。ディズニーアニメそのものが、アニメーターたちにとって真似したり参照するオマージュの対象として古典となっている。しかも最後の文字通りの「オチ」まで、細かなところまで計算されているのだ。

他のディズニーオリジナルは、たとえばミルンでは慎重に避けられていたヴァレンタインや感謝祭やクリスマスなどの年中行事を取りこんでいる。テレビでの放送などを考えると、これは視聴者に合わせた題材の選択でもあった。またヘファランプの子どもであるゾウのランピー、ピグレットから生み出されたピグリー族のように新しいキャラクターを増やすのは、ゴーファー以来の伝統ではあるが、もはや「原作にはない」といった自己言及の必要はない。セル画、ぬいぐるみアニメ、CG、さらに3Dと表現媒体を変えながら、実写との合成などにまで至るのである。ただし、物語の舞台はどこまでもプーのいる百エーカーの森から離れないことが求められている。

【パンダコパンダとトトロ】

アニメにおいて、ディズニー版に対抗したのが「東洋のディズニー」を目指して設立された東映動画に所属した高畑勲と宮崎駿のコンビだろう。その後日本アニメーションなどを経て、スタジオジブリを設立することになる。そして『もののけ姫』以降、ディズニーがジブリに出資し、海外の配給権を握っている。

宮崎は、自分が選んだ岩波少年文庫の五十冊について短い感想や思い出を述べた『本へのとびら』(二〇一一)で、『クマのプーさん』に触れている。「アニメで知っている人も多いでしょう。でも原作はくらべものにならない素敵なおはなしです」と書いている［宮崎 二〇］。このアニメがディズニー版を指すのは間違いないし、ミルンとシェパードによる作品のほうを高く評価している。とりわけシェパードの挿絵については、『たのしい川べ』に触れて、有能なアニメーターになっただろう、とまで高く評価している［宮崎 二四］。

さらに『クマのプーさん』を学生時代に近所の子どもに読み聞かせて感動させたことがあったと

述べているので、アニメーターになる以前に読んでいたとわかる。宮崎が紹介した岩波少年文庫の多くは、東映動画に入社してからネタ探しに読んだ作品で、それ以前から親しんでいた『クマのプーさん』や『ふしぎの国のアリス』はどうやら別格らしい。おかげで、プーではなくウィニーというクマのぬいぐるみに、スリの子ポリィが宝石を隠す話が、一九八四年に劇場公開された『名探偵ホームズ』の「青い紅玉《ルビー》の巻」に出てきたほどだ。

宮崎がディズニー版への反発を踏まえ、自分なりにプー物語を咀嚼《そしゃく》したのが、『パンダコパンダ』（一九七二）だろう。監督は高畑勲だが、原案や脚本など骨格になる部分は宮崎駿が担当している。上野動物園にパンダが来ることになり、パンダ好きの高畑が考えていた企画が浮上した。東映動画の『白蛇伝』（一九五八）で登場したパンダが、資料もなくて不正確に描写されていたのを訂正することにもなった。

動物園から脱走したパパンダとコパンダのパンダ親子が、祖母が長崎へ法事に行って一人暮らしとなったミミ子の家にやってくる。パパンダが竹やぶに執着するのは、まさにハチミツに執着するプーであろう。そしてコパンダ（パンちゃん）はぬいぐるみのように扱われる。

登校するミミ子を追いかけてきたコパンダは、ぬいぐるみとして学校に入りこむ。ミルンの「はじめに」で、学校へ連れて行くのにはプーは無理だが、ピグレットなら大丈夫というのを実現している。そして、コパンダは学校の給食室に忍びこみ、給食のカレーまみれになった「黄色いクマ」として騒動を起こすのだ。これは明らかにプーへのあてつけである。

パンダは「熊猫」と表記されてクマのイメージをもち、まさに動くぬいぐるみとして愛されている。

しかも、パパンダが、動物園でタイムカードを押して、電車で帰ってくる通勤のようすが描かれたことで、平凡な日常の繰り返しという印象を強めたのである。

『パンダコパンダ』におけるプーの影響はヒント程度だったが、続編の『パンダコパンダ 雨ふりサーカスの巻』（一九七三）は、プー物語から借用されたアイデアが骨格となっていると断定できる。

町にやってきたサーカス団から逃げ出した、トラの子のトラが、ミミ子の家に夜やってくる。探すために追いかけてきたサーカスの団長たちはパンダを見て逃げ出してしまう。これは明らかにティガーがプーの家を訪れた話（『横丁』第2章）の語り直しである。もっとも、プーは自分のベッドで、ティガーは床に寝るのだが、トラはコパンダと仲良くひとつのベッドで眠りにつく。それをミミ子がカンガのように見守るのである。コパンダはルーでもあるのだ。

翌日サーカスを見に行く予定となっていた夜に雨が降り出し、それが洪水となる。家の周りが水浸しとなり、庭に魚が泳いでいるようすが出てくる。まさにピグレットの家が孤立した洪水の話そのものである。しかも、宮崎監督作品として、この洪水のモチーフはのちに『崖の上のポニョ』（二〇〇八）でも繰り返される。

自宅の一階が水浸しとなり、屋根の上に避難していたミミ子たちだが、トラが乗っていたサーカスの玉が流れてきた。引き上げるとトラの足あとがついた手紙が入っている。「助けて、助けて、トラ」と書いてあるとパパンダが読解するが、まさにピグレットがガラス瓶に「助けて」と書いたものの再現となる。「決議文」のティガーの署名が汚点だったのとつながる。そこで、ミミ子たちは傘ではなくて、ベッドを浮かべて助けにいく。たどり着いた町が「島みたい」というのも、クリストファー・

ロビンの家の高台を思わせる。

二部作を通じて、クリストファー・ロビンではなくて、ミミ子の世界にパンダ親子が訪れる話になった。これは、「エブリデイ・マジック」の系譜にあるのだと高畑は二〇〇一年のインタビューで説明していた［DVD版特典映像］。その後、高畑は日常を舞台にした緩やかなテンポの作品でも子どもたちを惹きつけると自身を得て、『アルプスの少女ハイジ』（一九七四）や『赤毛のアン』（一九七九）といった作品を作っていった。それに対して、この二部作を通じてプー物語を咀嚼した宮崎が、決別を遂げようとしたのが『となりのトトロ』（一九八八）だろう。

ピグレットがドングリを植えている話があったが、ドングリはトトロに直結する。しかもドングリから芽が出る場面がある。森の王や森の詩人とされるプーに、ピグレット的な主題が結合したのだ。アッシュダウンの森と重なりながらも、そこに武蔵野の「里山＝人工林」の風景を描き出している。

繁茂しているように見える里山だが、人間に利用されずにいるせいで荒れていることがわかる。それはトトロが眠るクスノキのある神社の荒廃からもわかる。鳥居も灯籠もあるのだが、人々から忘れさられている。それは、「サンダース氏」や「トレスパッサーズ・W」の表札に似ている。サツキたちが引っ越してくると、玉突きのようにマックロクロスケが引っ越す話も、イーオーやピグレットが体験した引っ越しが下敷きかもしれない。そして、トトロやマックロクロスケが見えるのが、サツキやメイが大人になるまでというのは、プーとクリストファー・ロビンの主題を繰り返したものである。

【プーになった警官】

数あるハリウッド映画のなかでも、プー物語それもディズニー版のアニメ「プーさんとはちみつ」のイメージをうまく借用した例が、ブルース・ウィリスが主演したジョン・マクティアナン監督の『ダイ・ハード』(一九八八)だろう。現在ではクリスマス映画の定番作品に数えられている。

この映画が、著者の希望で、原作小説の退職した刑事の父と石油会社に務める娘という設定を変更する必要がでたとき、シナリオを担当した者の脳裏にプーのアニメが浮かんだに違いない。もちろん、アクション映画で、派手な銃撃と殺害の場面がふんだんに出てくるし、エレベーターを使ったアクションや、爆破も売り物となっていて、プー物語とは対照的な世界である。それだけに、公開当時の大人の観客が共有する記憶として、ディズニー版アニメが参照されていても不思議ではない。

ロサンジェルスで、クリスマスのパーティを開いているナカトミ商事の高層ビルをテロリスト(を装った一味)が襲う。それを阻止するのがニューヨークの警官ジョン・マクレーンだった。別居中の家族と会うために飛行機でやってきたのだが、高所恐怖症を見破られて、となりの席の男から、着陸したら裸足で絨毯の上を歩くことを勧められる。そして、ラックから娘のクリスマスプレゼントらしいFAOシュワーツ製の大きなテディ・ベアを取り出すのだ。クリスマスの玩具で有名な店のニューヨーク土産というのが鍵だが、このテディ・ベアは、迎えに来たリムジンの後部座席に座らされたまま、映画の最後まで地下の駐車場で主人の帰りを待っている。マクレーンは、大人になったクリストファー・ロビンのようにも見えるが、実際にはプーの役割をはたすのだ。

エレベーターでビルを登ったマクレーンは、別居状態の妻のホリーと再会して話をする。だが、そこにテロリストが乱入して、裸足で逃げ出したマクレーンは、工事中の高層階に逃げて、「考えろ、考えろ」と自分に言い聞かせる。これは明らかにミルンの小説ではなくて、ディズニー版のプーが「考えろ、考えろ、考えろ、考えろ」と繰り返して耳がぴんと立つようすを借用したものだ。マクレーンはタカギ社長が殺害されるのを目撃して阻止できなかったことを悔やみ、やはり「考えろ、考えろ」と繰り返す。そして火災警報を出すことを思いついて、消防車を呼び寄せようとした。

このように次々と新しい手を思いつくマクレーンの行動が、テロリストの親玉のハンスの立てた緻密な計画を台無しにしてしまう。テロリストの死体にサンタクロースの帽子をかぶせ、「マシンガンはもらったぜ、ほう、ほう、ほう」とシャツに書き記すのも、詩で「ほう（ho）」を連発するプーを連想させる。ビルの三十階に一度登ったあとで、マクレーンは数々の落下を体験する。さすがにマクレーン本人はプーのように地面まで落下しないが、代わりにテロリストたちが落ちるのだ。もちろんぬいぐるみではないので、そこにあるのは死である。ラビットのように緻密な行動計画を策定したハンスだが、失敗をして自業自得の結果となる。

プー物語が『ダイ・ハード』に与えたインスピレーションは作品の一部にすぎない。だが、プー物語で第一次世界大戦で傷ついた者が描かれていたとみなすと、ここで借用された理由もはっきりと見えてくる。ビルのなかでテロリストと戦うマクレーンと、地上で応援するロス市警のアルがいる。店でドーナツを買いこむアルのほうが、体型も含めて、大食らいのプーのイメージに合っている。そして、両者がしだいに戦友の感覚をもつのは、それぞれの傷のせいである。

マクレーンは結婚生活が破綻しかけていて、テディ・ベアをプレゼントにもってきても、子どもたちのいる妻の家に泊まるかどうかは定かではなかった。また、アルも巡回中に子どもを間違えて撃ってしまったことのトラウマから立ち直れずにいた。その二人が、テロリストたちと向き合うなかで、戦友として相棒となることで、東海岸と西海岸との所属の違いや人種や民族を超えて心がふれあい、プーとピグレットにも似た友情や共感が育つのだ。

しかも、ここには第二次世界大戦やヴェトナム戦争の傷跡が重ねられている。マクレーンはパーティ会場を見て、「クリスマスを日本でもやるとは思わなかった」と言うと、タカギ社長は「我々は柔軟だ。パール・ハーバーはうまくいかなかったので、今はテープデッキをあんたたちに売っている」と返答する。タカギ社長は戦争中に強制収容所に入っていた日系アメリカ人という設定だった。また、テロリストのハンスたちがドイツ語で会話をするように、ここには第二次世界大戦の記憶が混じっている。そして、FBIの特別捜査官がヴェトナム戦争を思い出して、ヘリコプターでビルを急襲しても、プーの風船によるハチミツ強奪が失敗したように爆破に巻きこまれて失敗するのである。

もちろん、マクレーンとプーとが正確に対応するわけではないが、警察署長やFBIの特別捜査官といった上の立場の者の愚かな会話や行動は、オウルやラビットに通じるところがある。アクションだけだと深刻となる話に、この映画はどこか笑いを与えている。そして、高層ビルに登って、ハチミツならぬ六億四千万ドル相当の債券を強奪しようとしたテロリストたちの企みが潰えてしまった。雪の代わりに白い債券が舞い散るようすが、クリスマスの祝祭的な雰囲気にふさわしい終わりとなっている。『ダイ・ハード』がクリスマス映画の定番のひとつとしてテレビで放映され続けるのは、背後に溶かしこまれたディズニー版アニメのイメージのおかげなのである。

【対照的なクリストファー・ロビン】

出版九十年を経て、プー物語の続編ではなく、クリストファー・ロビンに焦点をあてた二本の映画が作られた。ひとつはドーナル・グリーソンがA・A・ミルンに扮したイギリス映画『グッバイ・クリストファー・ロビン』（二〇一七）であり、もうひとつがユアン・マクレガーがクリストファー・ロビンを演じたディズニー作品の『プーと大人になった僕』（二〇一八）である。二つの映画のクリストファー・ロビンの扱いが、そのままイギリスとアメリカにおけるプー物語の受容の違いをしめしてもいた。

『グッバイ・クリストファー・ロビン』は事実関係を脚色しながらも、伝記映画を志向している。ロンドン動物園でウィニペグにハチミツをあげる子どもたちはいないし、チェルシーの邸宅や小学校の話もない。だが、プー物語製作の背後にあった両親と子の確執や世相との関係を描き、A・A・ミルンとクリストファー・ロビン・ミルンの両者の戦争体験を浮かび上がらせる。

一九四一年にクリストファー・ロビンの「行方不明で死亡と推定される」という公報が、自転車を漕ぐ女性によって、コッチフォード農場に住む両親のもとに届けられるところから始まる。そして、受け取ったミルンが、クリストファー・ロビンとの思い出のクリケットのボールを空に投げることで爆発し、過去のさまざまな出来事が回想されるのだ。まずは第一次世界大戦の戦場だった。

そして、シャンパンを抜く音や照明さらにハチの羽音が、戦場を思い起こさせることにミルンは苦しむ。ロンドンを避けるために田舎であるアッシュダウンの森の農場を別荘として買い取るのだ。

ミルンを戦場でシェルショックを受けた人物として描くことで、プーの森で人工的なものを忌避したのが、第一次世界大戦の体験からの影響を避けようとしたせいだと解釈される。しかもシェパードも同じ体験をしていることを、高台から五百エーカーの森を見下ろして、緑が繁茂した景色を「フランスの戦場もこんなになっているか」と述懐することでしめされる。ソンムの戦いという共通体験が語られているのだ。

この映画では、子育てをナニーに任せた母親のダフネと、ナニーとなったヌーことオリーヴとが対立する。ダフネは、出産で死ぬ思いをしたので、それ以降クリストファー・ロビンに距離をとるようになる。そして、中産階級の女性らしく、子育てはヌーに任せて、夫婦でイタリアへ一ヵ月遊びに行く場面も出てくる。しかも、ダフネは、戦争のせいで男性不足だから、未婚のヌーのような優秀な「余った女」を雇えると断定する。そして、ヌーが恋愛をすると、プロとしての心構えが欠けていて、裏切られたと叱るのだ。

ハロッズで買ったぬいぐるみに声色を使ってクリストファー・ロビンを喜ばせたのはダフネだったが、自分はロンドンやニューヨークでの社交生活を楽しむ。さらに母親とナニーたちが不在の間、ようやく父と息子が親密となったのである。実際のクリストファー・ミルンも、結婚をめぐる両親との対立以降、とりわけ母親のダフネとは疎遠になっていた。

マスコミがクリストファー・ロビンを見ようと森に押しかけてきたり、プロモーションのために、写真撮影やパーティに連れていかれる。そうした姿を見て、ヌーは「クリストファー・ロビンをこれ以上見世物にするな」と辞職を賭けて訴え、ようやくミルンは書くことをやめるのだ。その際に、ミルンの文学的野心から大人向けの作品に向かったという側面や、続編の『プー横丁の家』が終了の話として設定された点は無視され、原因は家族間の心理的な葛藤に限定されてしまった。

物語内に描かれていたクリストファー・ロビンとプーの関係こそ、父のミルンと子のクリストファー・ロビンの関係を投影したものだった。そして、個人的な体験や思い出を物語にしたせいで、パンドラの箱を開けてしまった。父と息子は多くの心理的な傷を負うことになる。マスコミの取材や、サインをねだられ、さまざまな好奇の目が向けられてプライバシーを喪失してしまうのである。

ギリシャ神話のパンドラの箱の最後に残っていたのが希望だとされるが、この映画でも希望は最後にしめされる。行方不明で死亡が推定されたクリストファー・ロビン・ミルンは、ビリー・ムーンとして戻ってくる。自分の個人的な思い出から発した物語のせいで、学校では階段で突き落とされるいじめにあい、身元がばれると、どこでも子ども扱いされた。徴兵検査も不合格で、ようやく父親のコネで出征できたのである。

彼は自分が物語の主人公の子どもでなくて、立派な大人だと証明する必要があったのだ。その戦場で、プー物語の替え歌を聞いたことで、同世代の世界中の子どもに共有されている事実を受け入れたのである。それが最後の希望となっている。ただし、「他の者のものになる前はぼくらのものだったよね」と父親に確認するのを忘れてはいない。

このように『グッバイ・クリストファー・ロビン』が伝記的な事実に基づいて戦争に向かう父と息子を中心に描いた物語だったのに対して、ディズニー作品の『プーと大人になった僕』（原題クリストファー・ロビン）は、虚構としてのクリストファー・ロビンを取り上げて、そこにミルン父子の確執の主題を盛りこんだ。

仕事人間クリストファーが自分の家族を取り戻すというある意味定番の話である。そして、ミルンの小説では、分離されていた二つの世界が、行き来できるものとなった。CGで作られた立体のプーたちが、百エーカーの森やロンドンのなかを動き回る。プーはぬいぐるみのままの姿で、眉毛や目蓋も描かれていないし、手足の動きもぎこちない。それに対して、ラビットとオウルはリアルなのである。

会社につとめるクリストファー・ロビンは、かばん部門の売上の低迷で業務効率化を求められて、ストレスを抱えていた。娘のマデリンとも名門の寄宿学校への進学をめぐってすれ違いとなっている。森のコテージに妻と娘が週末を過ごしに行くが、クリストファー・ロビンは仕事でロンドンの家から離れられないのである。現実のクリストファー・ミルンは書店を開き、妻の名はレスリーで、娘はクレアでマデリンではない。

マデリンはプー物語の本が存在しない世界の住人なのだ。そしてマデリンが見つけ出してきた父親が描いたプーたちの絵にハチミツがかかったことで、プーが眠りから覚める。森のクリストファー・ロビンの家の扉を開けると、ロンドンにやってくる。送り返すために、クリストファー・ロビンは、ハートフィールドへ向かう。そして、穴をくぐり抜けると百エーカーの森へとたどり着く。

会社で効率化を求めて疲れているクリストファー・ロビンが、仲間を再発見していく物語となっている。映画の冒頭が、『プー横丁の家』の最終章の再現となっていたが、大人となって少年時代の世界を追体験する。クリストファー・ロビンは仲間の信頼を得るために虚構としてのズオウと対決し、本当の敵としてのヒイタチ（ウーズル）と名前が似ているウィンズロウ商会の二代目をぶちのめすのだ。

過去の自社作品へのオマージュを忘れないディズニーらしく、プーのアニメ作品と同じ時期に製作された『メリー・ポピンズ』（一九六四）が念頭にある。実写とアニメの融合作品という手法が共通するだけでなく、扱われた主題も変奏されている。銀行につとめている父親のバンクスと二人の子どもたちの断絶が、ポピンズの働きによって修復していく話であった。しかも、絵のなかでのメリーゴーラウンドや競馬や狐狩りの冒険だったり、笑いガスで宙に浮いたお茶会というファンタジーの体験を通じてだった。それが『プーと大人になった僕』では百エーカーの森の体験に転化されている。クリストファー・ロビンの勤め先にかばん会社が選ばれたのも、メリー・ポピンズが持ち運ぶカーペットでできたかばんが借用されたのかもしれない。

ただし、『メリー・ポピンズ』との違いは、クリストファー・ロビンとマデリンとの断絶を作った理由にある。仕事で忙しくて、子どもの将来のために教育に口うるさい父親というのは共通している。そもそも父親が仕事と家族のどちらを選択するのか、というのはホームドラマの定番ともいえる。そして、『メリー・ポピンズ』では凧あげをいっしょにやることで、子どもたちと父親が和解した（原作でマイケルの凧の話が出てくるのは続編の『帰ってきたメアリー・ポピンズ』の冒頭だが）。

ところが、マデリンには戦争の影がある。クリストファー・ロビンは寄宿学校にいる間に父親を失う。そして、今度は第二次世界大戦に出征したせいで、彼の家族は父親不在のまま母と娘だけで過ごすことになったのだ。一九四四年二月十一日の空襲に襲われる危険がラジオから流れ、なかでマデリンの三歳の誕生日を祝う場面が出てくる。これはイーオーの誕生日の話を踏まえている。そのころクリストファー・ロビンは戦場で攻撃を受けていた。父親が戦場で戦う話は、戦争を続けているアメリカでは、一定のリアリティをもつ設定でもある。『グッバイ・クリストファー・ロビン』のように戦場を出す直接的な描き方をしてはいないが、現在の社会生活とつながる要素が間接的にしめされているのだ。

クリストファー・ロビンの家族三人が百エーカーの森でお茶を楽しむというのがエンディングとなる。木に作られたクリストファー・ロビンの家のドアをくぐり抜けて、百エーカーの森に入ってくるのだ。もはや、個人の夢の世界ではなくて、家族が共有する思い出となる。最後に、同じ赤いチョッキを着たクリストファー・ロビンとプーとが寄り添うことで、両者がもつ永遠の絆がしめされている。おかげでクリストファー・ロビンの体験や思い出のなかで物語が完結してしまった。もしも、世界中の子どもにプーや百エーカーの森が必要だとすると、マデリンが父親のぬいぐるみと同じものを喜んでよいのかには疑問がある。その点で、マデリンがティガーといっしょにジャンプをするところに、新しい可能性が見いだせるのかもしれない。

二つの映画は、プー物語が発表されて九十年以上を経過しても、背景を掘り下げたり視点を変えることで、アダプテーション作品が生み出せることを証明してみせた。そのときに重要なのは、魔法の場所に誰と誰が並んで座るのかである。『グッバイ・クリストファー・ロビン』では、ミルン父子だった。『プーと大人になった僕』では、プーとクリストファー・ロビンである。そうした置き換えができる点も、プー物語の魅力なのだ。

◉おわりに　森のプーさんとプーさんの森

プーの人気を支えてきたのは、皮肉にもイギリスの森にクマがいないという現実である。中世から王侯貴族が森でキツネやシカを狩ることはあっても、野生のクマとの闘いはなかった。クマは千五百年前ごろまで生息していたことが、骨などからわかっている(＊)。死に絶えたあとのクマの痕跡は、「クマいじめ」のように動物とイヌなどを闘わせて見世物にするために北欧などから輸入された個体のものであった。ロンドン動物園で飼育されていたウィニーもカナダ産である。

マイケル・ボンドの『パディントンという名のクマ（くまのパディントン）』（一九五八）で、パディントンベアが、「暗黒の地ペルー」からやってきた設定なのも不思議ではない。マーマレード好きなのは、コンデンスミルクも好きなプーと共通しているが、イギリスに「移民してきた」という設定であり、英語もおばのルーシーから習ったと答えている。そして、パディントンが活躍するのは、ブラウン一家と出会った駅名に由来するようにロンドンなのである。

ぬいぐるみとクマのいないイギリスの森とを結びつけたのはプー物語の功績である。そして、森の環境で動くぬいぐるみの話があったからこそ、スター・ウォーズのエピソードⅥ『ジェダイの復讐（帰還）』（一九八三）に出てきた森の惑星エンドアに生息するイウォーク族も構想できたのだ。それに、テディ・ベアの名称の発祥の地としての自負もあったのだろう。クマのぬいぐるみのようなイウォークの活躍は人気があり、スピンオフ作品も公開された。ただし、イオークたちは弓矢や投石で帝国軍を攻撃する戦士もいて、平和な一族ではない。エンドアは、アメリカクロクマやグリズリーさらにはホッキョクグマまでいる北米の森のイメージをもっているのである。

クリストファー・ロビンと「ウィニー・ザ・プー」との友情は、男の子がクマのぬいぐるみと遊ぶことが広く存在することに基づいている。挿絵担当のシェパードの息子グレアムがもっていたシュタイフ社製の「グロウラー」がプーのモデルとなった。こうしたクマのぬいぐるみと遊ぶのが許容されるのは、小学校低学年くらいまでで、卒業すべきものだった。クリストファー・ロビンが去ってしまうのは、単に学校に通うからだけではない。大人の男となるために卒業するのであり、ぬいぐるみと遊ぶのは子どもっぽい愛着として否定される。実際に本人も六歳でぬいぐるみへの興味を失っていた。

しかしながら、エキセントリックな印として、ぬいぐるみ愛好が許容される場合もある。イヴリン・ウォーの『ブライズヘッドふたたび』（一九四五）に出てきたのが、「アロイシアス」というテディ・ベアをいつも抱えて、毛づくろいの櫛も持ち歩くオックスフォード大学生セバスチャンだった。ウォーの親友で桂冠詩人となったジョン・ベチュマンとその「アーチー」をモデルにしている。しかもベチュマンはアーチーとゾウのぬいぐるみのジャンボとともに永久の眠りについた。残念ながら、クリストファー・ミルンはそうした幸福な一生を送ることはできなかった。

また、動くぬいぐるみとしてテディ・ベアが表現される場合もある。スティーヴン・スピルバーグ監督の『A.I.』（二〇〇一）では、デイヴィッドという子どものロボットは、動くテディ・ベアをママから「スーパートイ」だから仲良くしてと紹介される。だが、テディのほうは「おもちゃじゃない」と反発する。ロボットの二人はその後冒険をともにし、二千年後に地球が氷結して人類が死に絶えたあとで、訪れたやはりメカである宇宙人によって発見される。そして、デイヴィッドの内部の記憶から、ママとの生活さらには一日だけ生存するクローンを再現してもらうのだ。テディが、デイヴィッドの最期を見届けているところで終わる。その限りにおいては人間よりも長生きをするぬいぐるみの姿がここに見受けられる。

さらに、子どもの成長にあわせてテディ・ベアが成長するという設定の映画『テッド』（二〇一二）もある。ある意味で、大人になったクリストファー・ロビンとプーの関係である。だが、ここでのテッドは、「喋ってくれたら」と願ったジョンに下品で辛辣な言葉を吐き、車を運転し、スーパーのレジで働く存在である。ジョンとテディという独身男二人に、ジョンの恋人のロリーがからむコメディとして描かれている。同時に、男の子がテディ・ベアを卒業できなかったらどうなるのか、という設定の話でもある。このように、プーとクリストファー・ロビンの主題は変奏され続けてきたのだ。

プーはクリストファー・ロビンの騎士となったが、君主の代わりにプーの森という領地を治めるのである。その話に合わせるように、現実のアッシュダウンの森で、プー棒投げをおこなう橋や、高台から森を見下ろす魔法の場所が整備されてきた。観光地として商業化されたともいえるが、フィクションが森を守ってもいる。そもそも道路も橋もすでに存在していて、人の手が入った森であり、まったくの手つかずの森ではなかった。

この物語に、ミルンが子ども時代の兄と遊んだ思い出と、父親になってからのクリストファー・ロビンとの思い出を封じこめたように、それを読んだ者は自分の思い出を封じこめることができる。そして、物語を通して、ぬいぐるみとの遊びが、子ども部屋だけで完結せずに、プーの向こうに森を連想する回路ができあがるのだ。物語のおかげで、「森のなかにいるプーさん」だけでなく、ぬいぐるみの向こうに「プーさんのいる森」が浮かび上がり、単体では不可能な広がりをもつのである。パディントンの向こうにロンドンが見えるとすると、プーの場合は百エーカーの森や六本マツしか考えられない。しかも、文学の森がさらにプーの世界を彩っているのである。

『プー横丁の家』の第9章で、プーは、詩人が詩歌を捕まえるのではなく、詩歌が「君を捕まえるもんだ」と言う。これは詩論であるとともに、ぬいぐるみ、ひいてはプー物語が読者を捕まえる事情を語っている。森に潜んでいたクマに不意に襲われたように、いちど取り憑かれると、その魅力はハチミツのようで、頭を突っこんでプーのように壺の底まで舐めてみたくなるはずだ。そしてプーとクリストファー・ロビンが離れられないように、読者がプー物語やそのキャラクターたちから抜け出すのはなかなか難しいのだ、と私は思う。

（＊）https://www.bbc.com/news/science-environment-44699233

◉あとがき

本書は、『クマのプーさん』と『プー横丁の家』の内容を一章ずつたどりながら、出版から一世紀になろうとするのに、今でも多くの人を魅了する秘密を探ろうとした本である。同じようにクマを主人公にしたファンタジー物語はたくさんあるが、何よりもミルンの本文とシェパードの挿絵を組み合わせたプー物語が人気のうえで群を抜いている。

プーとその物語は熱心な読者や愛好家による崇拝の対象であるとともに、プーのでっぷりとした姿は「保守党支持者」（シリル・コノリー）といった辛辣な批評を浴びる場合もあった。しかも、皮肉なことに、作者のミルン本人も、息子のクリストファー・ロビンも、さらには挿絵のシェパードも、この作品と関わらなければ、別の人生を歩けたのではないか、と思って悩んだのも興味深い。当事者には一種の呪いとなった作品であり、それはある意味で悲劇的ともいえる。

『クマのプーさん』を最初に知ったのはディズニー作品からだった。とりわけピグレットを吹き替えた小宮山清の声が耳に残っていて、他の声だと英語ですら今でもどこか違和感を覚える。ペットや野生の動物を観察して生まれた話ではなくて、大量生産品である「ぬいぐるみ」という人工物から物語が生み出された点もおもしろかった。モデルになったのがぬいぐるみなら、完全なコピーを手に入れることも難しくはないはずだ。だが、それがはたしてプーといえるのかは疑問である。オリジナルとコピーという議論しつくされたように思える問題に新しい光を与えてくれる作品だと思う。

また児童心理学者のウィニコットの提唱した「移行対象」に関連した本を読んでいると、プーも例にあがっていて、自分にもお気に入りのタオルやぬいぐるみがあったことなどを思い出した。そうした点も森で活躍するぬいぐるみのクマの話を身近に感じさせる理由だろう。クリストファー・ミルンのぬいぐるみから発した個人的な物語が、世界中に共有されるようになった経緯や秘密はやはり興味深いのだ。

今回あらためて二冊の小説と二冊の詩集を読んでみて、児童文学というレッテル貼りはそれほど意味がないと感じた。本文と第一次世界大戦との密接な関係や、二作目の詩の歴史との思わぬつながりを発見して、長年魅力を保ってきたのにはそれなりの理由があると確信した。とはいえ、プー物語を使って哲学や心理学の歴史をたどるとか、東洋思想を語ろうとか、ビジネスのお手本にしようとは思わなかった。すでに先例が数多く存在するからだ。本書はそうした方面にプー物語を参照する向きとは一線を画したつもりである。あくまでも残された作品を文学の流れや歴史や文化の文脈で読むことを心がけた。

執筆の間に励ましてくれたのは、スティーヴン・フライがプーを、ジュディ・デンチがカンガを演じた見事な音声ドラマ版と、ピーター・デニスによる朗読版のCDだった。とりわけドラマ版のキャラクターの発音の差異は、翻訳はもちろん原文をただ読むだけでは理解できない物語の奥深さを伝えてくれた。ディズニー版アニメの音声だけでは、ピグレットやラビットの発音の階級的な差などが直感的に掴めなかったと思う。なお、文中の敬称はプーさんも含めて略したことをお断りしておく。また、表記には第一次世界大戦当時を考慮して「看護婦」などを使用している。

いつもながら高梨治氏には、企画段階からお世話になった。一言謝辞を述べておきたい。「本が本を産む」というのが小鳥遊書房の標語だが、それにふさわしい本になったのかどうかは、読者の判断を待ちたい。

二〇二〇年一月吉日

小野俊太郎

◉参考文献

【ミルンの作品】

When We Were Very Young（Dutton Children's Books, 2009）
Winnie-the-Pooh（Dutton Children's Books, 2009）
Now We Are Six（Dutton Children's Books, 2009）
The House at Pooh Corner（Dutton Children's Books, 2009）
The Complete Tales of Winnie-The-Pooh（Dutton Books for Young Readers. 1996）
Winnie-the-Pooh（Puffin Books, 1992）
The House at Pooh Corner（Puffin Books, 1992）
Winnie-the-Pooh, the Original Version（Ishi Press, 2011）

*

If I May（Methuen & Co. 1920）"The Case for the Artist""The Watson Touch" 所収
First Plays（Chatto & Wnidus, 1921）"The Boy Comes Home" 所収
Second Plays（Chatto & Windus, 1921）"The Camberley Triangle" 所収
Toad of Toad Hall（1929 Samuel French, 1932）
It's Too Late Now: The Autobiography of a Writer（Methuen & Co. 1939）［Autobiography と略］
Alan Alexander Milne-The Complete Collection（Benjamin, 2018）Kindle本

＊

『クマのプーさん　プー横丁にたった家』石井桃子訳（岩波書店、一九六二年、一九九八年改版）
『ウィニー・ザ・プー』阿川佐和子訳（新潮社、二〇〇九年、文庫版二〇一六年）
『プーの細道にたった家』阿川佐和子訳（新潮社、二〇一六年）
『クマのプー』森絵都訳（ＫＡＤＯＫＡＷＡ、二〇一七年）
『プー通りの家』森絵都訳（ＫＡＤＯＫＡＷＡ、二〇一七年）
『クリストファー・ロビンのうた』小田島雄志、小田島若子訳（晶文社、一九七八年）
『クマのプーさんとぼく』小田島雄志、小田島若子訳（晶文社、一九七九年）
『ユーラリア国騒動記』相沢次子訳（早川書房、一九八〇年）
『うさぎ王子』渡宏道訳（篠崎書林、一九八六年）
『ぼくたちは幸福だった――ミルン自伝』原昌、梅沢時子訳（研究社出版、一九七五年）
『ミルン自伝――今からでは遅すぎる』石井桃子訳（岩波書店、二〇〇三年）
北原尚彦編訳『シャーロック・ホームズの栄冠』（論創社、二〇〇七年）「シャーロックの強奪」所収

【正式続編】
Return to the Hundred Acre Wood (Dutton Children's Books, 2009)
　『プーさんの森にかえる』デイヴィッド・ベネディクタス／こだまともこ訳（小学館、二〇一〇年）
Winnie-the-Pooh: The Best Bear in All the World (Egmont Books, 2016)
　『世界一のクマのお話　クマのプー』森絵都訳（ＫＡＤＯＫＡＷＡ、二〇一八年）
Jane Riordan *Winnie-The-Pooh Meets the Queen* (Egmont Books, 2016)

※

『ユリイカ』「特集クマのプーさん　ビター・スウィート」二〇〇四年一月号
高山宏「クリティックなんて「プー」！」（六一―七一ページ）所収
安達まみ『くまのプーさん 英国文学の想像力』（光文社、二〇〇二年）
石井桃子『プーと私』（河出書房新社、二〇一八年）
猪熊葉子ほか『クマのプーさんと魔法の森へ』（求龍堂、一九九三年）
谷本誠剛&笹田裕子『A・A・ミルン』（KTC中央出版社、二〇〇二年）
遠山茂樹『森と庭園の英国史』（文藝春秋、二〇〇二年）
宮崎駿『本へのとびら――岩波少年文庫を語る』（岩波書店、二〇一一年）
ウィリアム・エンプソン『牧歌の諸変奏』柴田稔彦訳（研究社出版、一九八二年）
ジャッキー・ヴォルシュレガー『不思議の国をつくる――キャロル、リア、バリー、グレアム、ミルンの作品と生涯』安達まみ訳（河出書房新社、一九九七年）
モニカ・グリペンベルク『アガサ・クリスティー』岩坂彰訳（講談社、一九九七年）
ケネス・グレーアム（グレアム）『たのしい川べ』石井桃子訳（岩波書店、一九九四年）
サン＝テグジュペリ『星の王子さま』内藤濯訳（岩波書店、二〇〇〇年）
ドミニク・チータム『「くまのプーさん」を英語で読み直す』小林章夫訳（NHK出版、二〇〇三年）
ウォルター・デ・ラ・メア『妖精詩集』荒俣宏訳（筑摩書房、一九八八年）
ジークムント・フロイト『自我論集』竹田青嗣編、中山元訳（筑摩書房、一九九六年）
ルイ・マラン『崇高なるプッサン』矢橋透訳（みすず書房、二〇〇〇年）

*

Kathryn Aalto, *The Natural World of Winnie-the-Pooh: A Walk Through the Forest That Inspired the Hundred Acre Wood*（Timber Press, 2015）

Paul Alpers, *What Is Pastoral?*（University of Chicago Press, 1997）

Kingsley Amis（ed）, *The New Oxford Book of Light Verse*（Oxford UP, 1986）

Joseph A. Amato, *On Foot: A History of Walking*（New York UP, 2004）

Russell Baker（ed）, *The Norton Book of Light Verse*（W,W.Norton, 1986）

Annemarie Bilclough & Emma Law,s *Winnie-the-Pooh: Exploring a Classic*（Victoria & Albert Museum, 2018）〔邦訳『クマのプーさん　原作と原画の世界　A・A・ミルンのお話とE・H・シェパードの絵』富原まさ江訳、玄光社、二〇一九年〕

Dana Birksted-Breen et. al (eds.), *Reading Winnicott* (Routledge, 2011)

Enid Blyton, *Child Whispers*（J. Saville, 1923）

Tim Burke ,"The Romantic Georgic and the Work of Writing" in *Mahoney*（159-175）

James Campbell, *Shepard's War: E. H. Shepard, the Man Who Drew Winnie-the-Pooh*（LOM Art, 2015）

James Campbell, *The Art of Winnie-the-Pooh: How E. H. Shepard Illustrated an Icon* (Harper Design, 2018)〔邦訳『クマのプーさん　創作スケッチ：世界一有名なクマ　誕生のひみつ』小田島恒志、小田島則子訳、東京美術、二〇一八年〕

Arthur R. Chandler, *The Story of E.H. Shepard: The Man Who Drew Pooh*（Trafalgar Square, 2001）

Nadia Cohen, *The Extraordinary Life of A. A. Milne*（Sword & Pen, 2018）

Sarah Cole, *Modernism, Male Friendship, and the First World War*（Cambridge UP, 2003）.

Paula T. Connolly, *Winnie-The-Pooh and the House at Pooh Corner: Recovering Arcadia*（Twayne, 1995）

Frederick C. Crews, *The Pooh Perplex*（Robin Clark, 1979）

Frederick C. Crews, *Postmodern Pooh*（North Point, 2001）

Elizabeth Capaldi Evans & Carol A. Butler, *Why Do Bees Buzz? Fascinating Answers to Questions about Bees*（Rutgers UP, 2010）

Richard Dalby, *The Golden Age of Children's Book Illustration* (Michael O'Mara Books, 2001)

Terry Gifford, *Pastoral 2e*（Routledge, 2019）

Sandra M. Gilbert & Susan Gubar, *No Man's Land: The Place of the Woman Writer in the Twentieth Century*, Volume 2: Sexchanges（Yale UP, 1991）

Shirley Harrison, *Life and Times of Winnie the Pooh: The Bear Who Inspired A.A.Milne*（Remember When, 2011）［邦訳『クマのプーさん　世界一有名なテディ・ベアのおはなし』小田島則子訳、河出書房新社、二〇一二年］

Robert Thomas Kerlin, *Theocritus in English Literature*（J.P. Bell Company, 1910）

Erika Kuhlman, *Of Little Comfort: War Widows, Fallen Soldiers, and the Remaking of the Nation after the Great War*（New York UP, 2012）

M. Daphne Kutzer, *Empire's Children: Empire and Imperialism in Classic British Children's Books*（Routledge, 2000）

Jacques Lacan, *Écrits: The First Complete Edition in English*, Bruce Fink (tr.) (W. W. Norton , 2007)

Seth Lerer, *Children's Literature: A Reader's History, from Aesop to Harry Potter*（University of Chicago Press, 2008）

E. V. Lucas, *The Book of Shops*（Grant Richards, 1900）

Charles Mahoney（ed), *A Companion to Romantic Poetry*（Wiley-Blackwell, 2011）

Edith Mayo, *American Material Culture: The Shape of Things around Us* (Bowling Green State University Popular Press,

1984)

A. R. Melrose, *Pooh Dictionary* (Random House, 1998)

Christopher Milne, *The Enchanted Places: A Childhood Memoir* (Pan, 2014) ［Enchanted と略］［邦訳『クマのプーさんと魔法の森』石井桃子訳、岩波書店、一九九七年］

Thomas G. Rosenmeyer, *Green Cabinet: Theocritus and the European Pastoral Lyric* (University of California Press, 1969)

Martha C. Sammons, *War of the Fantasy Worlds: C.S. Lewis and J.R.R. Tolkien on Art and Imagination* (Praeger, 2010)

Marc Shell, *Talking the Walk & Walking the Talk: A Rhetoric of Rhythm* (Fordham UP, 2015)

Brian Sibley, *Three Cheers for Pooh* (Egmont Books, 2006) ［邦訳『クマのプーさんの世界』早川敦子訳、岩波書店、二〇〇三年］

Ann Thwaite, *The Brilliant Career of Winnie-the-Pooh: Story of A.A.Milne and His Writing for Children* (Egmont Books, 1994) ［Brilliant と略］［邦訳『クマのプーさん　スクラップ・ブック』安達まみ訳、筑摩書房、二〇〇〇年］

Ann Thwaite, *A. A. Milne: His Life* (Polity 2014)

Ann Thwaite, *Goodbye Christopher Robin: A. A. Milne and the Making of Winnie-the-Pooh* (Pan Books, 2017) ［邦訳『グッバイ・クリストファー・ロビン：『クマのプーさん』の知られざる真実』山内玲子、田中美保子訳、国書刊行会、二〇一八年］

Elizabeth Vandiver, *Stand in the Trench, Achilles: Classical Receptions in British Poetry of the Great War* (Oxford UP)

なお『不思議の国のアリス』や『ピーターとウェンディ』などその他の参照作品に関しては、「プロジェクト・グーテンベルク (Project Gutenberg)」と「インターネット・アーカイブ (Internet Archive)」を利用した。

【著者】

小野俊太郎
（おの　しゅんたろう）

文芸・文化評論家
1959年、札幌生まれ。

東京都立大学卒、成城大学大学院博士課程中途退学。

成蹊大学などでも教鞭を執る。

著書に、『ガメラの精神史』（小鳥遊書房）、『スター・ウォーズの精神史』『ゴジラの精神史』（彩流社）、『モスラの精神史』（講談社現代新書）や『大魔神の精神史』（角川 one テーマ 21 新書）のほかに、『〈男らしさ〉の神話』（講談社選書メチエ）、『社会が惚れた男たち』（河出書房新社）、『日経小説で読む戦後日本』（ちくま新書）、『『ギャツビー』がグレートな理由』『新ゴジラ論』『フランケンシュタインの精神史』『ドラキュラの精神史』（ともに彩流社）、『快読　ホームズの『四つの署名』』（小鳥遊書房）など多数。

「クマのプーさん」の世界《せかい》

2020年2月29日　第1刷発行

【著者】
小野俊太郎

発行者：高梨 治

発行所：株式会社**小鳥遊《たかなし》書房**
〒102-0071　東京都千代田区富士見1-7-6-5F
電話 03 -6265 - 4910（代表）／FAX 03 -6265 - 4902
http://www.tkns-shobou.co.jp

装幀　坂川事務所（坂川栄治＋鳴田小夜子）
印刷　モリモト印刷株式会社
製本　株式会社村上製本所
ISBN978-4-909812-32-2　C0098